MARIA CALLAS
ET LA VOIX
DU CŒUR

Dans la même collection

Mademoiselle Coco et l'eau de l'amour, Fleuve Éditions, 2021 ; Pocket, 2022
Romy et les lumières de Paris, Fleuve Éditions, 2022 ; Pocket, 2022
Frida Kahlo et les couleurs de la vie, Fleuve Éditions, 2022 ; Pocket, 2023

MICHELLE MARLY

MARIA CALLAS ET LA VOIX DU CŒUR

Traduit de l'allemand
par Céline Maurice

fleuve
ÉDITIONS

Titre original :
Die Diva

ISBN : 978-2-265-15547-3

Dépôt légal : septembre 2023

« J'ai vécu d'art,
J'ai vécu d'amour. »
Extrait de *Tosca*,
Giacomo Puccini

Chapitre 1
Venise, 3 septembre 1957

— Je suis si contente que tu aies fui le froid et la pluie d'Édimbourg pour assister à ma petite fête, s'exclama Elsa.

Elle serra son amie contre sa poitrine généreuse. Sa corne ducale dorée et incrustée de perles, sans doute un original du XVIe siècle, voire plus ancienne, glissa sur son front.

— Ce soir, tu es mon invitée d'honneur.

La « petite fête » était le bal d'automne qu'Elsa Maxwell donnait au luxueux hôtel *Danieli*. Point culminant de la Mostra de Venise, il était fréquenté par toute la bonne société. Maria n'avait pas besoin de regarder autour d'elle pour savoir que la salle Renaissance regorgeait de stars hollywoodiennes, de financiers richissimes et d'authentiques princes et princesses. Pourtant, elle était sans conteste la plus éminente d'entre eux : la *diva assoluta*. Une soprano connue même de ceux qui ignoraient tout de l'opéra. La femme la plus célèbre du monde, trente-quatre ans, séduisante, fortunée, sans doute au sommet de sa carrière – même si sa seule limite était le ciel.

Sa plantureuse amie, déjà âgée de soixante-quatorze ans, était l'échotière de la jet-set. Les chroniques d'Elsa Maxwell décidaient de l'ascension ou de la chute des grands noms du show-business et de la haute société. Que ce soit chez elle en

Europe ou aux États-Unis, elle organisait des courses hippiques, des croisières et des soirées, forgeait des alliances tant sentimentales que professionnelles, et quiconque s'inquiétait de sa carrière ne refusait jamais une invitation de sa part. Pourtant, ce soir-là, la Callas ne venait pas juste faire acte de présence. Maria était sincèrement reconnaissante d'avoir là une raison d'échapper à la bruine écossaise.

La saison estivale avait été éprouvante. Quelques semaines plus tôt, la fatigue provoquée par les représentations et les obligations mondaines lui avaient fait frôler l'effondrement. Contre l'avis de son médecin, elle s'était rendue avec l'ensemble de la Scala de Milan au prestigieux festival d'Édimbourg, et y avait enchaîné les triomphes tout en se sentant plus mal chaque jour. Elle avait tenu quatre soirs sans que sa voix lui cause de souci, à son grand soulagement, mais quand une cinquième représentation avait été annoncée à l'improviste, elle avait refusé. Non seulement elle avait soudain été prise de frissons, de violentes migraines et de problèmes de tension mais, en plus, le spectacle supplémentaire était prévu au moment du bal d'automne d'Elsa Maxwell. Convaincue qu'elle ne supporterait pas l'effort d'une autre apparition sur scène, Maria s'envola pour Milan afin de reprendre des forces dans la chaleur de son refuge du lac de Garde.

Revigorée par quelques jours de repos et entourée des invités d'Elsa, elle gravissait à présent d'un pas léger l'escalier de pierre centenaire, couvert d'un tapis rouge. Un dîner exquis allait être servi dans les salles de l'étage. Elle avait déjà monté et descendu les marches de tant de scènes qu'elle n'avait nul besoin de regarder où elle mettait les pieds pour se déplacer avec élégance. De toute façon, sans ses lunettes, elle n'y voyait pas grand-chose. Dans sa tenue sobre, mais très flatteuse, elle se sentait aussi pleinement elle-même que lorsqu'elle chantait une aria : haut blanc très près du corps, jupe ample en satin blanc à pois noirs, écharpe blanche et longs gants noirs. Elle avait résolu de se passer de couvre-chef spectaculaire, ne faisant qu'une concession au thème de la soirée : des émeraudes et des diamants, piqués dans ses cheveux relevés en chignon, scintillaient à la lumière des centaines de bougies. Elle se trouvait merveilleuse, d'autant que son miroir lui avait révélé qu'elle ressemblait ainsi beaucoup à son idole. Maria adulait l'actrice Audrey Hepburn. Même si elle savait qu'elle n'atteindrait jamais sa délicatesse de biche, elle était parvenue quatre ans plus tôt, grâce à une discipline de fer, à perdre presque quarante kilos en douze mois. Depuis, elle était restée mince, sans jamais revenir à ses cent vingt kilos pour un mètre soixante-treize. Un médecin suisse soutenait désormais son régime à coups d'hormones, de médicaments pour la thyroïde et de pilules de drainage, un mélange plus efficace encore que les privations qu'elle s'imposait. Pour ne jamais perdre de vue le résultat de ses efforts, elle avait commandé des photographies sur lesquelles elle ressemblait comme une sœur à Audrey Hepburn. En les regardant, elle avait été saisie d'un bonheur inédit pour elle : pour la première fois de sa vie, Maria se sentait bien dans sa peau. Seule ombre au tableau, sa cure d'amaigrissement n'avait pas réussi à affiner ses jambes trapues, mais elle pouvait les cacher sous de longues et volumineuses jupes comme celle qu'elle portait ce soir.

Elle penchait la tête avec majesté, saluait, souriait. Les invités s'attroupaient autour d'elle, cherchant à attirer son attention. La diva faisait son entrée.

Son compagnon saisit une flûte de champagne sur le plateau d'un serveur et la lui tendit.

— J'imagine que tu auras envie de te tenir à un verre, dit Giovanni Battista Meneghini avec bienveillance.

Mieux que quiconque, il savait que Maria camouflait une profonde timidité : en réalité, elle ne buvait presque jamais.

Meneghini était son manager depuis dix années et son mari depuis huit. Son aîné de presque trente ans, il était beaucoup plus petit qu'elle, chauve, replet et très riche. Entrepreneur en bâtiment et grand amateur d'opéra, il avait fait fortune dans la briqueterie, mais en épousant la Callas, il avait trouvé sa vocation. Maria craignait pourtant parfois que, dans cette relation, la femme en elle ne reste sur sa faim. Elle avait de plus en plus souvent l'impression d'être étouffée par sa sollicitude. Certes, il s'occupait de tout et veillait à ce qu'elle puisse assurer ses représentations avec sa perfection coutumière, mais quand elle préparait ses rôles en se plongeant dans les tourbillons de bonheur sentimental et les embrasements ténébreux de ses personnages, elle se demandait parfois quelle place la passion occupait dans sa propre vie.

— Tu vois ce monsieur, là-bas ?

Elsa venait de surgir près d'elle ; elle avait manifestement terminé d'accueillir ses invités. Maria sentit contre son bras l'étole de vison soyeuse que son amie portait par-dessus sa robe en dentelle.

— C'est Aristote Onassis, l'homme le plus riche du monde. Ses amis l'appellent Ari.

Maria feuilletait volontiers les journaux à scandale et appartenait à la très haute société ; le millionnaire ne lui était donc évidemment pas inconnu, même si elle ne lui avait pas encore été présentée. En l'observant de loin, entouré de gens qui cherchaient manifestement à faire sa connaissance, elle constata que les photographies ne lui rendaient pas justice. L'homme d'affaires originaire d'Asie mineure, armateur au succès extraordinaire, était plus petit, mais aussi nettement plus séduisant qu'elle se l'était imaginé. Onassis portait le smoking avec l'élégance d'un Cary Grant. Il rayonnait comme une étoile environnée de poussière cosmique.

— Il n'a pas l'air d'un Anatolien, c'est déjà ça, lâcha Maria.

— Pourquoi devrait-il avoir cet air-là ? demanda Elsa, étonnée. Il est grec, comme toi.

Maria secoua la tête.

— J'ai lu quelque part qu'il était né en Turquie. Il y avait jadis une importante communauté grecque, là-bas, mais ces gens ne sont pas comme ceux du Péloponnèse ou du continent. Nous les appelons des *tourkosporos*, et ce n'est pas un compliment. Tu sais, l'occupation de la Grèce par les Ottomans a duré des siècles, et pour nous les Turcs ne sont pas vraiment en odeur de sainteté.

— Mon Dieu ! s'exclama Elsa en écarquillant les yeux, soucieuse. Aurais-je commis un faux pas en vous plaçant à la même table ? Je pensais que les deux Grecs les plus célèbres du monde iraient bien ensemble… Oh, c'est la marquise de Cadaval ! Regarde donc la merveille qu'elle a sur la tête !

De fait, la dame en question portait en guise de couvre-chef la reproduction d'un campanile vénitien.

Maria fut heureuse de cette distraction. Évidemment, personne ne remettrait en question le plan de table d'Elsa Maxwell, pas même une prima donna. Elle dînerait à côté du richissime armateur, voilà tout, et une fois le repas terminé, la stricte attribution des places perdrait toute importance. Elle regrettait toutefois de ne pas être assise auprès de Battista, surtout pour lui. Son époux ne parlait qu'italien et était donc rarement à l'aise dans son cercle d'amis cosmopolite. Il n'avait même pas pu suivre la conversation qu'elle venait de mener en anglais avec Elsa.

Il lui sourit d'un air interrogateur.

— Elsa m'a simplement indiqué à quelle table je dînerai, lui expliqua-t-elle en italien.

Puis, levant son verre :

— À cette belle soirée !

Meneghini trinqua avec elle. Maria s'accorda une minuscule gorgée du champagne délicieusement pétillant tout en observant du coin de l'œil l'homme qu'Elsa lui avait désigné.

* * *

La chaise voisine de Maria grinça quand Aristote Onassis s'y assit vivement.

— Je suis navré, l'art n'est pas mon rayon, avoua-t-il après s'être présenté.

Il parlait vite et dans un grec parfait, à l'inverse des autres invités d'Elsa qui s'entretenaient pour la plupart en français ou en anglais.

— Les rares moments de loisir que me laissent mes affaires, je les passe presque tous sur l'eau, avec d'agréables conversations, de bons repas et d'excellents cigares. Un obstacle de plus, pour moi, à une visite à l'opéra : il est interdit de fumer dans vos vénérables salles.

Il adressa à la soprano un sourire rayonnant, comme s'il venait de lui faire un immense compliment.

— À ce que j'entends, vous n'êtes pas un vrai *tourkosporos*, répondit Maria, en grec aussi.

L'anglais était sa langue maternelle. Elle n'avait appris le grec qu'à l'adolescence, quand elle avait été forcée d'aller s'installer à Athènes, mais elle le parlait à la perfection et pouvait aussi bien tenir tête à Onassis que jurer comme un poissonnier du Pirée. Le surnom donné aux Grecs d'Asie Mineure, qui avaient fui en masse vers la Grèce au début des années 1920 après les massacres perpétrés par les Turcs, relevait plutôt de la catégorie la moins raffinée. Maria n'avait pas révélé à Elsa que ce terme méprisant signifiait à peu près « produit du sperme d'un Turc », ce qu'on pouvait parfaitement considérer comme une insulte. Ou comme une réplique à la remarque d'Onassis sur l'opéra, qu'il évitait pour des raisons aussi futiles. Quel béotien.

Manifestement, Onassis connaissait l'injure. Il la dévisagea sans qu'elle parvienne à interpréter son expression. La lumière des lustres de cristal, au-dessus d'eux, se reflétait dans ses yeux vifs.

— C'est vrai, je suis né à Smyrne[1], mais de nombreux Grecs célèbres viennent d'Asie Mineure : Achille, Homère, Hérodote…

Elle connaissait tous ces noms, bien sûr, malgré son éducation limitée. Maria avait quitté l'école à treize ans ; après son installation à Athènes, elle s'était surtout consacrée à sa formation musicale, étudiant principalement les rôles féminins majeurs qui correspondaient à sa tessiture. Ses cours d'histoire s'étaient bornés à celle de l'opéra et aux rudiments de celle de la Grèce. Depuis sa jeunesse, elle n'avait enrichi sa culture générale que par ses lectures sur les sujets qui lui paraissaient intéressants et importants. Ce ne fut toutefois pas la culture antique d'Onassis qui impressionna Maria, mais la fougue avec laquelle il défendait sa patrie.

Elle l'interrompit :

— Je ne voulais pas vous insulter. Je suis juste surprise que vous soyez aussi authentique. Un vrai Grec.

— Mais bien sûr ! s'exclama-t-il.

Il éclata d'un rire si sonore que les convives les plus proches se tournèrent vers lui.

Maria surprit le coup d'œil interrogateur de son mari, assis en face d'elle à côté de l'épouse d'Ari, Tina Onassis. Meneghini semblait s'efforcer de saisir quelques bribes de sa conversation avec l'armateur, mais n'en comprenait évidemment pas un mot. Le brouhaha ambiant et les cliquètements

1. Ancien nom d'Izmir. *(Toutes les notes sont de la traductrice.)*

des couverts l'auraient empêché de suivre leur discussion même s'ils s'étaient entretenus en italien. Le pauvre. Il s'ennuyait sans doute déjà. Sa voisine de table semblait elle aussi avoir abandonné toute tentative de discuter avec lui : la jeune femme, jolie comme une poupée, mais à l'air un peu déluré, penchait vers son voisin de droite sa tête blonde ornée d'interminables plumes d'aigrette.

Le millionnaire grec, de bonne humeur, reprit :

— Vous étiez-vous imaginé que je me comporterais avec la noblesse d'un Britannique ?

Maria lui consacra de nouveau toute son attention et il l'en récompensa par un petit numéro. Inclinant la tête de côté avec affectation, il bomba le torse et pinça les lèvres puis dit d'un ton légèrement nasillard, dans un parfait anglais *upper class* :

— Je suis enchanté de discuter avec vous des récentes représentations de Covent Garden, chère madame. Je n'ai toutefois aucune idée de ce dont nous parlons, je fais seulement semblant de m'intéresser à autre chose qu'au sport hippique.

Elle éclata de rire. Il était vraiment drôle.

— Restez donc Grec, lui dit-elle en revenant à leur langue.

— Même si je ne suis pas amateur d'art ?

— Si j'avais voulu discuter d'art, je serais restée au festival d'Édimbourg pour m'entretenir avec le directeur de la Scala. Ce soir, je suis ici, avec vous.

— Ah oui, j'ai lu quelque chose à ce propos. Je viens de passer par Londres et j'y ai vu partout des gros titres sur « la Callas », que l'on accuse d'être injuste. La presse du Royaume-Uni a transformé votre annulation en véritable scandale. (Il secoua la tête avec un sourire amusé.) En apprenant l'affront infligé aux Britanniques, je ne savais pas que nous ferions connaissance ce soir. Je suis heureux que vous ayez choisi Venise, conclut-il après une brève pause.

Elle aussi. Surtout, elle était ravie d'avoir un voisin de table aussi distrayant. Elle le fit rire avec des anecdotes du monde de l'opéra, il la rendit pensive en lui racontant son histoire. Onassis lui parla de sa ville d'origine, Smyrne, presque entièrement détruite au début des années 1920 pendant la guerre gréco-turque. Son récit ressuscita la métropole disparue, où chrétiens et musulmans aux racines les plus diverses vivaient jadis côte à côte. Lui-même fils d'un entrepreneur d'origine grecque, il avait eu une enfance privilégiée et avait fréquenté l'école évangélique jusqu'au jour où son monde était littéralement parti en fumée. Tout juste âgé de seize ans, il avait dû fuir son pays. Plus tard, avec seulement soixante dollars en poche, il avait embarqué sur un paquebot à destination de Buenos Aires pour tenter sa chance en Argentine. Il avait posé la première pierre de sa fortune grâce au commerce du tabac turc.

— Vous comprenez maintenant pourquoi j'aime tant fumer, conclut-il, souriant, en faisant tourner entre ses doigts un cigare qu'il avait allumé après le plat principal. C'est grâce à lui que je suis sorti du néant.

— On dit que les meilleurs cigares viennent de Cuba, répliqua-t-elle.

— C'est vrai. Un bon havane, comme ce Montecristo, est inégalable. (Il en aspira une grosse bouffée avec délice avant de poursuivre son récit.) Et puis, il y a une subtile différence : c'est grâce aux cigarettes que j'ai fait fortune. Disons les choses ainsi : j'ai participé au développement du goût des Argentins. Les Sud-Américains ne connaissaient jusque-là que les tabacs américains et cubains, des variétés moins douces que celles de Thrace et de Macédoine. J'ai importé du tabac en Amérique du Sud, exporté des peaux de bœufs vers l'Europe, et un jour, j'ai décidé d'acheter un bateau. Aujourd'hui, j'en ai neuf cents.

— C'est extraordinaire.

Maria le dévisagea : il lui inspirait un mélange de sympathie et de respect. Elle était fascinée, et même séduite, non pas par ses accomplissements, mais par la similarité des chemins qu'ils avaient tous deux suivis.

Elle repensa à tous les concerts privés que sa mère l'avait forcée à donner lorsqu'elle était enfant. Ils avaient conduit à son premier récital public, sur le bateau à bord duquel, en compagnie de sa mère et de sa sœur, elle avait quitté New York et son père pour se rendre en Grèce. Ensuite, la musique était devenue sa seule raison d'être. Elle n'avait guère d'amis, sa mère ne lui permettant pas plus d'en avoir d'un côté de l'Atlantique que de l'autre, et pas de hobbies. En fait, à part le chant, elle n'avait rien. D'autant qu'elle avait très tôt compris que seul le chant pouvait faire oublier sa silhouette alors peu gracieuse. À l'âge où Aristote Onassis fondait son empire à Buenos Aires, elle se tenait pour la première fois sur la scène de l'opéra d'Athènes. Cinq années plus tard, elle triomphait dans le rôle principal de *Tosca*. Le début de sa carrière.

— Nous avons tous deux commencé de zéro et atteint le sommet, dit-elle, pensive, et ce uniquement grâce à notre volonté et à notre talent. Cela vient sans doute de nos racines grecques : nous sommes des gens assez têtus.

Vous êtes grecque, vous aimez forcément la mer. (Il prit un ton encore plus vif que pour parler de Smyrne.) Je suis un grand admirateur d'Ulysse, et la voile est ma passion. Que diriez-vous d'une croisière sur mon yacht ? J'aimerais vous inviter, vous et votre époux.

— Un jour, peut-être… marmonna-t-elle.

L'idée de sillonner la Méditerranée sur son bateau était alléchante, mais resterait un doux rêve. Ses obligations ne lui permettaient guère de prendre de longues vacances, et Meneghini souffrait du mal de mer.

L'espace d'un instant, Onassis eut l'air perplexe. Maria le devina au vacillement de ses pupilles. Il ne semblait pas habitué à ce qu'on lui refuse quelque chose.

Un lourd silence tomba entre eux tandis que les bavardages alentour se poursuivaient. Onassis porta son cigare à ses lèvres, tira une bouffée, puis détourna la tête pour ne pas souffler la fumée vers elle. À l'arrière-plan, l'orchestre changea. La musique d'ambiance du dîner était terminée, on allait danser.

Au bout d'un moment, il se tourna de nouveau vers elle.

— S'il vous plaît, prenez au moins mon bateau pour vous déplacer à Venise.

Il lui fit cette offre avec la nonchalance joyeuse qu'elle était en train d'apprendre à connaître. Sa décontraction retrouvée le démontrait : il savait qu'au bout du compte personne ne pouvait lui résister.

— Je serais ravi de mettre mon Riva à votre disposition pour la durée de votre séjour.

Évidemment, il possédait la Rolls-Royce des bateaux à moteur. Elle sourit malgré elle. *Voilà un compagnon de table intéressant et agréable*, se dit-elle. Pourquoi ne pas accepter son offre pour sa semaine à Venise ? Cela lui permettrait aussi de passer du temps avec lui et son épouse. Elle hocha la tête.

— Volontiers.

— Et si cela ne peut pas se faire dans les mois à venir, qu'à cela ne tienne, nous partirons l'an prochain en croisière autour des îles grecques, décida-t-il, rayonnant. Notre amie Elsa pourra nous accompagner, si elle le souhaite.

On lui tend le petit doigt et il happe toute la main, songea-t-elle. Pourtant, son insistance l'amusait. Elle hocha une nouvelle fois la tête pour ne pas le décevoir, parfaitement consciente que ce voyage n'aurait jamais lieu.

* * *

Maria passa presque toute la soirée à côté d'Aristote Onassis. Plus tard, il lui présenta sa jeune et belle épouse, non sans lui avoir confié :

— Tina ne parle quasiment pas un mot de grec. Son père, l'armateur Livanos, a préféré l'éduquer comme une princesse américaine. Elle dit toujours qu'elle a appris à parler en Angleterre, à penser à New York et à s'habiller à Paris. La Grèce n'a guère d'importance pour elle. Elle est ainsi.

Il eut un petit sourire de fier propriétaire, mais son regard s'assombrit, comme si quelque chose le gênait.

La soirée fut un succès, on fit la fête toute la nuit. Les serveurs attentionnés remplaçaient les bougies usées dans les candélabres, ouvraient sans interruption de nouvelles bouteilles de champagne et remplissaient les verres sans relâche. Plus tard, alors que les rangs s'étaient déjà un peu éclaircis, Elsa Maxwell se mit au piano. Elle fit courir ses doigts sur le clavier en un swing rapide et les invités formèrent un cercle autour de leur hôtesse. Maria et son époux, tout comme Onassis et Tina, écoutèrent son solo depuis la piste de danse. Elsa joua des mélodies rapides et d'autres, plus mélancoliques, datant des années 1930 et de la guerre. Elle les avait certainement apprises au moment de leur création, alors qu'elle était reporter à Hollywood. Au bout d'un moment, elle adressa un signe aux musiciens en costume blanc, qui saisirent leurs instruments pour l'accompagner. Puis elle tendit la main vers Maria.

Un solo de trompette, quelques accords de piano, et la mélodie de *Stormy Weather* emplit la salle. Elsa joua moins fort, hocha la tête à l'intention de son amie, et l'instant d'après, la plus célèbre voix de soprano du monde s'éleva pour chanter l'amour déçu. Maria interpréta le morceau avec les accents dramatiques qui la caractérisaient, mais une octave plus bas qu'une aria. Le silence se fit d'un coup autour d'elles, donnant au moindre tintement de verres des airs d'angélus de San Marco.

Maria s'était assise au bord de la scène pour s'abandonner à sa passion du jazz. Se lancer dans cette sérénade impromptue ne la dérangeait pas, le public était restreint et aucun critique musical n'était là pour guetter une note aiguë qu'elle n'aurait pu tenir. Elle n'avait d'ailleurs pas à craindre que sa voix lui fasse défaut, car elle restait sur le registre grave de Lena Horne.

Chanter pour le plaisir, par pur amour de la musique, était un véritable bonheur. Elle laissa son regard parcourir cet auditoire trié sur le volet, pas moins enthousiaste que les amateurs d'opéra de grandes salles. Ses yeux s'arrêtèrent sur Onassis qui, un bras sur les épaules de son épouse, semblait fasciné par le chant de Maria.

Quand elle entonna encore une fois « *There's no sun up in the sky* », des traînées pastel s'étirèrent dans le ciel de Venise, derrière les hautes fenêtres, et des rayons violets et abricot annoncèrent l'aube.

Chapitre 2
Au-dessus des nuages, onze ans plus tard, début août 1968

Maria abaissa le cache-hublot avant même le décollage. Un coucher de soleil romantique était la dernière chose dont elle avait envie en ce moment. Les yeux dissimulés derrière des lunettes noires à sa vue, elle fixait l'affichage lumineux de la première classe d'Air France en attendant que s'allume l'ordre d'attacher sa ceinture.

Elle n'avait évidemment pas réservé le vol sur Olympic Airways, la compagnie d'Aristote Onassis. En quittant son yacht, furieuse, elle ne voulait qu'une chose : s'éloigner de lui le plus vite possible. Comme elle craignait qu'il n'empêche le départ si elle montait dans un de ses Boeing, elle avait choisi la compagnie française. Sur la passerelle, elle comprit qu'elle s'était inquiétée en vain. Si Onassis avait voulu qu'elle revienne, il n'aurait eu aucun mal à la faire intercepter à l'aéroport d'Athènes. Aristo, comme elle l'appelait, disposait d'innombrables moyens de démontrer sa supériorité. La souveraineté d'une compagnie aérienne ne l'aurait jamais empêché d'imposer sa volonté s'il l'avait désiré. Ce qui n'était manifestement pas le cas.

Cette constatation lui fit l'effet d'un coup de poing. Avait-elle commis une erreur en quittant Aristo sur un accès de colère au lieu de se plier à son bon vouloir et d'attendre que cette nouvelle liaison prenne fin ? Peut-être, mais au bout du compte, le problème n'était pas seulement la présence d'une autre femme. Il s'agissait d'elle-même et de leur grand amour. Tenait-elle assez à lui pour supporter tout ce que son aveuglant complexe de Napoléon le poussait à entreprendre ? Lawrence Kelly, dit Larry, ami de Maria et témoin de son peu glorieux départ, avait raison : il était aussi question de la Callas, de sa dignité de diva qu'elle devait préserver.

Peut-être l'empereur français avait-il eu raison d'affirmer qu'en amour comme à la guerre, tous les coups étaient permis. À la guerre, on se battait avant tout pour l'honneur et le pouvoir, et si c'était aussi le cas en amour, alors Maria refusait de céder le terrain à Aristo, de capituler. Pourtant, elle se demandait ce qu'elle avait obtenu en se comportant ainsi, à part se sentir terriblement malheureuse. Avec cette victoire à la Pyrrhus, elle ignorait même si elle avait réellement triomphé. Aristo l'avait laissée débarquer sans un au revoir. Son départ l'avait-il blessé ? Elle se serait sentie un peu moins mal en sachant qu'il souffrait autant qu'elle, mais se doutait que c'était peu probable.

Au décollage, la force de l'accélération l'enfonça dans le dossier en cuir moelleux de son siège. Le fauteuil à côté d'elle était vide, une chance : dans son état, elle n'avait aucune envie d'être observée par un inconnu ou forcée de discuter. Si seulement Larry l'avait accompagnée. Mais contre toute attente, il avait dû prendre un autre vol.

À l'aéroport d'Athènes, il lui avait annoncé que leurs chemins se séparaient là : il devait se rendre à Rome pour un rendez-vous pris de longue date.

— Je te rejoins, avait-il assuré, contrit. Je te retrouve à Paris la semaine prochaine.

Il parlait comme Aristo. « Je te rejoins », avait dit ce dernier. « Je te retrouve à Paris en septembre. »

Bien que le délai soit plus long, elle ne doutait d'aucune de ces deux promesses. Cependant, elle n'avait pas confiance en la fidélité d'Aristo, alors qu'elle ne mettait nullement en question celle de Larry. Était-ce une erreur ? S'était-elle laissée convaincre trop vite de se rebeller contre l'homme qu'elle aimait ? Après tout, elle ne faisait que le soupçonner de désirer retrouver Jackie Kennedy. Avec le recul, elle devait bien admettre qu'elle n'en était pas certaine. Sa réaction avait-elle été exagérée ? Aristo ne souhaitait-il que se défouler avec quelques amis ? Pourtant, quand il cherchait de la compagnie masculine pendant ses croisières, il avait l'habitude de fréquenter des bistros louches des ports de Méditerranée pour boire de l'ouzo avec les pêcheurs, discuter tels les hommes entre eux, et jouer au *tavla*, un jeu traditionnel grec. Maria, qui l'accompagnait souvent, appréciait ces rencontres. La chaleur de ces gens, leur détachement face au monde de l'aisance matérielle et leur joie de vivre à l'état pur l'enchantaient. Plus elle fréquentait la haute société internationale, plus elle savourait la légèreté de cette compagnie. C'était une forme de liberté qu'elle ne ressentait sinon qu'en mer. Pourquoi avait-elle abandonné tout cela sans réfléchir ?

Parce que Aristo a menti, répondit une voix dans sa tête. La visite de ces amis inconnus à bord ne pouvait être considérée comme une « affaire d'hommes » que d'un seul et unique point de vue. Elle en était certaine : il ne voulait pas avoir Maria dans les pattes quand il recevrait la veuve du président américain John Fitzgerald Kennedy.

Une hôtesse interrompit ses réflexions :

— Puis-je vous offrir du champagne en apéritif ?

Maria se tourna vers la jeune femme qui servait les passagers de première classe et l'observa à travers ses verres fumés.

— Non, merci. Pas de champagne. Et rien d'autre non plus. Je ne veux pas manger.

Je veux juste mourir.

Chapitre 3

Mer Ionienne, le même jour, peu avant

La mer paraissait aussi lisse et transparente que le lac de Garde au printemps, l'eau scintillait dans des tons saphir foncé sous lesquels se dessinaient les rochers et les algues. Le ciel était d'un bleu profond, comme peint par le dieu Ouranos en personne pour cette belle journée d'été, et aucun nuage ne troublait cette couleur idéale. Sur l'outremer presque troublant se détachait la silhouette sombre d'une rangée de cyprès, sur la rive de l'île Skorpios. Au-delà, les douces collines reluisaient de toutes les nuances de vert, des milliers de jeunes arbres tendaient leurs branches vers le soleil. Aristo les avait plantés là après que la région eut été déboisée sans pitié pendant près de cinq siècles par les Vénitiens. Bien entendu, il n'avait pas effectué les travaux de reboisement en personne, se contentant de donner le premier coup de pioche symbolique qui annonçait la renaissance d'une nature magnifique. Longtemps, il était descendu chaque jour sur l'île pour passer la journée avec les architectes et les travailleurs et discuter avec eux de l'avancée des travaux, torse nu.

Ne dit-on pas de tout amoureux de la nature qu'il a forcément bon fond ?

Maria, perdue dans ses pensées, observait les coûteuses plantations à l'horizon quand cette question lui traversa l'esprit. Le propriétaire de l'île, son amant, possédait-il réellement un tel trait de caractère, ou faisait-il renaître la forêt pour prouver qu'il était aussi capable de contrôler la nature ? Tout comme il essayait d'imposer ses volontés à presque tous ceux qui l'entouraient ?

D'une certaine façon, Aristote Onassis avait aussi soumis Maria. Elle avait succombé à son charme, à sa personnalité envoûtante, et était convaincue qu'il avait bon fond. En retour, elle supportait ses sautes d'humeur et ses liaisons occasionnelles. Elle savait qu'il ne la blessait jamais intentionnellement, qu'il était sans cesse en quête de triomphe, de reconnaissance. En ces temps où la sexualité se vivait de plus en plus ouvertement, certaines de ces femmes ne représentaient pour lui que des trophées. Maria le laissait agir avec le sourire, sachant combien il avait besoin d'impressionner, d'une manière ou d'une autre. Aristo ne voulait pas juste être l'homme le plus riche du monde, mais aussi le plus admiré. Peut-être n'avait-il pas vraiment bon fond, après tout, mais plutôt une conscience assez compliquée de sa propre valeur. Ce trait de caractère les unissait bien plus qu'elle ne voulait l'admettre.

— J'ai entendu dire que Pier Paolo Pasolini souhaitait tourner un film sur le mythe de Médée…

Sur le pont supérieur du bateau, ancré devant Skorpios, la voix de son ami couvrait les doux clapotis de la piscine. L'eau turquoise foncé scintillait, reflet du ciel et de la mosaïque qui ornait le fond du bassin, une reproduction de la fresque au taureau du palais de Knossos. Les fontaines électriques du bord de la piscine étaient réglées pour ne jaillir que par intermittence, leurs gouttelettes se répandant alors en une fine bruine sur la superstructure du yacht.

Sur la chaise longue voisine de la sienne, Larry parlait à Maria avec insistance, mais elle ne l'écoutait que d'une oreille. En fait, elle ne savait pas du tout ce que lui racontait son vieil ami. Certainement quelque chose de spirituel. Lawrence Kelly était le cofondateur de plusieurs magnifiques salles de concert américaines et avait accompagné la carrière de Maria Callas aux États-Unis dès son premier succès. Cela remontait à treize ans déjà ; l'imprésario était toujours bel homme, certes bien plus petit que la grande Maria, mais comme pour Aristo, cela importait peu. Larry possédait lui aussi un fort charisme, et occupait une place de tout premier plan dans les opéras d'outre-Atlantique.

— Personne n'a jamais chanté Médée aussi merveilleusement que toi, poursuivit-il.

Il semblait ne jamais devoir en finir, déroulant son monologue sans reprendre son souffle.

— Je trouverais donc logique que le rôle principal te revienne.

Il était grand temps de l'interrompre.

— Je ne crois pas du tout que quiconque puisse transformer du théâtre en cinéma, objecta-t-elle sèchement.

Larry ne se laissa pas troubler.

— Franco Zeffirelli a pourtant magnifiquement mis en scène *La Mégère apprivoisée* avec Elizabeth Taylor et Richard Burton, insista-t-il.

Maria se redressa sur sa chaise longue et repoussa ses lunettes dans ses épais cheveux noirs. Elle trancha :

— Ce n'est pas une de ses mises en scène d'opéra.

Elle n'aimait pas qu'on la contredise, et il y avait trop de choses qui la tourmentaient durant cette croisière. Elle s'expliquait son malaise en prétextant que la canicule lui pesait, refusant de s'avouer qu'Aristo l'agaçait bien plus que le soleil. Les nerfs tendus à se rompre, elle réagit avec une rudesse exagérée à la suggestion de son fidèle ami :

— La scène musicale et le grand écran ne vont pas ensemble. Basta.

Puis elle se rallongea.

Elle ferma les yeux, qui la picotèrent étrangement quand elle se rendit compte qu'elle n'aurait pas dû rabrouer Larry de la sorte. Cet homme si aimable lui témoignait toujours une grande affection, il était le dernier à mériter une telle grossièreté. La mauvaise humeur de son amant, son instabilité, le manque de tact et d'attention avec lequel il traitait Maria depuis un moment aggravaient la susceptibilité de la jeune femme. Elle avait pourtant cru que leurs querelles incessantes des mois précédents s'étaient apaisées. Pendant un temps, tout avait semblé redevenir comme avant…

— Tu devrais te remettre à travailler régulièrement ta voix.

Elle redressa la tête d'un coup.

— Quoi ?

— Je peux t'organiser sur-le-champ un concert aux États-Unis. Une tournée complète, si tu veux. Ton retour serait un triomphe.

Comme si elle ne le savait pas.

Elle éluda :

— Pour le moment, je suis en vacances.

Elle ne voulait pas lui avouer que même si elle avait négligé ses exercices, elle n'abandonnait pas pour autant l'idée de faire retrouver à sa voix ses hauteurs passées. Des mois durant, elle avait enregistré ses vocalises sur des bandes sonores pour les comparer à ses vieux disques. Elle espérait ainsi découvrir ce qui clochait, comprendre pourquoi elle ne parvenait plus à tenir les notes élevées de la cinquième octave. Avant de plus ou moins renoncer à toute représentation publique, elle fit plusieurs fois scandale en perdant sa voix en pleine aria. Il y avait eu des hauts et des bas, mais depuis quelque temps, il lui semblait être entraînée dans une spirale descendante. Forcée jusqu'à nouvel ordre de se passer de la vénération de son public, Maria s'étourdissait dans la vie trépidante et prodigue de la jet-set. Elle se sentait parfois comme Ulysse le naufragé, soumis pendant son voyage de retour à d'innombrables aventures aussi édifiantes que dangereuses. Son foyer à elle, c'était la scène, et si elle désirait en retrouver le chemin, elle devrait probablement commencer par se transformer en héroïne antique. En tout cas, elle avait parfois l'impression que l'exécution d'une aria exigeait d'elle des forces surhumaines.

Pourtant, Larry avait raison. Même si elle ne rêvait en réalité que d'être une femme au foyer qui s'occupe de son mari et de son chien, il fallait qu'elle se remette à chanter. C'était le seul moyen de lutter contre son agitation intérieure et les inquiétudes intimes qui la tourmentaient. Elle ne savait hélas ni comment travailler sa voix pour qu'elle retrouve son niveau passé, ni si sa peur que son amant la quitte était justifiée. Avant d'en être sûre, elle ne dirait rien à personne, pas même à Larry.

— Nous en reparlerons plus tard, reprit-elle en lui souriant. Par cette chaleur, je n'ai pas envie de discuter de choses sérieuses.

Pour souligner son propos, elle tendit la main vers une pile de magazines déposés par un steward près de sa chaise longue. Elle en saisit un au hasard et se mit à le feuilleter distraitement. On annonçait le mariage prochain du prince héritier Harald de Norvège avec la roturière Sonja Haraldsen, le divorce de Frank Sinatra et Mia Farrow, et le filiforme mannequin britannique Twiggy présentait la mode d'automne. Rien de tout cela n'intéressait Maria. Elle ne se concentra sur sa lecture qu'en arrivant à la page des recettes de cuisine. La nourriture avait toujours constitué un réconfort pour elle, même si depuis une quinzaine d'années, elle mangeait principalement avec les yeux. Un régime strict lui permettait de garder une silhouette idéale. Finalement, son estomac n'était guère mieux traité que son cœur : il n'obtenait que des miettes.

* * *

Une ombre tomba sur le magazine *Annabelle*. Maria leva les yeux. Aristo s'était approché de sa chaise longue sans qu'elle s'en aperçoive. Quand elle vit son amant, un sourire passa sur ses lèvres.

Aristote Onassis ne le lui rendit pas. Malgré cela, elle ne pouvait résister à son pouvoir de séduction. Avec son mètre soixante-cinq, il n'était pas un grand homme à proprement parler, mais son rayonnement naturel lui donnait l'air plus imposant qu'un effendi de deux mètres. En vérité, à soixante-deux ans, il ne paraissait même pas beau, avec ses cernes noirs, son nez fort et sa bouche sensuelle, mais presque trop large. Pourtant, aux yeux de Maria, sa personnalité et son charisme incomparables faisaient de lui l'homme le plus séduisant du monde. Comme elle l'aimait. Il était le premier, et le seul, qui voyait sa personne indépendamment de sa voix – Maria sans la Callas. *Je t'aime*, pensa-t-elle. *Pour toujours, à l'infini.*

— Tu as fini tes coups de fil ? s'enquit-elle joyeusement.

Et, sans attendre sa réponse qui paraissait évidente, elle ajouta à la hâte :

— Tu ne veux pas t'asseoir avec nous ? Larry était en train de me proposer…

Il la coupa :

— J'attends de nouveaux invités.

Il parla d'un ton neutre, comme s'il était sur le point de conclure l'achat d'un pétrolier pour sa société maritime ou d'un jet pour sa compagnie aérienne.

Onassis resta debout, ne comptant manifestement pas s'engager dans une longue conversation.

— Il faudrait que tu quittes le bateau d'ici une semaine, Maria. C'est une affaire d'hommes, exclusivement.

Elle sentit plus qu'elle ne vit Larry se redresser. Il lâcha un sifflement si bas qu'il disparut presque dans les clapotis de l'eau contre la coque. L'espace d'un instant, Maria crut que des dauphins jouaient autour du yacht. La mer et le vent étaient trop calmes pour provoquer de fortes vagues. C'était l'ordre d'Aristo qui la faisait tanguer.

Il était déjà arrivé à Maria de quitter le *Christina* parce que sa présence en qualité de concubine d'Aristo heurtait les principes moraux de certains invités importants, notamment l'ancien Premier ministre britannique Winston Churchill et son épouse. Le vieux couple aurait été choqué par cette relation illégitime. Celle qui était d'ordinaire maîtresse à bord descendit donc sagement avant leur arrivée, et en profita pour assurer quelques rendez-vous professionnels. Elle comprenait quelque peu les valeurs morales désuètes de Churchill, qui continuait à voir dans le luxueux yacht le bateau de guerre qui avait participé au débarquement de Normandie en juin 1944. Aristo l'avait par la suite fait transformer en palace flottant, mais le sentimentalisme d'un éminent chef de gouvernement l'emportait sur l'aménagement désormais élégant.

Aujourd'hui toutefois, Winston Churchill était mort depuis plus de trois ans, la vie personnelle et professionnelle de Maria avait changé, et elle fut soudain prise du soupçon lancinant que la demande d'Aristo n'avait rien à voir avec des considérations morales.

— Pardon ?

— Je voudrais que tu partes la semaine prochaine, confirma-t-il. Rentre à la maison, Maria.

Elle ignorait ce qui la rendait le plus furieuse : être chassée du bateau, mettre fin à ses vacances, ou devoir rentrer en France où un calme assommant régnait en cette saison.

Aucune personne sensée ne restait à Paris en août, en tout cas pas les Parisiens. À moins d'être une femme délaissée qui ignorait où aller…

L'effarement la gagna. Panique, peur, colère. Incompréhension. Mais aussi incertitude et désespoir. Les sensations les plus diverses se mêlèrent en elle et son cœur s'affola.

— Je te rejoins le mois prochain, ajouta-t-il en s'adoucissant. Je te retrouve à Paris en septembre.

En septembre, la vie parisienne reprenait son rythme normal. Maria se prit à douter que cela s'applique à Aristo et elle, quoi qu'il en dise. Elle sut soudain avec une certitude absolue pourquoi elle devait partir et qui prendrait sa place sur le yacht. C'était une sorte de déjà-vu, la répétition d'une scène qu'elle avait peut-être mal comprise un jour et qui, face au danger qui pesait sur son amour, lui donna le tournis. Quoi qu'Aristo lui promette, elle n'en crut rien.

Les larmes lui montèrent aux yeux. Elle les ravala et se leva de son transat. Le journal tomba par terre, les pages se froissèrent.

Maria dépassait Aristo d'une demi-tête. Pour la première fois de leur histoire, cette différence de taille eut de l'importance pour elle. Elle le toisa.

— Je te hais ! siffla-t-elle.

Son cœur battait la chamade et son pouls semblait hurler l'inverse des mots qu'elle venait de cracher : je t'aime !

— Maria… tenta Aristo.

Furieuse contre elle-même, contre lui, contre sa collection de trophées et contre l'autre femme qui viendrait, Maria s'éloigna. Elle ne supportait plus le regard d'Aristo, la présence de Larry, la proximité de l'équipage. La Callas était sur le point de tomber dans un gouffre béant, sous les yeux de tous. Elle ne permettrait pas cela. Bien qu'elle n'associe pas l'amour à la fierté, la perte de sa dignité rendait l'humiliation intolérable.

Elle voulait être seule pour laisser couler ses larmes.

* * *

La chambre d'Onassis et Maria à bord n'avait rien à envier aux suites présidentielles ou royales des plus grands hôtels. Meubles vénitiens faits main ornés de peintures florales, tentures de soie vert d'eau, cloisons décorées de miroirs à facettes de Venise et d'icônes byzantines. La salle de bains était en marbre jaune de Sicile, la robinetterie en or, le luxe omniprésent. L'appartement de quatre pièces sur la passerelle du *Christina* était le second foyer de Maria, après son appartement parisien, et il portait sa marque. Des photos personnelles trônaient sur une étagère ; il y avait un tourne-disque, un appareil enregistreur, et des piles de magazines dont elle conservait les recettes de cuisine. Le coffre-fort cachait les bijoux qu'elle portait aux soirées mondaines, les penderies du dressing regorgeaient de toilettes pour toute occasion. C'était là le petit monde des trois âmes qu'elle portait en elle : Mary la déracinée, qui chantait pour l'amour ; la grande Callas, qui craignait pour sa carrière ; et Maria, la Grecque attachée aux traditions qui, loin de ses grands rôles, adorait jouer les parfaites maîtresses de maison en recevant les relations d'affaires de son amant et leurs amis communs célèbres. Et voilà qu'Aristo exigeait que, dans quelques jours, elle laisse cette place à une autre. Même si ce ne serait que temporaire, cela lui faisait terriblement mal.

Il n'avait jamais abordé le sujet, mais, ces derniers mois, des rumeurs étaient parvenues aux oreilles de Maria. Au début, elle avait refusé de croire les ragots prétendant qu'Aristo faisait la cour à Jackie Kennedy. Elle ignora donc cette menace et quand, à la mi-mai, Onassis la fit descendre du

Christina dans le port de Saint-Thomas après leur croisière annuelle aux Caraïbes, elle se cramponna à son affirmation : « Tu ferais mieux de prendre l'avion pour rentrer, en passant par New York. Je préfère t'éviter la traversée de retour vers l'Europe. Dix-sept jours de vent et de mer, tu ne feras que t'ennuyer. Nous nous retrouverons à Paris. » Elle voulait tellement qu'il dise la vérité. Pourtant, les bruits colportés par de soi-disant amis et des journaux à scandale l'atteignirent vite : Aristote Onassis effectuait une croisière caribéenne avec la veuve du président américain.

Aucune photo d'Aristo et de sa nouvelle conquête ne prouvait qu'il s'agissait d'un voyage romantique, mais l'ancienne *first lady* était alors la femme la plus célèbre au monde, et donc l'objet de toutes les attentions ; l'assassinat de John F. Kennedy, cinq ans plus tôt, avait relégué Maria à la deuxième place, et la jalousie et l'envie la torturaient comme jamais.

Elle avait du mal à savoir ce qui la bouleversait le plus : que la veuve du président soit sa cadette de six ans, nettement plus élégante qu'elle et désormais élevée au rang d'icône de la mode, ou que l'homme qu'elle considérait comme son conjoint, même sans acte de mariage, s'empare avec une telle rudesse de ce dont il avait envie.

Je te rejoins le mois prochain. Je te retrouve à Paris en septembre.

Sa voix douce résonna dans l'esprit de Maria. Elle avait enfoui son visage noyé de larmes dans les moelleux oreillers de leur grand lit.

Elle aurait pu tout pardonner à l'homme qu'elle aimait, même une liaison, mais pas au point de supporter de le savoir avec celle qu'elle percevait comme une menace. Car cette femme représentait d'une certaine manière son égale, lui était peut-être même supérieure.

Quand, au début de l'été, il lui devint impossible d'ignorer les ragots, Maria alla de plus en plus mal. Jamais encore elle ne s'était sentie si vide et si désemparée. Non seulement Aristo la trompait, mais elle ne pouvait plus remplacer leur intimité par celle qu'elle partageait jadis avec son public. Les applaudissements s'étaient tus, aussi passés peut-être que son amour. Le silence, surtout, lui avait brisé le cœur. Voilà sans doute la pire constatation entraînée par son infidélité : pour le moment, elle ne pouvait même pas se réfugier dans son art pour rendre la trahison supportable. La vie de Maria s'était fondue dans celle d'Aristo, et depuis qu'elle ne chantait plus, elle avait l'impression de ne plus rien posséder. La perspective de passer le mois d'août à Paris, au moment où la plupart des boutiques et des volets seraient fermés parce que les habitants et les commerçants partaient en vacances, la terrifiait. Elle ne pourrait pas remplir le calme de ce mois avec des exercices de chant, des répétitions, la frénésie qui précédait une représentation. C'était sans doute pire encore que l'image de Jackie Kennedy qu'elle avait en tête.

On frappa prudemment à la porte, interrompant le flot de ses pensées et de ses larmes. Elle tendit l'oreille, le cœur battant la chamade.

Il venait faire amende honorable, la supplier de rester à bord.

Pas question d'accepter si facilement ses excuses, même si elle en mourait d'envie. Cette fois-ci, la victoire serait à elle.

Elle se releva, s'essuya les joues, prit ses lunettes sur la table de nuit.

— Va-t'en ! cria-t-elle.

Sa voix était celle d'un animal blessé qui suppliait qu'on le caresse.

On frappa à nouveau.

— C'est moi, Larry.

Le cœur de Maria se serra. Quand elle prit conscience qu'Aristo ne venait pas la prier de lui pardonner, elle se mit à trembler de tous ses membres. C'était son vieil ami Larry qui voulait entrer, sans doute pour la consoler. En cet instant, rien n'aurait été plus précieux que le soutien et la loyauté d'un proche, mais elle fut effondrée de voir s'évanouir son bref espoir. Elle ouvrit involontairement la bouche pour le renvoyer…

— *Mary*, s'il te plaît ! Laisse-moi entrer. J'ai à te parler.

Il avait employé le prénom inscrit quarante-quatre ans plus tôt au registre des naissances de New York, et pas le nom par lequel Aristote et le reste du monde l'appelaient d'habitude. Ce détail fit son effet. Elle ne le renverrait pas. En cet instant, elle redevint bel et bien Mary, la petite fille qui avait besoin qu'on la protège. Dans son enfance, elle avait souffert des incessants projets et de la sévérité de son ambitieuse mère, sans se sentir choyée – sauf parfois par son père, qui avait cependant eu bien peu de temps à lui consacrer. À présent, toutefois, Lawrence Kelly se trouvait devant sa porte. Elle pouvait davantage se fier à lui qu'aux deux hommes qu'elle aimait plus que tout au monde. Il n'était ni George Kalogeropoulos ni Aristote Onassis, et il était là pour elle.

Elle resserra donc la ceinture du peignoir qu'elle avait jeté par-dessus son bikini, traversa la suite et ouvrit.

Larry entra et referma la porte derrière lui d'un coup de pied. Il tendit les bras et attira Maria contre lui. Elle se sentit soudain petite, fragile, alors même qu'elle le dépassait.

— Je suis vraiment désolé, dit-il sans la lâcher.

L'odeur de son après-rasage, de l'air salé et de la crème solaire lui monta au nez.

— Tu n'as vraiment pas mérité qu'il te traite ainsi.

C'était certain. Elle hocha la tête en silence et posa la tête sur son épaule.

— Je ne te laisserai pas subir ses insultes plus longtemps.

Larry était plein de bonnes intentions, mais quelque chose au fond de Maria refusait ces paroles de réconfort.

Instinctivement, une résistance s'éleva en elle. Elle ne voulait pas qu'il dise du mal d'Aristo, car malgré tout, elle continuait à croire en leur amour.

Toutefois, avant qu'elle puisse rétorquer quoi que ce soit, Larry poursuivit avec douceur, mais fermeté :

— Tu vas réussir à retrouver ton ancienne forme, crois-moi. Je vais m'occuper de toi, ne te fais pas de souci.

Qu'il aborde ainsi la question de sa voix la désempara complètement, et elle fondit en larmes. Les mystérieux invités qu'Aristo souhaitait recevoir sans Maria passèrent soudain au second plan. Tout son corps fut secoué de sanglots.

— Ma carrière est finie, hoqueta-t-elle.

— Non, non ! l'assura Larry.

Il lui caressa les cheveux avec une douceur dont seuls sont capables les hommes que les femmes n'attirent pas.

— Tout ira bien. Quand tu auras repris tes exercices de routine et que tu te prépareras à des représentations dignes de toi, tu iras beaucoup mieux. Ton public américain t'attend, il exige de te revoir et te réservera le même triomphe que jadis. Je te l'ai dit tout à l'heure.

Ses lunettes appuyaient douloureusement sur l'arête de son nez. Elle se détacha de l'étreinte de Larry, repoussa la monture dans ses cheveux et se passa les mains sur les paupières, cillant pour chasser ses larmes. Elle voyait flou, mais ses pensées étaient soudain limpides.

— Tu penses vraiment que je pourrai remonter sur scène ?

— Tu es la Callas, répondit-il avec assurance. La *diva assoluta*, la plus grande chanteuse de notre temps. Et tu y es arrivée à force de volonté et de travail. Ça, même Ari Onassis ne peut pas te le prendre.

Il a sûrement raison, se dit-elle, même si aux côtés d'Aristo, ses besoins avaient changé. L'insistance de Larry lui rappelait toutefois sa position dans le monde de l'opéra, faisant vibrer en elle une corde étouffée depuis un moment : elle était la Divine, aucune autre ne devait lui disputer cette place, ni sur les grandes scènes ni sur le pont d'un yacht. Si Aristo s'imaginait pouvoir la chasser de leur paradis flottant, il allait devoir vivre avec le fruit défendu. Elle ne partirait pas comme il le lui ordonnait. Elle allait… Qu'allait-elle donc faire ?

Comme s'il avait lu dans ses pensées, Larry reprit :

— Tu prépares ta valise dès maintenant et tu pars en Amérique. Là-bas, tu feras un retour époustouflant. Aie confiance en tes amis, Mary !

L'idée de punir Aristo en réussissant son come-back lui plaisait. Elle allait reconquérir sa place unique au monde et renvoyer sa rivale au second rang. Alors il comprendrait qu'il avait commis une erreur, et *l'autre* ne serait plus que cela : un mauvais choix.

Une petite voix s'éleva dans la tête de Maria pour lui signaler que le temps ne jouait pas en sa faveur. Travailler sa voix et organiser une tournée aux États-Unis durerait plus longtemps qu'une croisière au milieu des îles grecques, qu'un été solitaire à Paris. Elle écarta ces doutes muets d'un geste.

Elle n'attendrait pas à bord, en faisant contre mauvaise fortune bon cœur, le moment où Aristo voudrait se débarrasser d'elle. Cette fois-ci, elle ne se plierait pas à sa volonté.

Comme si elle interprétait un de ses grands rôles, elle prit une profonde inspiration et déclara d'une voix profonde et lourde de sens :

— Je vais m'assurer qu'un hors-bord nous emmène à terre dès aujourd'hui. Ou préfères-tu prendre l'hélicoptère jusqu'à l'aéroport le plus proche ?

Larry hoqueta, puis lui lança un sourire éclatant.

Bien qu'elle eût le cœur gros, Maria lui sourit en retour. La confiance la submergeait soudain. Elle était redevenue la diva. La prima donna. La star. La femme la plus célèbre du monde. Exactement ce qu'elle était le jour où elle avait fait la connaissance d'Aristo, à Venise. Rien n'avait changé, même ses soucis artistiques paraissaient identiques : à l'époque, ses graves problèmes de voix venaient de commencer. Cette année-là, elle était parvenue à les surmonter, à reprendre pied. Et à en croire Larry, ce serait bientôt de nouveau le cas.

* * *

Une demi-heure plus tard, la porte cachée menant au dressing qui jouxtait la chambre s'ouvrit. Cette fois-ci, personne n'avait frappé. Onassis poussa brusquement le battant et surgit de la salle de radio et de navigation voisine. Il se figea en voyant ce que Maria était en train de faire.

Sur le lit était posé un sac Valextra en cuir bleu foncé assez grand pour transporter les affaires d'un week-end. C'était un cadeau d'Aristo, qui possédait le même. Maria passait du dressing à la chambre et jetait négligemment des vêtements dans le sac. D'habitude, un membre du personnel s'en chargeait, mais aujourd'hui le temps pressait. Elle s'efforça d'ignorer l'intrus, alors qu'elle mourait d'envie de le dévisager pour deviner ce qu'il pensait.

Sans doute le capitaine Zigolomas avait-il révélé à Aristo qu'elle se préparait à partir. Pourtant, il n'était manifestement pas venu la supplier de rester à bord. L'air agacé qu'elle tire les conséquences de son « affaire d'hommes », il siffla entre ses dents :

— Qu'est-ce que tu trafiques ?

Elle haussa vaguement les épaules, parvenant tant bien que mal à ne toujours pas le regarder.

— Tu le vois bien, répliqua-t-elle rudement. Je pars.

— Pourquoi ça ?

Il semblait sincèrement surpris, comme si la visite qu'il attendait était aussi innocente qu'il voulait le lui faire croire, mais Maria décida de ne plus s'y tromper. Le souvenir des encouragements de Larry l'aida à résister à son plus ardent désir : se réconcilier sur-le-champ avec Aristo.

Elle le regarda enfin.

— Tu espères vraiment une réponse ?

— J'ai invité des amis avec lesquels j'aimerais profiter de quelques jours, seul. (Il passa la main dans ses courts cheveux grisonnants.) Rien de plus. Pourquoi te mets-tu en colère ?

Elle serra les lèvres et secoua la tête. Puis elle saisit un châle de soie et, comme si c'était Aristo en personne, écrasa la fine étoffe entre ses mains.

— Reste encore quelques jours.

Sa demande n'avait rien de suppliant, c'était plutôt un ordre. Il ajouta d'une voix plus douce :

— Tu te calmeras, et…

— Non ! Non, je ne me calmerai pas.

Onassis se mit à arpenter la pièce comme elle l'avait fait un instant plus tôt pour cacher sa propre nervosité. Mais il n'était pas juste agacé : il semblait ne parvenir qu'à grand-peine à contrôler sa colère naissante. Enfin, il se planta devant elle d'un air menaçant.

— Je t'ai dit que nous nous retrouverions à Paris. Ça n'a pas changé.

Le châle dépassait encore du sac. Elle passa les doigts dessus avec une sorte de nostalgie, comme si elle caressait tendrement la peau d'un amant. Puis elle agrippa l'étole et la froissa de nouveau.

— Non, répéta-t-elle en le fusillant du regard. Nous ne nous retrouverons nulle part. Tu ne me retrouveras plus où que ce soit. Pas toi.

Et elle lui jeta la balle de pure soie contre la poitrine en un geste théâtral, telle une diva sur scène. La Callas reprenait l'avantage.

L'espace d'un instant, elle craignit qu'Aristo ne réagisse à son geste par la violence, alors même qu'elle n'aurait évidemment pas pu lui faire de mal. Elle vit son regard se troubler, ses poings se serrer. Il luttait intérieurement, c'était manifeste.

Elle ne recula pas.

Sans plus réagir, il fit demi-tour et se rua dehors, en marchant sur le châle. La porte de la cabine claqua.

Elle ne s'était pas pliée à sa volonté, n'avait pas cédé, et elle avait remporté cette bataille. Mais à quel prix ?

Elle termina au ralenti d'empaqueter ses affaires.

En quittant le yacht, elle se rendit compte qu'elle avait laissé le foulard de soie par terre, près du lit. Dans sa précipitation, elle avait même oublié ses bijoux dans le coffre-fort. Peu importait. Elle avait atteint un point de non-retour. En cet instant, elle se moquait éperdument de ses affaires. Son cœur brisé lui paraissait beaucoup plus précieux que toutes les possessions terrestres.

Chapitre 4
Paris, août 1968

De tous les airs célèbres qu'elle avait chantés, c'était les mots d'Amelia du *Bal masqué* de Verdi qui ne lui sortaient pas de la tête : « *Que reste-t-il dans un cœur malheureux ?* » murmurait-elle en arpentant fébrilement son appartement. « *Que reste-t-il quand l'amour est parti ?* »

Sa propre voix résonnait en écho à sa chaîne stéréo, dans sa salle de musique ; l'appareil diffusait un enregistrement d'une représentation de la Scala de Milan, onze ans plus tôt. Elle chantait ce rôle à l'époque de sa rencontre avec Aristo. Pourtant, si Amelia lui vint à l'esprit pendant cette première nuit solitaire à Paris, c'était parce que le libretto parlait d'amour et de trahison, de jalousie, de tromperie et de vengeance.

Tous les opéras ne traitent-ils pas de cela ? se demanda-t-elle. C'était toujours un amour perdu qui jouait le premier rôle. Et les histoires ne se terminaient-elles pas presque toutes par la mort de l'héroïne ? Maria avait brûlé d'innombrables fois sur le bûcher en jouant Norma. Violetta succombait à la tuberculose dans *La Traviata*. Lucie de Lammermoor devenait folle. Sous les traits de Tosca, elle s'était jetée plus de trente fois du haut du château Saint-Ange, et s'était planté aussi souvent un poignard factice dans le cœur en chantant

Médée. Amelia était la seule à survivre à la mort de son amant. *Étrange*, se dit encore Maria, *pourquoi elle, entre toutes, ne succombe-t-elle pas à sa douleur ?*

Elle s'arrêta devant l'appareil pour l'éteindre, mais sa main resta suspendue en l'air. Ses yeux balayaient la pièce – cet endroit devenu un refuge pour son âme – comme à la recherche d'un indice de ce qu'elle devait faire. Au lieu de découvrir une réponse imaginaire, son regard se posa sur les cadres d'argent disposés sur le manteau en marbre de la cheminée. Une photo d'elle, enfant, des portraits de sa sœur, la belle Iacinthy, de six ans son aînée, de concerts, d'amis – et une d'elle et d'Aristo à bord du *Christina*. Au-dessus, les récompenses encadrées reçues au cours de sa carrière.

Pas le moindre souvenir de ses parents. Sa mère, qui avait aimé Iacinthy mais s'était servie de Mary, l'avait pressée comme un citron pour satisfaire sa vanité et financer sa prodigalité. Evangelia n'avait même pas hésité à publier un pamphlet contre son ingrate de fille, un livre qui se vendait comme des petits pains. Maria avait aussi maudit son père après qu'il eut délaissé sa famille et préféré sa maîtresse de longue date, Alexandra Papajohn. Son amour pour cette autre femme avait surmonté toutes les crises, y compris l'hostilité des filles de son premier mariage. Les enfants d'Aristote et Tina Onassis n'avaient eux non plus jamais approuvé la nouvelle femme de leur père, malgré tous les efforts de Maria pour gagner la sympathie d'Alexandre et de la petite Christina. La différence entre le couple de George et Alexandra et celui d'Aristo et Maria était que cette dernière n'avait pas réussi à faire durer sa relation avec Aristo. Son père, lui, avait fini par épouser sa maîtresse, au grand désespoir de Maria, tandis qu'Onassis ne lui avait jamais demandé sa main.

Elle éteignit le magnétophone avec une telle brusquerie que l'appareil recula de quelques centimètres sur l'étagère. Sa voix qui emplissait l'espace un instant plus tôt, lui apportant un peu de réconfort, expira en pleine aria. Le silence l'enveloppa. Elle tendit machinalement l'oreille, tenta d'entendre quelque chose à travers les hautes fenêtres, mais à cette heure-ci, il n'y avait aucun trafic devant le 36 de l'avenue Georges-Mandel. C'était le milieu de la nuit, même Paris dormait, et elle aurait mieux fait d'aller se coucher aussi.

Elle quitta sa salle de musique sans éteindre la lumière. Dans sa chambre, il faisait clair. Bruna Lupoli, sa fidèle gouvernante, avait tout préparé dès son arrivée : les draps étaient ouverts, le sac défait et son contenu soit à la laverie, soit dans la penderie, chaque habit emballé de Cellophane selon le vœu de Maria. Elle aimait que chez elle, tout soit en ordre, bien à sa place. Comme l'énorme koala en peluche dans un fauteuil, à côté du lit richement ouvragé. Maria espérait qu'il veillait sur son sommeil. Elle n'en attendait pas tant de son caniche, qui ronflait paisiblement dans son panier et ne leva même pas la tête quand elle entra. Le mobilier rococo – lit, secrétaire, guéridon et chaise, un rêve de jeune fille couleur abricot – était une des rares choses qu'elle avait conservées de son mariage avec Meneghini et apportées ici deux ans plus tôt.

Elle aurait préféré une maison à la campagne, la villa de Sirmione comptait beaucoup pour elle, pourtant Aristo lui avait acheté cet appartement, trouvant un logement en ville plus pratique. Elle aurait pu se le payer, mais il avait insisté pour le lui offrir. Sans doute tenait-il avant tout à prendre lui-même cette décision déterminante pour leur avenir. Elle avait longtemps cru qu'il avait choisi cette rue cossue du XVIe arrondissement parce qu'elle se trouvait à moins d'un kilomètre et demi de son propre logement, au 88 de l'avenue Foch. Il fallait toutefois quinze bonnes minutes à pied vers le nord-ouest, à travers les jolies rues du quartier de Chaillot, pour le rejoindre. À bien y réfléchir, c'était trop loin pour prétendre avoir une relation de voisinage qui aurait fini par se changer en amour. La situation de leurs appartements ne les aurait jamais amenés à se rencontrer par hasard.

Depuis son départ de Grèce, la douleur de la séparation l'accompagnait en permanence et amplifiait par vagues, sans jamais s'apaiser. Debout dans sa chambre, elle se figea, transpercée par la violence de cette constatation : elle ne reverrait jamais Aristo. C'était fini. Leur amour brisé, son cœur déchiré. Le bonheur l'avait quittée et sa vie était détruite.

Elle tremblait de tous ses membres, comme si, au lieu d'être à Paris par une nuit d'été caniculaire, elle revivait une de ces soirées d'hiver glaciales, sans chauffage, subies à Athènes pendant la guerre sous l'occupation italienne et allemande. À l'époque, elle avait pu obtenir grâce au chant quelques avantages pour sa mère, sa sœur et elle-même : une meilleure nourriture, un peu d'argent pour acheter du combustible au marché noir. À tout juste dix-huit ans, elle avait chanté *Tosca* pour la première fois à l'opéra national grec. Elle n'était alors qu'une élève du conservatoire d'Athènes, encore gauche et vilaine, comme elle se trouvait elle-même, mais dotée d'une voix solide, d'un talent de comédienne et d'une grande discipline. Elle n'avait jamais oublié son épuisement après la représentation sur la scène du Cinema Palais, où l'ensemble du conservatoire s'était réfugié pendant la guerre, ni les applaudissements de son public. Plus marqué encore était le souvenir de la jalousie de ses collègues. Dès le début, le succès de Maria avait fait d'elle une cible. Elle avait renoncé à tant de choses, sacrifié son enfance et son adolescence, et pourtant, rares étaient ceux qui avaient conscience du travail de titan indispensable à sa perfection sur scène, bien peu connaissaient réellement les efforts physiques et psychiques nécessaires. Moins on comprenait que le talent, dans l'art, ne suffisait pas, plus on lui enviait le grand bonheur des applaudissements. Maria s'était toujours demandé ce qui poussait les gens à faire des messes basses dans son dos ou à la traiter avec distance et froideur, alors qu'elle espérait seulement un peu d'amabilité.

Elle repensa à toutes les nuits blanches qui avaient suivi ses représentations. La formidable vague d'adrénaline qui la submergeait toujours entre la mise en voix et les salves d'applaudissements finales la tenait longtemps éveillée ; après un spectacle, elle avait du mal à trouver le repos. Durant des décennies, elle avait eu l'impression d'être une machine à chanter, d'abord poussée par sa mère, puis par son époux. Jusqu'à ce qu'Aristo entre dans sa vie, devenant la seule personne proche d'elle qui ne s'intéressait pas à son art et plutôt à la femme qui incarnait cet art. Le premier qui donnait et qui ne prenait rien. Aristo, qui venait de la renvoyer parce qu'il voulait passer quelques jours avec une autre femme. Aristo à qui la Callas ne suffisait pas. À qui Maria ne suffisait pas.

Elle se passa une main sur le visage. Le silence la rendait folle. Le calme nocturne, menaçant, semblait lui intimer de mettre enfin un terme à cette terrible journée en allant se coucher, mais elle redoutait les pensées et les cauchemars qui s'abattraient sur elle dès qu'elle fermerait les yeux. Le seul moyen de les combattre, c'était ses cachets. Elle allait avaler quelques somnifères.

Les médicaments qu'elle prenait régulièrement se trouvaient dans une petite armoire de sa salle de bains. La pièce ressemblait à un véritable boudoir : immense, carrelée de marbre rose, décorée d'innombrables miroirs et de plantes tombantes, et équipée d'un canapé et d'un tourne-disque. Quand elle y entra, l'odeur sucrée et envoûtante du jasmin lui sauta aux narines. C'était le parfum de l'île de Skorpios, pas celui du « Myrto » à la senteur de muguet qu'utilisaient toutes les vieilles dames grecques. Aristo adorait le jasmin. Il avait fait venir d'Asie Mineure une variété particulière pour la planter sur son île. Certains soirs, la brise amenait une bouffée de ce parfum jusqu'au *Christina*. En souvenir de ces instants d'exquise intimité, Maria avait emporté la plante jusque dans sa salle de bains. Tout comme la robinetterie d'or, identique à celle de la suite Ithaka…

Aristo était partout. Il semblait à Maria que sans cet homme, il n'y avait plus de vie pour elle.

Chapitre 5
Paris, 19 décembre 1958

Une terrible angoisse monta dans sa gorge, lui laissant un goût amer sur la langue. Ce n'était qu'une impression, mais si intense que Maria se crut atteinte de violentes aigreurs d'estomac. Depuis le grave refroidissement attrapé en Écosse l'année précédente et le scandale lancé par la presse britannique après son refus de donner une cinquième représentation à Édimbourg, ses problèmes prenaient des proportions inquiétantes. Sa voix la trahissait de plus en plus souvent, elle se sentait pourchassée par les paparazzis qui ne cherchaient qu'à l'humilier et, pire encore, son public commençait à la bouder.

L'année avait été mauvaise. Dès le 2 janvier, sa *Norma* avait été interrompue à Rome, elle avait souffert d'un rhume tenace à la Scala au printemps, et le point culminant avait été son renvoi par le directeur du Metropolitan Opera de New York, à peine trois mois plus tôt. Les litiges avec les divers administrateurs, les huées de ses admirateurs et la presse désastreuse avaient une seule et même origine : malgré ses médicaments, elle ne parvenait pas à tenir toute une représentation. La Callas n'avait-elle donc pas le droit d'être malade ? De montrer la moindre faiblesse, une caractéristique pourtant si humaine ? Apparemment, non. Les gens la vénéraient désormais comme une déité et attendaient d'elle une santé de fer et une perfection constante. Après tout, la *diva assoluta* était une déesse. Quant aux directeurs, ils ne toléraient pas les annulations, soit pour ne pas perdre leurs recettes, soit, ce qui aurait été plus acceptable, parce qu'ils redoutaient la déception du public. En avril, Antonio Ghiringhelli avait mis la Scala sous la protection d'une escouade de carabiniers milanais, craignant une émeute si la Callas échouait à tenir jusqu'au bout son rôle d'Anna Bolena. Elle n'avait pas manqué une seule note, mais cela n'avait rien changé à l'ambiance tendue. La présence inhabituelle de la police, à un moment où l'on aurait dû célébrer la musique, n'avait rien arrangé.

Aujourd'hui, ce sera différent, se dit-elle pour la énième fois. Elle jeta un coup d'œil nerveux dans le miroir, forcée de tendre le cou pour apercevoir son reflet au-dessus des innombrables bouquets de fleurs qui commençaient à envahir sa suite du *Ritz*, comme les étoiles s'allumant le soir dans le ciel méditerranéen. Le monde entier lui souhaitait bonne chance pour son gala à l'opéra Garnier. Maria avait cependant l'impression que chaque rose supplémentaire ne faisait qu'aggraver sa fébrilité. Elle ignorait derrière quelle courbette se cachaient ses critiques les plus impitoyables, mais elle savait qu'ils la guettaient. Les attentes pesant sur elle étaient immenses – non seulement celles du public, mais aussi les siennes.

— La RTF attend cent millions d'auditeurs et de téléspectateurs pour la diffusion de ton concert, annonça Battista Meneghini d'un ton badin.

Il était en train de ranger les cartes qui accompagnaient les fleurs. Comme si la retransmission par radio et télévision ne suffisait pas à rendre Maria nerveuse, il ajouta :

— De nos jours, l'Eurovision permet la diffusion du concert en direct. Après tout, c'est un spectacle de bienfaisance en l'honneur de la Légion étrangère, et le président de la République française en personne prononcera le discours d'ouverture. En une telle occasion, les médias peuvent bien faire un effort.

Maria aperçut l'ombre de son mari dans le miroir et se prit à souhaiter qu'il ne soit pas là, ou au moins qu'il se taise. Elle ne répondit pas, tenta d'ignorer sa présence et de se concentrer sur sa prestation à venir. Elle montait sur scène à Paris pour la première fois, et ce serait aussi le concert le plus spectaculaire donné en Europe depuis la fin de la guerre. Meneghini ne se lassait pas de souligner l'importance de cet événement, qu'il se vantait d'avoir organisé. Il ne cessait pas non plus d'en rappeler l'aspect monétaire : des gages astronomiques de 5 millions de francs, dont elle comptait faire don à la fin, la vente en un clin d'œil de presque 2 200 billets à 35 000 francs pièce, les loges se vendant même à 300 000 francs. Des sommes époustouflantes pour une soirée au prestige inégalable.

— Comme je te l'ai dit, le président français Coty est là, poursuivit-il. Tu sais que le duc et la duchesse de Windsor sont présents aussi ? Les Rothschild, Charles Chaplin de Hollywood, la Bégum Aga Khan, les Onassis…

Elle serra les lèvres et se retint de hurler pour ménager ses cordes vocales. On viendrait bientôt la chercher pour le maquillage, elle avait déjà échauffé sa voix des heures plus tôt.

Tandis que son mari continuait impitoyablement à énumérer la liste des illustres spectateurs, elle passait en revue dans sa tête les airs de son programme de ce soir. Elle commencerait par *Casta Diva* de la *Norma* de Vincenzo Bellini, poursuivrait avec un air du *Barbier de Séville* de Rossini, puis interpréterait un extrait du deuxième acte du *Trouvère* de Verdi. Après l'entracte, la seconde partie serait entièrement consacrée à sa *Tosca*…

Tout à coup, elle se tourna vers son mari.

— Qu'est-ce que tu viens de dire ?

— Comment ça ?

Il se remit à classer les cartes de visite livrées avec les fleurs. *On dirait un joueur de poker qui examine sa main*, pensa-t-elle. Puis, l'air de prendre soudain conscience de quelque chose, Meneghini répéta avec un sourire crispé :

— J'ai dit que si tous tes admirateurs t'envoyaient trois bouquets par jour, nous serions obligés de louer un hangar.

— Trois ?

Maria, la puce à l'oreille, demanda sans plus penser à ménager sa voix :

— Qui fait donc une chose pareille ?

Meneghini s'approcha de la coiffeuse et déploya les billets en éventail comme s'il s'agissait d'un jeu de cartes.

— À en juger par la taille des bouquets et l'alphabet cyrillique, je suppose qu'il s'agit d'Aristote Onassis. Ou est-ce que je me trompe ?

Maria observa brièvement l'écriture manuscrite et hocha la tête. Elle s'abstint d'arracher les cartes de la main de Meneghini : plus elle témoignerait d'intérêt aux messages d'Onassis, plus son époux s'en intriguerait.

En fait, elle brûlait d'impatience de les lire. Elle n'avait pas revu l'armateur depuis leur séjour commun à Venise, en septembre de l'année précédente. Après leur rencontre au bal d'Elsa Maxwell, ils avaient vite formé une sorte de quatuor : Meneghini et elle, Ari Onassis et sa femme Tina. Ils avaient erré dans les ruelles, pris le soleil sur le Lido, bu des verres au *Harry's Bar*, admiré la pêche du jour au marché au poisson et foncé sur les canaux dans le hors-bord d'Onassis. Leurs chemins s'étaient séparés au terme de cette semaine de loisirs, quelques jours légers et superficiels passés ensemble, rien qui ne fasse naître ni surtout ne force une amitié profonde. Pourtant, Maria avait souvent repensé à Aristote Onassis.

Elle s'était sentie proche de lui, remarquant que les similarités de leur vie avaient influencé de la même manière leur vision du monde. Le fait qu'ils soient tous deux des Grecs déracinés lui avait paru un signe du destin.

Meneghini posa une carte devant Maria.

— Qu'est-ce qu'il écrit ? C'est arrivé avec un bouquet ce matin.

— « Avec les meilleurs vœux d'Aristote Onassis », lut-elle.

Il posa une deuxième carte à côté de la première.

— Et ça, ça accompagnait un bouquet parfaitement identique livré ce midi.

— Oh !

Elle ne put réprimer un sourire amusé en lisant une nouvelle fois :

— « Avec les meilleurs vœux d'Aristote Onassis. »

— Et un troisième bouquet vient d'arriver, identique aux deux précédents, avec cette troisième carte.

Maria écarquilla les yeux. Elle ne lut pas tout de suite à voix haute ce qu'Onassis avait écrit.

— Comme c'est romantique ! s'exclama-t-elle malgré elle.

— Quoi donc ?

Avec un sourire plus large encore, le cœur empli d'une joie inattendue, elle expliqua à son mari :

— Il m'envoie à nouveau ses meilleurs vœux, cette fois sans signature. Il part du principe que je sais de qui ils viennent. Je trouve cela romantique.

— Vraiment ?

Meneghini eut un instant l'air perplexe puis il éclata de rire, soulagé :

— Eh bien, si Ali Khan t'envoyait trois fois des fleurs et des billets cryptiques, je me ferais sans doute du souci, mais avec Onassis, je n'ai pas besoin de m'inquiéter. Il suffit de voir sa jeune épouse. Il est évident que tu ne peux pas lui faire d'ombre.

Le sourire de Maria s'effaça.

— À Rita Hayworth non plus, répliqua-t-elle.

Elle faisait référence à la sublime star de cinéma avec qui le fils de l'Aga Khan avait été marié.

— Bien sûr, bien sûr, marmonna Battista.

Pensant déjà à autre chose, il s'enquit :

— T'ai-je déjà annoncé qu'un simple programme coûte 2 000 francs ? La mise en pages a été faite à mon idée, bien sûr.

Il voyait qu'elle continuait à observer les cartes de visite et lança :

— Tu ne trouves pas qu'envoyer trois fois le même bouquet, c'est gaspiller de l'argent, en plus de manquer totalement d'imagination ?

Sans attendre de réponse, il se détourna en secouant la tête.

Maria garda le silence, et pas seulement pour ménager sa voix.

* * *

Les applaudissements l'emplirent de reconnaissance et d'humilité. Elle était au milieu de la scène, sur un long tapis ; dans son dos, l'immense escalier qu'elle venait de descendre d'un pas léger. Le chœur se tenait de part et d'autre d'elle. Maria absorbait l'affection de son public comme une abeille aspire du nectar. Sa main gauche posée sur son cœur palpitant retenait l'étole qui lui couvrait les épaules. Elle inclina la tête avec majesté. Ses lourds pendants d'oreilles en diamant ne lui permettaient guère de gestes plus fougueux. C'était, avec le collier, un prêt du joaillier Van Cleef & Arpels d'une valeur d'un million de dollars. Les bijoux qui brillaient de mille feux pour la diffusion télévisée soulignaient autant sa célébrité que le caractère somptueux de la soirée. Seul bémol : les téléspectateurs européens n'avaient que des écrans noir et blanc. La robe à la coupe très simple qu'ils voyaient grise était en réalité d'un rouge éclatant.

Quand la *Marseillaise* avait résonné, Maria s'était placée à l'arrière de la scène. Les « noirs » y grouillaient, petites mains indispensables qui géraient les spectacles dans l'ombre et portaient en général des vêtements de couleur discrète. Il lui sembla que le régisseur à lui seul avait deux fois plus d'employés que d'habitude à cause de la retransmission radio et télé. Les dimensions de cette « *Grande Nuit de l'opéra**[1] » dépassaient tout ce qu'elle avait connu jusqu'ici, ce qui valait aussi pour son trac. Dans sa loge, elle s'efforça de se reprendre et de se concentrer. Puis sa colère monta.

Elle venait de jeter un coup d'œil à l'épais programme. Il pesait une livre, et les 2 000 francs que les spectateurs devaient débourser pour un exemplaire étaient sans doute bien investis. En le feuilletant, Maria s'était arrêtée sur son portrait, une photo d'elle qu'elle aimait bien. Sauf qu'en dessous ne figurait pas la mention habituelle en caractères gras :

Maria Callas

Meneghini, qui se targuait d'avoir organisé la soirée et avait eu son mot à dire sur les moindres détails, s'était assuré qu'elle se produise sous un autre nom :

Maria Meneghini Callas

Un nouveau nom pour la femme la plus célèbre du monde. Elle était la Callas. Pas la Meneghini. Et pas non plus la Meneghini Callas.

---

1. Les termes en italique suivis d'un astérisque sont en français dans le texte.

Comment son mari avait-il osé mettre ainsi en vedette son propre patronyme ? Avant même celui, bien plus connu, de son épouse ? Une telle formulation était pour le moins insolite, d'autant qu'une Italienne mariée conservait son nom de jeune fille, qu'elle soit maraîchère ou diva d'opéra. Maria Callas et Battista Meneghini fêteraient en avril leur dixième anniversaire de mariage. La cérémonie s'était tenue à Vérone en vertu du droit italien, et sur ses papiers, elle s'appelait donc Maria Callas épouse Meneghini. Son nom d'usage et son nom d'artiste étaient tous deux Callas. Qu'espérait son mari en se plaçant soudain au-dessus des lois et des coutumes, sans même lui demander son avis ?

Son coup d'œil d'abord superficiel au programme l'emplissait d'une grande contrariété. Maria se sentait prise à la gorge, comme si un serpent se resserrait autour de son cou. Un serpent qui avait les traits de son mari.

Meneghini la considérait comme sa propriété, ce qui l'horripilait depuis longtemps. Maria savait ce qu'elle lui devait : il avait soutenu sa carrière au moment où elle avait eu grand besoin d'aide. Aussi longtemps que leur vie commune ne tournerait qu'autour de la scène, leur mariage fonctionnerait : travailler pour sa carrière les soudait. Maria songea pourtant une fois de plus que son véritable amour demeurait l'opéra, pas son conjoint, même si au fil des années, le respect, l'amitié et l'admiration s'étaient mués en une profonde affection. À présent, Maria se demandait si Battista Meneghini ne l'aimait qu'à la condition que sa voix lui rapporte des millions. Ses gages étaient versés sur un compte commun. Il avait presque trente ans de plus qu'elle, était de la même génération que son père – la trahirait-il un jour comme George ? *Finalement, il n'y a que l'argent qui compte*, pensa-t-elle, amère.

Mais sa voix comptait aussi, son parcours de cantatrice, et l'amour qu'elle ressentait quand elle chantait. Maria reprit contenance et repoussa ses réflexions à plus tard. Pas question de ruminer, et encore moins de demander des explications à Meneghini. *Concentre-toi sur le spectacle*, se dit-elle, *et prie la Sainte Mère de Dieu pour atteindre les notes les plus hautes.*

Elle posa les yeux sur la Vierge à l'Enfant qui ne la quittait jamais. Le tableau était suspendu au-dessus de son lit de la villa de Sirmione, il avait auparavant été accroché dans la maison de Milan et l'accompagnait désormais dans ses voyages. En cet instant, il était appuyé contre le mur de sa loge envahie de fleurs du vénérable Opéra Garnier. Elle envoya une brève prière au ciel, puis se concentra sur le spectacle imminent.

Et voilà qu'elle était sur scène, sous la lumière des projecteurs, face aux regards critiques du public et à l'objectif des caméras, à attendre que les applaudissements cessent et que Georges Sébastian, le chef d'orchestre, lève sa baguette.

Son cœur battait la chamade. Elle posa sa main droite pardessus la gauche, ses doigts s'enfouirent dans le tissu de son étole. Elle se concentra sur son souffle et sur les premières notes. Enfin, il n'y eut plus que la musique.

* * *

Une pluie incessante martelait les fenêtres des loges.

— Ils ont tous bravé ce temps abominable pour venir t'écouter chanter, déclara Meneghini. Même le président français. Il était vraiment là ! Et tout le gratin avec lui. C'est extraordinaire, personne n'a laissé passer cette occasion. Un groupe de quatre cent cinquante Parisiens triés sur le volet a même payé 15 000 francs de plus pour un banquet. N'est-ce pas incroyable ? Ils t'attendent dans le *grand foyer**.

Il ne dit pas un mot de sa brillante performance.

La première partie du concert s'était déroulée à merveille, et après l'entracte, l'interprétation du deuxième acte de *Tosca* s'était muée en un véritable triomphe pour la Callas. Maria fut submergée par un soulagement infini en revenant devant le rideau avec ses deux partenaires, le ténor Albert Lance et le baryton Tito Gobbi. Leur tenant fermement la main, elle s'inclina. Loin de se contenter d'apprécier le tonnerre d'applaudissements, elle l'absorba littéralement. Même le président René Coty, dans la loge d'honneur, se leva de son siège. Myope comme elle l'était et éblouie par les projecteurs, Maria n'en vit rien, mais on le lui chuchota lors d'une pause entre deux salves d'ovations. La salle entière était debout. Le public du plus grand opéra du monde acclamait la diva, qui rayonnait comme jamais.

Son euphorie s'évanouit à son retour dans sa loge. Maria avait presque l'impression de redescendre du septième ciel. Meneghini avait certes bien résumé la soirée, mais face à sa froideur, elle sentit la chair de poule envahir ses bras sous les manches ballons de sa robe Empire couleur champagne, qu'elle avait mise à l'entracte. La traîne bordée de zibeline qu'elle portait sur le bras lui parut désagréablement pesante. Elle dévisagea son mari rondouillard, se demandant quand Battista Meneghini avait troqué son amabilité bienveillante contre une telle aigreur de grippe-sou. Depuis quand n'était-il plus l'homme enjoué et rassurant, grand admirateur de son talent, à qui elle avait confié sa vie de son plein gré ? *C'est mon gardien de prison.*

— Tu ne parles que d'argent, siffla-t-elle d'une voix enrouée par l'effort. Tu ne veux même pas savoir comment je vais.

Il lui rendit son regard, interloqué.

— Pourquoi devrais-je parler de cela ? Je vois bien que tu es heureuse.

— Et ça, qu'est-ce que c'est ?

Elle saisit le volumineux programme sur sa coiffeuse et le jeta à ses pieds, où il tomba avec un bruit sourd.

— Une brochure à 2 000 francs, répondit-il, stupéfait.

— J'y ai lu que ce soir, une certaine Maria Meneghini Callas chantait. Qui est-ce ? Personne ne connaît Maria Meneghini !

Il secoua la tête et se pencha pour ramasser le programme, une position qui, surtout dans son smoking, ne lui donnait pas très fière allure.

— Le monde entier te connaît, l'assura-t-il en se redressant. Tu doutes de ta célébrité ?

— Le monde entier connaît la Callas. Pas Maria Meneghini !

— *Ecco*, marmonna-t-il.

Ce terme italien pouvait signifier tout et n'importe quoi. Maria en conclut qu'il avait au moins compris la raison de sa colère. Elle garda le silence, attendant une explication plus fournie, mais il la fixa sans ajouter un mot.

Quand elle ne supporta plus ce mutisme, elle demanda d'un ton tranchant :

— Tu comptes m'imposer un nouveau nom de scène ?

— Tu es ma femme, répondit-il simplement.

— Mais je ne m'appelle pas Maria Meneghini. Je suis Maria Callas !

Il soupira, soupesant le programme entre ses mains, baissa les yeux puis la regarda de nouveau.

— Je pensais que ce serait approprié. Nous sommes en France, et ici, la plupart des femmes portent le nom de leur mari.

— C'est faux. Beaucoup de Françaises adoptent le patronyme de leur mari comme nom d'usage, mais elles conservent officiellement leur nom de jeune fille même après le mariage.

Pendant l'entracte, alors que la maquilleuse lui poudrait le nez, recollait ses faux cils et lui mettait du rouge à lèvres, Maria l'avait interrogée sur les us et coutumes locaux. Elle haussa le ton :

— Tu n'avais aucune raison de prendre une telle initiative, Battista.

— Depuis quand t'intéresses-tu à ce genre de détails ?

Sa réplique prouvait bien qu'il n'avait fait que suivre sa propre idée, quel que soit l'objectif qu'il poursuivait avec ce changement de nom.

— Jusqu'ici, tout s'est déroulé à ta plus grande satisfaction, ma prima donna. Après une telle soirée, te voilà au sommet pour de bon. Un nom de plus ou de moins, quelle importance ?

Il la regardait de nouveau avec la douceur et la tendresse habituelles, mais Maria se demanda s'il ne cherchait pas juste à l'amadouer.

— La *diva assoluta*, c'est la Callas, siffla-t-elle. Pas la Meneghini, et pas la Meneghini Callas. Souviens-t'en une bonne fois pour toutes.

Chapitre 6
Paris, août 1968

— Madame…

La voix lui parvint à travers un épais brouillard, à peine compréhensible et étrangement assourdie. Elle n'aurait pas su dire si c'était un homme ou une femme qui lui parlait. En fait, elle n'arrivait même pas à réfléchir. Ni à penser. Ni à entendre. Elle se trouvait prisonnière de son sommeil, entraînée par un puissant tourbillon, comme si elle avait la tête sous l'eau.

Il lui semblait être Ulysse essayant de voguer entre Charybde et Scylla. Les bateaux aspirés par l'un ou l'autre de ces monstres marins étaient irrémédiablement perdus. Poséidon lui-même ne pouvait pas sauver leur équipage…

Je suis aussi perdue que les compagnons d'Ulysse, songea Maria.

Étrange. Elle se souvint soudain qu'Ulysse, dans ses errances, avait survécu à sa rencontre avec Charybde et Scylla. Ne s'était-il pas retenu à un figuier pour échapper à la mort ?

— Madame…

Ses muscles semblaient paralysés. Maria ne pouvait pas bouger. Quand elle essaya de remuer, elle constata que même son visage ne lui obéissait plus. Ses cordes vocales aussi la trahissaient, sa langue était lourde. Elle n'arrivait pas à parler.

— Oh, mon Dieu, madame…

L'eau, au-dessus d'elle, devint moins profonde. Elle perçut vaguement un timbre féminin dans cette voix surexcitée. Elle la connaissait, sans parvenir à l'identifier.

— Madame… Mon Dieu ! Maria ! Debout !

Pourquoi se réveillerait-elle ? Il n'y avait aucun figuier dans les environs auquel elle aurait pu se retenir.

Chapitre 7
New York, juillet 1929

— Mary ! Debout !

Sa mère avait une voix stridente ; apparemment, elle perdait patience. Comme d'habitude. Depuis qu'elle avait surpris une discussion entre Evangelia et George Kalogeropoulos et appris qu'ils auraient voulu un fils, elle comprenait pourquoi sa mère se montrait bien plus sévère avec elle qu'avec sa sœur Iacinthy. Dès sa naissance, elle avait été une déception pour sa *mamá*. Elle n'était pas un nouveau Vassilios et ne pouvait donc pas remplacer ce fils mort à trois ans. De plus, au fil des années, il était devenu évident que la petite Mary, maintenant âgée de presque six ans, resterait loin derrière sa grande sœur en matière d'apparence. Elle était trapue et boulotte, noiraude comme son père, et n'aurait jamais l'élégance de la famille de sa mère. Une famille qu'elle ne connaissait d'ailleurs que de réputation. Les Dimitriadis vivaient à Athènes, une ville que Mary imaginait aussi incroyablement belle que la Cité d'Émeraude du *Magicien d'Oz* et aussi éloignée que la Lune. Presque aussi lointaine que la Floride, où Mary venait de passer des vacances merveilleuses avec sa mère et sa sœur.

Elles avaient rendu visite à une cousine, qui habitait dans une villa de Tarpon Springs. Iacinthy avait expliqué à Maria que des pêcheurs d'éponges vivaient dans ce village côtier du golfe du Mexique, des immigrés grecs, comme leur famille, mais originaires d'îles de la mer Égée où l'on faisait depuis l'Antiquité le commerce d'éponges de bain. Maria avait été impressionnée par les pêcheurs, mais surtout fascinée par le paysage : la plage bordée de palmiers, les vagues qui s'y brisaient sans relâche. Sur place, sa mère ne la surveillait pas en permanence et, à l'inverse de New York, elle avait pu jouer avec d'autres enfants. Maria était heureuse. De retour à Hell's Kitchen, le quartier où son père venait d'ouvrir sa propre pharmacie, tout était redevenu comme d'habitude : seule Iacinthy, sa sœur adorée, comptait pour leur mère.

Une voix d'homme inconnue se fraya un chemin jusqu'à la conscience de Maria.

— Je dois vous dire la vérité, monsieur et madame Kalogeropoulos. Si votre fille ne revient pas à elle bientôt, nous ne pourrons plus rien faire. Douze jours après l'accident, mes possibilités deviennent très limitées.

Mary prit peu à peu conscience qu'il avait dû se passer quelque chose de grave. Sa mère piaillait-elle ainsi parce qu'elle avait peur ? Peur pour elle, Maria Anna Sophia Cecilia, sa fille cadette que tout le monde appelait Mary ? C'était inimaginable !

Elle se souvint d'avoir supplié ses parents de l'autoriser à aller chercher Iacinthy à l'école avec eux. Elle venait d'apprendre une nouvelle comptine qu'elle tenait à lui réciter sans attendre. Sa grande sœur lui faisait souvent la lecture, et grâce à sa vivacité d'esprit, Mary retenait sans peine les poèmes et les paroles des chansons. Elle était donc partie sur le trottoir en donnant la main à ses parents – puis elle avait aperçu Iacinthy de l'autre côté de la rue…

Dans son esprit, l'image se figea telle une photographie qu'il serait interdit de déplacer. Comme celles des noces de ses parents et d'autres, des temps jadis en Grèce, suspendues au-dessus du lit conjugal à côté de la couronne de mariage[1] et d'une icône. Mary n'avait pas le droit de toucher aux cadres, de peur qu'ils ne se déplacent ou ne tombent. *Mamá* avait toujours peur pour ses souvenirs – et maintenant, elle avait aussi peur pour elle, sa fille cadette. C'était très inhabituel, mais plutôt agréable. Dommage qu'elle ne comprenne pas pourquoi sa mère s'inquiétait à ce point.

Elle criait :

— Mary ! Mais réveille-toi, enfin !

Elle voulait lui dire qu'elle ne dormait plus. Elle essaya de remuer la mâchoire et une douleur fusa à travers son corps, partant de la tête, s'étendant dans ses membres à la pointe des pieds. Soudain, tout lui fit mal.

— Mary !

Evangelia hurlait de plus en plus fort.

— Madame Kalogeropoulos, s'il vous plaît !

La voix inconnue venait de la rappeler à l'ordre. Mary fut impressionnée que quelqu'un ose s'opposer à l'autorité de sa *mamá*.

— Je comprends votre inquiétude, mais vous vous trouvez dans un hôpital. Je dois vous demander de vous calmer un peu. Et puis, vous n'aidez pas Mary en lui hurlant dessus comme ça.

— Callas, intervint enfin son père. Mme Callas. Elle ne s'appelle plus Mme Kalogeropoulos.

Evangelia claqua de la langue, mais George ne se laissa pas troubler :

— J'ai simplifié notre nom grec, en accord avec une nouvelle loi. D'où ce changement. Notre fille s'appelle maintenant Maria Callas.

---

1. Tradition grecque orthodoxe : c'est le témoin qui se charge (à trois reprises) de couronner le marié et la mariée roi et reine de leur foyer. Les couronnes de mariage, appelées *stefana*, sont jointes par un ruban qui symbolise l'unité du couple. Ce rituel de la couronne évoque également le calvaire du Christ et la notion de sacrifice par amour.

Un nouveau nom. Comme c'était excitant. Si elle avait un nom de vraie Américaine, elle échapperait peut-être à l'éducation stricte grecque et pourrait évoluer aussi librement que les filles d'origine américaine qu'elle enviait tant. Cela lui semblait un peu étrange, mais elle s'y habituerait.

Maria Callas.

Mary ouvrit les yeux.

Chapitre 8
Paris, août 1968

Le bip était désagréable, mais régulier, comme un métronome, en plus aigu. Il n'allait pas avec le rêve dont Maria demeurait toujours prisonnière. Bien qu'elle soit consciente que le souvenir de son séjour à l'hôpital new-yorkais St. Elizabeth remontait à un passé lointain, elle se voyait toujours allongée dans le grand lit, choyée par les nonnes et par un aimable médecin qui l'avait surnommée *Lucky Mary*[1]. Sa mère lui expliqua d'un ton chargé de reproches qu'elle était restée inconsciente pendant douze jours – comment avait-elle pu lui infliger cela ? Evangelia s'était réellement fait du souci, mais sans doute plus pour elle-même que pour sa fille. Quand elle repensait à l'accident qui avait failli lui coûter la vie à cinq ans et demi, elle se disait que la voir lui lâcher la main et courir rejoindre sa sœur de l'autre côté de la chaussée n'avait sans doute constitué pour sa mère qu'une contrariété. Le conducteur de la voiture qui arrivait à toute allure ne vit pas la petite, ou peut-être avait-elle sous-estimé la vitesse du véhicule, comme le font souvent les enfants. Maria l'ignorait. Aujourd'hui encore, elle ne connaissait de cette partie de l'histoire que ce qu'on lui

1. « Mary la Veinarde. »

avait raconté. Son souvenir s'interrompait au moment où elle se mettait à courir.

Mais qu'est-ce que cela signifiait, *aujourd'hui* ? Dans sa somnolence engourdie, elle ne parvenait pas à cerner ce terme. Elle ignorait sa signification précise, était incapable de déterminer le jour de la semaine ou même la date. Le bruit dissonant n'améliorait pas les choses. Le rythme des bips ne correspondait pas aux grands airs, en tout cas, Maria ne se rappelait pas avoir jamais chanté un opéra comportant cette tonalité. Elle prit peu à peu conscience de n'être plus montée sur scène depuis longtemps. *Combien* de temps ? Si elle parvenait à se le rappeler, elle comprendrait le sens du mot *aujourd'hui*.

Le rêve pâlissait peu à peu, mais elle espérait pouvoir continuer à dormir. Elle se sentait si fatiguée. Le lit était peu confortable et assez étroit, mais elle s'en contenterait.

L'instant d'après, elle réfléchit à sa couche avec un peu plus de lucidité. Elle passa prudemment la main sur le drap et nota qu'il paraissait de qualité correcte, mais inférieure à ce à quoi elle était accoutumée. Soudain, la question décisive ne fut plus de connaître la date, mais de savoir où diable elle se trouvait. Sa main glissa plus loin sur le coton un peu rugueux.

— Enfin, fit une voix d'homme en anglais, dans un soupir.

Étrangement, elle se souvint à cet instant qu'elle avait récemment pris l'avion pour Paris. Pourquoi lui parlait-on en anglais et pas en français ? Était-elle vraiment redevenue la petite fille de la clinique de Manhattan ? Elle savait pourtant bien qu'elle se trouvait dans un corps de femme adulte. Perdait-elle la raison ?

Elle leva les paupières, affolée.

En dessous d'un crâne dégarni, deux yeux la regardaient avec tendresse. C'étaient ceux de son ami et imprésario Larry Kelly, elle le reconnut aussitôt. N'était-il pas censé se trouver à Rome ? Était-elle en Italie ?

— Bienvenue dans la vie.

Maria se sentait écrasée par sa somnolence. Un battement douloureux lui martelait les tempes, et elle eut soudain la nausée. Elle tendit la main vers Larry, un geste compliqué par le tube de la perfusion reliée à son bras. Les mots raclèrent sa gorge irritée quand elle demanda dans un murmure :

— Où suis-je ?

— Ta gouvernante et ton majordome t'ont fait emmener à l'Hôpital américain. Dieu merci, ils t'ont trouvée à temps et ont parfaitement réagi. Ton admission ici n'a pas causé de vagues, tu es traitée avec la plus grande discrétion.

Je suis donc à Paris. Toujours sous l'influence du rêve qui ne s'était pas encore entièrement évaporé, elle reprit, d'une voix rauque qu'elle ne reconnut pas :

— J'ai eu un accident ?

— On peut appeler ça comme ça. (Larry lui pressa doucement la main.) Tu as pris quelques cachets de trop.

— Ah oui, ça m'arrive souvent, lâcha-t-elle sans réfléchir.

Elle absorbait des médicaments en permanence, sans toujours se préoccuper de la dose exacte. Jusqu'à présent, elle n'avait jamais eu de problème. Sauf… Quelques années plus tôt, elle s'était retrouvée en grand danger. Elle avait par mégarde avalé trop de somnifères et Aristo l'avait forcée à arpenter son appartement toute la nuit, en la soutenant, pour l'empêcher de s'endormir. Il lui avait sauvé la vie.

— Où est Aristo ?

— J'appelle l'infirmière, répliqua Larry.

Il tenta de se défaire de sa poigne, mais elle le retint. Elle s'étonna elle-même de la force dont elle se trouvait soudain capable.

— Aristo sait-il que je suis à l'hôpital ?

— Non, Maria. Non, il ne le sait pas. En tout cas, personne ne l'en a informé, et jusqu'à présent, nous avons réussi à garder la presse dans l'ignorance de ton… accident.

Larry eut besoin de sa seconde main pour se libérer de celle de Maria. Il quitta son tabouret et sonna pour appeler une infirmière. Derrière lui, Maria distingua une paroi vitrée en guise de cloison et des portes ouvertes, à droite de son lit, un paravent en lin blanc. Derrière les vitres, des ombres passaient à la hâte dans une autre pièce peu éclairée. L'atmosphère évoquait les bureaux d'une compagnie d'assurances, mais elle se trouvait manifestement dans une salle de soins postopératoires. Elle devait donc être gravement malade. Et Aristo n'en savait rien !

Larry croit qu'Aristo se moque de ce qui m'arrive, pensa-t-elle en observant son vieil ami. *Mais il se trompe.*

— Tu devrais le mettre au courant le plus vite possible, dit-elle d'une voix enrouée. Il ne faut pas qu'il l'apprenne par la presse, si quelque chose finit par filtrer. Je ne veux pas qu'il s'inquiète pour moi.

Je veux qu'il s'inquiète pour moi et qu'il se précipite à mon chevet.

Avant que Larry ait le temps de répondre, une infirmière de l'âge de Maria apparut. Elle portait une blouse blanche amidonnée et, sous sa coiffe, ses cheveux châtains ondulés étaient déjà striés de gris.

— Madame Callas, dit-elle du ton aimable, mais impérieux d'une gouvernante, quelle joie de vous voir revenue à vous.

Elle lui prit le poignet et contrôla son pouls.

— Je vais chercher le docteur pour qu'il vous ausculte, ajouta-t-elle avant de sortir.

— Je vais devoir partir dès l'arrivée du médecin, annonça Larry.

Il se pencha pour lui souffler un baiser sur la joue.

— Je reviens demain, c'est promis. Je n'aurais jamais dû te laisser rentrer seule à Paris, je ne me le pardonnerai jamais.

Il était si gentil. Mais pour le moment, la bienveillance de Larry ne l'intéressait pas.

— S'il te plaît, informe Onassis, le supplia-t-elle. Il…

— Maria… Mary…

Larry hésita, puis promit d'une voix si basse qu'elle l'entendit à peine :

— Je vais m'en occuper.

À son manque de conviction et à sa formulation vague, elle devina qu'il ne ferait rien.

Elle était trop épuisée pour insister. Pourtant, la conscience d'avoir peut-être commis une erreur en quittant Aristo se planta dans son cœur comme un poignard. Elle revoyait clairement la scène : elle avait quitté Onassis, tout comme elle avait jadis quitté Meneghini. La diva était partie. Mais comment survivrait-elle à la perte de son grand amour ? Comment surmonterait-elle chacune des journées où il n'appellerait pas pour la supplier de revenir ?

Comme s'il avait lu dans ses pensées, Larry reprit :

— J'ai réfléchi et je pense que…

Il fut interrompu par l'entrée de l'infirmière, d'une autre soignante et de deux médecins. Le plus âgé, dont Maria supposa qu'il était le chef, répéta les paroles de sa collègue :

— Madame Callas, quelle joie de vous voir revenue à vous. Monsieur Kelly, auriez-vous l'amabilité de nous laisser ?

Larry hocha la tête puis tapota l'épaule de Maria avec douceur et une vague maladresse, comme s'il avait du mal à la quitter.

— Dès que tu sortiras, nous partirons tous les deux à New York.

— Quoi ?

Elle écarquilla péniblement les yeux.

— J'ai appelé ton amie Mary Mead, à Dallas. Elle pense aussi que tu devrais venir en Amérique, pour prendre un peu de recul. Nous sommes tous là pour toi, Maria. Et puis, il me semble plus judicieux d'être sur place pour préparer la tournée dont nous avons parlé.

Elle avait presque oublié ce projet. L'aiguille du cathéter la picota, comme pour lui démontrer la faiblesse de son corps. Une simple représentation serait impossible, sans même parler d'une tournée. *Lucky Mary*. Ce surnom lui semblait aussi mal choisi aujourd'hui qu'à l'époque. Elle n'était pas Mary la Veinarde.

— Je ne sais pas si un vol intercontinental est bien recommandé en ce moment, marmonna-t-elle.

Larry désigna le médecin de la tête.

— Le docteur décidera de ce qui est le mieux pour ta santé, et nous verrons. Je reviens demain.

Il franchit la porte à reculons, un sourire confiant aux lèvres.

En cet instant, un voyage en Amérique fit à Maria l'effet d'une version moderne des errances d'Ulysse. Même l'idée de remonter sur scène ne parvint pas à la réconforter. Tout ce qu'elle voulait, c'était rentrer chez elle, dormir, et attendre qu'Aristo revienne – comme Pénélope, l'épouse d'Ulysse, qui avait attendu pendant dix ans, au même endroit, le retour de l'homme qu'elle aimait. Presque la durée de la relation entre Aristote et Maria.

Chapitre 9
Londres, mi-juin 1959

Tout bien considéré, constata Maria, lui faire parvenir un message sans que son mari ni personne de son entourage ne l'apprenne n'avait rien de compliqué. Pas besoin de soudoyer un portier du *Savoy* ni de mettre dans la confidence un employé du Covent Garden Opera House. Il suffisait de lui écrire en grec, en caractères cyrilliques. Tout à fait officiellement.

Toutefois, en voyant les choses d'un point de vue féminin, elle se dit qu'Onassis aurait pu se donner un peu plus de mal. Un page avait apporté dans sa suite un énorme bouquet de roses d'une variété ancienne, aux somptueux pétales rosés. Quand Meneghini lui demanda de qui venaient les fleurs, elle répondit sans mentir, soudain un peu agacée : « D'Aristote et Tina Onassis. »

Elle s'abstint pourtant de lui lire la carte qui les accompagnait, qu'elle était la seule à pouvoir déchiffrer. Aristo s'était montré discret, mais Maria, dans sa vanité, regretta aussitôt qu'il n'ait pas fait davantage d'efforts.

— Ils commencent vraiment à devenir collants, ces deux-là, commenta Meneghini. Même avec tout son argent, Onassis n'obtiendra jamais le glamour et l'admiration que te vaut ton art. Voilà pourquoi il recherche notre compagnie. Tous ces appels pour nous inviter à une croisière sur son yacht, cet été… Ce n'est plus insistant, c'est carrément envahissant.

Maria dut avouer qu'elle partageait son avis. Aristote et Tina Onassis avaient répété leur invitation quand ils s'étaient revus au gala de Paris, en décembre dernier, mais la cohue qui régnait ce soir-là lui avait évité de répondre. Le monde entier venait la féliciter pour sa merveilleuse prestation, chacun des honorables membres du public voulait l'approcher, échanger quelques mots avec elle et absorber un peu du rayonnement de la diva. Elle n'avait pas eu le temps de s'entretenir réellement avec Onassis. Il en alla de même au bal que la fille du chef d'orchestre Arturo Toscanini donna à Venise au mois de mai en l'honneur de Maria : Onassis y apparut aussi. Quelques semaines plus tard, par un après-midi ensoleillé, le téléphone de la salle de musique de Sirmione avait sonné.

— J'appelle de Monte-Carlo, déclara Onassis de sa voix profonde et pénétrante. Tina et moi faisons des projets pour l'été. Il faut que vous nous accompagniez dans notre croisière autour des îles grecques et le long de la côte turque. Ça sera fantastique, vous verrez.

Il appelait au pire moment. Il ne pouvait pas le deviner, bien sûr, mais Maria n'avait pas l'intention de lui cacher qu'il dérangeait. Elle travaillait sur le libretto du *Médée* de Luigi Cherubini. Même si elle chantait et jouait ce rôle sur scène depuis six ans, il exigeait chaque fois une concentration totale et une longue période de préparation. Sa gouvernante lui avait transmis l'appel alors qu'elle se trouvait en plein travail ; c'était sans doute dû à l'assurance inébranlable de l'homme le plus riche du monde.

Pas avec moi, se dit Maria, horripilée. *Tu ne peux pas me traiter comme si j'étais ta poupée.*

— Je n'ai vraiment pas la tête à organiser une croisière, répliqua-t-elle sèchement. Je suis sur le point de partir à Londres, où j'ai un engagement important.

À peine eut-elle parlé qu'elle repensa aux gros titres de la presse britannique, deux ans plus tôt. Jusqu'ici, elle avait réussi à refouler ce souvenir, mais il lui revint soudain, en même temps que celui de sa première rencontre avec l'armateur au bal vénitien d'Elsa Maxwell. Autant la première image était douloureuse, autant l'autre, très forte, lui plut : la sensation de se sentir bien en présence d'Onassis.

Elle hésita un instant puis répéta, un peu plus aimable :

— Je ne suis pas en état de réfléchir à une croisière.

— Où aura lieu votre concert londonien ? s'enquit Onassis.

— À Covent Garden. Je chante *Médée*.

Il garda brièvement le silence ; peut-être n'avait-il jamais entendu parler de cette œuvre. Puis il reprit :

— J'achèterai quelques billets et j'organiserai une réception en votre honneur à l'hôtel *Dorchester*. J'espère pouvoir compter sur vous.

Elle fut prise de court.

— Oui. Bien sûr… Sans doute. Oui, je veux dire, j'y serai.

Au son de sa voix, elle devina qu'il souriait.

— Très bien, alors je viendrai chercher ma réponse à Londres.

Il raccrocha sans un mot d'adieu.

Maria scruta le combiné du téléphone, interloquée. De quelle réponse parlait-il ? Elle venait d'accepter son invitation à la soirée. Elle mit quelques instants à saisir qu'il avait fait allusion à l'invitation sur son yacht.

Presque un mois plus tard, au *Savoy*, elle sut tout de suite de quoi il s'agissait quand elle lut sur sa carte :

Vous me devez toujours une réponse.
Quand puis-je venir la chercher ?

L'espace d'un moment enchanté, elle se sentit flattée, puis elle redescendit sur terre. Qu'espérait donc Onassis d'un tête-à-tête avec elle ? Sa question suggérait forcément cela. Il se comportait de manière extrêmement intrusive. Cherchait-il à profiter de la célébrité de Maria et non à honorer leur amitié ? Ou n'était-il qu'un admirateur parmi tant d'autres ?

Elle prit conscience que, pendant une fraction de seconde, elle s'était imaginé davantage. Le rouge lui monta aux joues. Quelle bêtise de sa part. C'était presque ridicule. Onassis était marié, qui plus est avec une belle jeune femme. Tina ne semblait certes pas très à cheval sur la fidélité conjugale, comme le chuchotait Elsa Maxwell, et un Grec n'aimait guère porter les cornes, mais il ne libérerait jamais Tina à cause d'une liaison. Il préférerait sans doute l'enfermer que de l'abandonner à un amant.

Et puis je suis mariée, moi aussi, pensa d'un coup Maria. Elle tressaillit en constatant qu'elle n'y avait pas même songé jusque-là. Comme si elle avait oublié son propre mariage à la simple idée d'un flirt avec Onassis.

Elle déchira la carte en petits morceaux.

* * *

Depuis son arrivée, une meute de photographes de presse faisait le siège de la ruelle menant au *Savoy*. Parfois, quand les flashs l'éblouissaient trop, elle se glissait par une sortie dérobée. Elle se livrait pourtant rarement à ce jeu de cache-cache : on finissait de toute façon par la reconnaître et elle était alors photographiée ailleurs, en route pour une répétition, au restaurant, ou quand elle faisait des achats chez Marks & Spencer ou Selfridges. Ce jour-là, elle avait sciemment décidé de franchir l'entrée principale devant laquelle l'attendait une Rolls-Royce appartenant, rien que ça, à un membre de la famille royale britannique. Dès qu'elle franchit la porte tambour, les flashs crépitèrent.

Maria portait un tailleur de voyage vert tilleul et un chapeau de paille laquée au large bord recourbé vers l'intérieur. La tenue parfaite pour partir en week-end à la campagne. Elle prit donc la pause devant la voiture tandis que le chauffeur lui tenait patiemment la portière et que Meneghini se frayait un chemin à travers la cohue pour monter de l'autre côté. Elle souriait sereinement, consciente de l'importance d'avoir une bonne presse et des photos en rapport. On avait déjà vu des clichés de la diva arrivant en coulisses folle de rage, trahie autant par sa voix que par ses nerfs. De telles images lui laissaient toujours un vague sentiment de culpabilité, comme si elle était toujours la gamine rabrouée par sa mère. Un article négatif la desservait aussi auprès de son public, elle le savait trop bien.

Mais en cette journée ensoleillée, et même si Maria ne se trouverait sans doute jamais vraiment belle, elle savait qu'elle avait fière allure. De plus, elle se réjouissait d'avoir été invitée par le comte de Harewood dans sa propriété familiale du Yorkshire de l'Ouest. Elle n'aurait pas dû accepter une invitation de ce genre si peu de temps avant la première de sa *Médée* londonienne, mais George Lascelles était le plus important mécène de l'art lyrique au Royaume-Uni – et du football anglais. Maria appréciait le cousin de la reine, non seulement parce qu'il était un véritable expert de l'opéra, mais aussi pour ses faux airs de Gary Cooper. Il était charmant, spirituel, et marié à une pianiste formidable. Elle monta dans la voiture du comte, certaine de passer deux journées distrayantes.

— Qu'y a-t-il de plus assommant qu'un week-end à la campagne en Angleterre ? lança Meneghini quand la Rolls-Royce démarra en douceur. Les chevaux, les chiens, le jardin et la mauvaise nourriture, voilà tout ce dont on parlera, et je n'ai rien à dire sur aucun de ces sujets.

Les lamentations de son mari horripilaient Maria. Il lui gâchait la joie de ce petit voyage, et ne constituait d'ailleurs que le début d'une conversation qu'ils avaient déjà menée bien des fois. Elle chaussa ses lunettes et jeta un regard acéré à Meneghini.

— Je ne crois pas qu'on ne discutera que de clichés chez George Lascelles. Il a été directeur du Royal Opera House, comme tu le sais, et a écrit un manuel lyrique de référence.

Mais Meneghini se cramponna à ses préjugés.

— L'italien est la langue internationale de l'opéra, mais tous les autres invités de lord Harewood ne parleront sûrement qu'anglais.

— Tu aurais pu apprendre des langues étrangères, rétorqua-t-elle, agacée.

Elle se tourna vers la fenêtre, exaspérée. La voiture suivait le Victoria Embankment, la berge de la Tamise, et grâce au temps clair de ce samedi matin, Maria profitait d'une très belle vue sur le fleuve. Elle commençait à se détendre un peu quand Meneghini reprit ses jérémiades.

— Comment veux-tu que je m'occupe de tes concerts si je ne peux pas discuter avec les gens ?

— Si tu n'es plus capable d'être mon manager… (Elle se tourna vivement vers lui, les yeux étincelants de colère.) Eh bien, arrête !

— Ce n'est pas très gentil, après tout ce que j'ai fait pour toi, grogna-t-il en se détournant.

De son côté surgit au loin la célèbre tour de Big Ben. Maria était toutefois certaine qu'il n'admirait aucun des monuments historiques sur le chemin de l'aéroport.

* * *

Une fois à Heathrow, elle constata avec surprise que le chauffeur ne les conduisait pas au terminal de première classe qu'elle connaissait, mais vers un hangar à l'écart des halls de l'aéroport.

— Où allons-nous ?

— M. Onassis a mis son avion personnel à votre disposition pour le vol vers Leeds.

— Oh !

Un petit sourire se dessina sur ses lèvres. Il s'efforçait donc tout de même de l'impressionner.

— M. Onassis part-il avec nous ? s'enquit-elle.

— Non, madame. D'après mes informations, vous-même et M. Meneghini serez les seuls passagers.

Son sourire s'effaça. Dommage. Le trajet aurait sans doute été plus distrayant avec Ari qu'avec son mari, qui ne lui avait plus adressé la parole depuis leur prise de bec. Puis elle se dit qu'Onassis se trouvait peut-être déjà à Harewood House et l'y attendait. Elle aurait aimé demander au chauffeur s'il savait qui étaient les autres invités, mais s'en abstint.

* * *

Harewood House était un impressionnant bâtiment en grès clair, avec un portail à colonnes, entouré d'un gazon anglais qu'on aurait dit taillé aux ciseaux à ongles et arrosé chaque jour d'une peinture vert pimpant. La pelouse donnait sur une élégante composition d'arbres et de buissons qui se perdait dans le paysage vallonné puis dans une forêt. Le tout était couronné d'un ciel d'été bleu pâle. Si elle n'avait pas vu le parc de ses propres yeux, Maria aurait cru à une carte postale retouchée.

Meneghini releva le col de son imperméable.

— Nous ne sommes pas habitués à ce vent froid du nord. Fais attention à toi, Maria. Il ne faut surtout pas que tu t'enrhumes.

Elle secoua la tête, agacée. La brise lui paraissait plus tiède que fraîche, et très agréable. L'ampleur du domaine lui donna une sensation de liberté qu'elle ne percevait d'habitude qu'au bord de la mer.

— Tu peux te reposer à l'intérieur, moi, j'ai envie d'aller me promener.

— Maria Callas !

George Lascelles descendit le perron, les bras tendus. Il était suivi de sa femme Marion, une Autrichienne brune très séduisante.

— Quelle joie de vous accueillir ! Vous êtes notre invitée d'honneur.

Maria se glissa aussitôt dans la peau de la diva. Comme sur scène, où son talent de comédienne conférait à ses rôles lyriques un je-ne-sais-quoi unique, elle joua la femme du monde. Cachant sa timidité, elle suivit ses hôtes d'un pas gracieux jusqu'à la maison, fit le tour du propriétaire et admira la galerie de tableaux alors même que, sans les lunettes qu'elle venait d'ôter, elle ne voyait pas grand-chose. Le maître de maison la régala de l'histoire du domaine, qui datait du XVIIIe siècle, et de celle des comtes de Harewood. Ils avaient jadis commandé l'aménagement intérieur à l'ébéniste Thomas Chippendale, et les meubles avaient à présent une valeur inestimable. Maria l'écouta avec intérêt, posa les bonnes questions aux bons moments, tout en gardant pour elle ce qu'elle aurait vraiment voulu savoir. Elle ne demanda pas non plus de nouvelles du couple Onassis quand Marion Stein Lascelles évoqua les autres invités, qui disputaient au même moment dans le jardin des parties de tennis ou de pétanque. Elle se contenta de promettre qu'elle retrouverait tout le monde dès qu'elle se serait un peu rafraîchie.

— Tu ferais mieux de te reposer, l'avertit Meneghini.

Ils venaient de prendre leurs quartiers dans deux chambres mitoyennes reliées par une porte cachée, et le personnel s'était retiré. Maria avait demandé à la domestique qui s'apprêtait à défaire son bagage de revenir plus tard.

Elle posa son chapeau sur le lit à baldaquin couvert d'un plaid de brocart et de satin.

— Je t'ai déjà dit que j'avais envie de faire une promenade, siffla-t-elle.

Elle ne rejoindrait les joueurs de tennis et de pétanque que pour savoir qui étaient les autres invités ; elle n'avait aucune intention de participer. Elle n'en dirait toutefois rien à son mari. Elle n'avait pas à se justifier de vouloir se dégourdir les jambes après leur voyage.

— N'oublie pas que tu dois être en pleine forme pour la représentation, reprit Meneghini, parlant davantage comme un manager inquiet que comme un époux aimant. Tu ne peux plus te permettre d'annuler. On risquerait l'émeute. Les gens faisaient la queue devant le Royal Opera House trois jours avant la mise en vente des billets, et tout a été écoulé en l'espace de trois heures. Tu dois à ton public d'être présente à cent pour cent.

— Je n'arrive pas à me défaire de l'impression que tu crois que je te suis redevable, répliqua-t-elle. Si tu es fatigué, tu n'as qu'à te reposer. Moi, je suis tout à fait réveillée, et je voudrais aller dans le parc… seule, ajouta-t-elle par sûreté, au cas où Meneghini tenterait de se joindre à elle.

Il hésita.

— Je trouve que tu ne fais pas assez attention à ta santé, et ça ne me plaît guère.

— Tu es aussi mon tuteur, maintenant ? (La question était rhétorique.) Je sais très bien ce qui est bon pour moi, ajouta-t-elle aussitôt.

— Espérons-le, grogna-t-il.

Puis il se retira, fermant la porte avec un bruit sourd.

Maria poussa un profond soupir. Alors seulement, elle se rendit compte qu'elle avait retenu son souffle jusque-là.

Elle se changea à la hâte, comme si elle craignait que Meneghini ne resurgisse pour tenter à nouveau de la dissuader de sortir. Ne voulant pas perdre de temps à se recoiffer, elle noua un large châle de soie autour de sa tête et constata d'un coup d'œil dans le miroir que cela lui allait à ravir. L'ample jupe jaune citron de sa robe d'été voletait joliment autour de ses jambes, symbole de sa liberté tout juste gagnée, et qui serait sans doute de courte durée. Elle posa un gilet sur ses épaules, enfila des chaussures confortables et quitta sa chambre.

Sur la terrasse, elle tomba sur Randolph Churchill, le fils de l'ancien Premier ministre britannique. Il tenait à la main un verre qui semblait rempli de whisky et qui n'était sûrement pas son premier de la journée. En voyant Maria, il se leva du confortable fauteuil en rotin duquel il observait le jardin.

— Maria Callas, la divine ! Vous amenez l'éclat et la vie dans cette bicoque. Lascelles a invité un tas de voisins ennuyeux comme seule peut l'être la noblesse terrienne britannique. Je suis honoré de voir ici une personne aussi exceptionnelle que vous.

Il s'inclina en vacillant un peu.

Maria, connaissant sa langue de vipère, se garda bien de lui poser la seule question qui lui importait.

— Où est donc tout le monde ? s'enquit-elle d'un ton parfaitement serein.

Il agita la main avec une telle fougue que sa boisson déborda.

— Quelque part dans le parc. On se livre aux joies de l'exercice physique et intellectuel, on joue à la pétanque ou au tennis. Suivez les *plops* des balles ou les claquements des boules d'acier, vous ne pourrez pas les manquer.

Il se laissa retomber dans son siège et étendit les jambes comme si ce bref échange l'avait épuisé. Du bout du pied, il attira un autre fauteuil vers lui.

— À moins que vous ne préfériez vous joindre à moi ?

— Plus tard, très volontiers, répondit-elle poliment, alors qu'elle n'aurait pour rien au monde perdu son temps en compagnie d'un alcoolique cynique. Pour le moment, j'ai envie d'aller me promener un peu.

Le fils Churchill hocha la tête. Ayant manifestement déjà perdu tout intérêt pour elle, il se consacra de nouveau à son whisky, les paupières mi-closes.

Elle dépassa les parterres de fleurs à décors baroques qui ornaient le pied de l'escalier, et s'engagea dans une allée qui conduisait vers le jardin paysager à l'anglaise, avec pelouse, buissons et murets. Sous les hêtres, il faisait frais, et elle resserra son gilet autour des épaules. Les indications de Randolph Churchill étaient exactes : elle entendit dans le lointain le coup sourd d'une raquette frappant une balle et, un peu plus près, le claquement des boules de pétanque suivi d'une exclamation enthousiaste et de murmures appréciateurs. Maria décida d'emprunter le chemin de sable menant au terrain de pétanque. Elle aimait ce jeu, son calme et sa précision. Chez elle, à Sirmione, elle était trop connue pour se joindre aux joueurs : sa présence faisait naître l'excitation, l'atmosphère devenait électrique. Rien de cela ici, avec les amis du comte de Harewood. Même si la Callas était une célébrité, chacun avait trop conscience de sa propre place dans la société pour se perdre en adoration.

* * *

Maria passa les heures suivantes dans une ambiance joyeuse, en compagnie d'une dizaine d'aristocrates britanniques loin d'être aussi ennuyeux que l'avaient prétendu son mari et le fils Churchill. Elle joua aux boules, assista aux matchs de tennis, rit et discuta avec grand plaisir. Ni Tina ni Aristote Onassis n'étaient là, mais elle apprit que d'autres invités devaient arriver le soir. On ne donna pas de noms, et l'atmosphère gaie et détendue finit par lui faire oublier sa curiosité secrète. Une inédite sensation de liberté l'envahit en cet après-midi ensoleillé. Un vent léger faisait voleter les extrémités de son châle et jouait avec l'ourlet de sa jupe. Pour la première fois depuis bien longtemps, Maria retrouvait l'impression d'être elle-même – ou du moins quelque chose qui s'en approchait beaucoup.

Quand elle revint dans sa suite, la porte menant à la chambre de Meneghini était ouverte. Elle observa un instant en silence son époux qui prenait des notes, assis au secrétaire. Petit et rondouillard, de vingt-sept ans son aîné, il n'était pas bel homme et ne semblait guère à sa place dans l'environnement mondain du petit-fils de la reine Mary ni dans l'intimité d'une vedette mondiale. Entrepreneur en bâtiment zélé et passionné d'opéra, il avait jusqu'à leur mariage vécu avec sa *mamma*, à Vérone. Pas beau, mais pas non plus coureur de jupons, il était la meilleure chose qui lui soit arrivée jusqu'ici.

Peut-être ne l'épouserait-elle pas aujourd'hui si c'était à refaire. Pourtant, il avait mis la scène à ses pieds et lui avait offert un cocon sécurisant au moment où elle en avait eu le plus besoin. Elle ne devrait pas douter de leur mariage juste parce qu'il ne partageait pas son désir d'un peu de distraction et de plaisirs innocents, de danse et de sport. De telles mésententes existaient dans tous les couples. Elle sourit et frappa doucement au montant de la porte.

Meneghini leva la tête.

— Ah, te voilà. Tu as passé une bonne journée ?

— Oui. Tu aurais dû m'accompagner pour voir le parc.

— Désolé. J'étais fatigué. Et puis, le climat d'ici ne me réussit pas.

Il toussota avec insistance.

Elle s'adossa au mur et reprit, ignorant son commentaire :

— Tu sais, je me suis dit que je devrais passer plus de temps dans la nature. Toutes ces obligations m'épuisent et j'aimerais m'accorder davantage de repos. Ces quelques heures de détente dans un si bel endroit me font tant de bien !

— N'y pense même pas. Tu dois continuer à donner des concerts au même rythme, répondit Meneghini sans paraître s'inquiéter de ses besoins. Il faut de l'argent pour financer ton mode de vie, Maria.

— Bah, j'en ai tellement gagné jusqu'à présent que…

— Il ne reste rien.

— Pardon ?

— Tout a été dépensé, ajouta-t-il, l'air grave.

Maria crut sentir le sol se dérober sous ses pieds. Elle se redressa, cherchant de la main le cadre de la porte pour s'y retenir. Son humeur s'alourdit comme à l'approche d'une tempête estivale.

— Qu'est-ce que ça signifie ?

— Eh bien, il a fallu rembourser les crédits que j'avais contractés pour investir dans ta carrière. Nous avions d'énormes dépenses à l'époque où tu ne gagnais pas encore assez, et je devais bien trouver l'argent quelque part, n'est-ce pas ?

Une petite fille surgit soudain devant ses yeux, une gamine qui ne possédait pas un seul jouet parce que son père avait toujours des problèmes financiers et ne pouvait rien acheter qui satisfasse les besoins de sa cadette. De toute façon, depuis que sa mère avait découvert le don de sa fille, elle ne voyait plus de raison de laisser l'enfant prodige s'amuser. Elle mit tout en œuvre pour transformer Maria en véritable machine à chanter, tenue de démontrer son talent à la demande. Cette contrainte devint une constante dans sa vie. Désormais, c'était son propre mari qui lui interdisait de prendre du repos – il fallait qu'elle chante, chante et chante encore.

Encore détendue un instant auparavant, Maria perdit contenance.

— C'est impossible. Où est mon argent ? Où mes gages ont-ils été versés ?

— Sur mon compte, évidemment, comme nous en étions convenus. (Il soupira, affichant un air de regret, mais aussi d'incompréhension.) Nous nous étions mis d'accord pour que je m'occupe de l'aspect financier de ton travail. C'était notre arrangement, Maria !

Son ton d'habitude si aimable venait de prendre une nuance étrangement menaçante. Il se tourna vers elle sans quitter son siège et la dévisagea.

— Je ne veux que le meilleur pour toi, ajouta-t-il.

Maria fut sur le point de hurler, de donner libre cours à sa colère comme elle le faisait chaque fois que quelque chose ne lui allait pas. Puis elle se mordit les lèvres. Elle comprenait à présent qu'elle devait agir avec intelligence et se montrer raisonnable. Un ange s'était posé sur son épaule pour lui donner la force de prendre une décision. Au lieu de céder à sa panique montante et de rétorquer à Meneghini que, à l'avenir, elle exigeait un droit de regard sur ses finances, elle passa en revue ses prochains engagements dans sa tête avec un calme étonnant. Après Londres, elle irait au Holland Festival d'Amsterdam, puis en Belgique. Elle devait faire en sorte que son mari n'ait plus accès à ses gages, trouver le moyen de l'empêcher d'utiliser ses revenus à sa guise.

Elle s'aperçut que son silence le rendait nerveux. Il martelait du bout des doigts le carnet ouvert devant lui. Y notait-il les revenus et les dépenses ? Jamais elle ne l'avait contrôlé, pas une fois elle ne lui avait demandé ce qu'il faisait de son argent. Elle avait même supposé qu'il avait investi sa propre fortune dans leur vie commune et dans sa carrière. Au début en tout cas, à l'époque où ils avaient fait connaissance et où il était devenu son manager. Jamais elle n'aurait imaginé qu'il avait dû emprunter de l'argent. La villa de Milan, la maison de Sirmione – à qui appartenaient ces lieux, en réalité ? Une tempête de questions s'éleva soudain dans son esprit, lui donnant le tournis. Pourtant, elle n'en posa pas une seule.

Sans ajouter un mot, elle s'écarta du mur, retourna dans sa chambre et referma la porte.

* * *

Maria avait d'abord craint qu'il ne lui soit pénible de passer le week-end avec des gens qu'elle connaissait mal, ou pas du tout. Toutefois, après la dispute avec Meneghini, elle fut heureuse de la présence constante de cet entourage, qui leur évita de nouvelles discussions désagréables en dehors de leur suite. Jusqu'au dîner, elle laissa fermée la porte qui reliait leurs chambres. Elle ne retrouva son mari que dans le couloir, lorsqu'ils sortirent pour descendre ensemble. La domestique attribuée à Maria était venue lui annoncer qu'on servait les cocktails, puis en avait informé Meneghini à la demande de la cantatrice.

Une lourde porte s'ouvrit, un peu plus loin dans le couloir, et une grave voix d'homme marmonna une remarque qu'elle ne saisit pas. Maria se figea instinctivement puis se retourna. Le couple Onassis sortait de sa chambre.

— Ça m'aurait étonné de ne pas les voir ici, ceux-là, grommela Meneghini dans son dos.

Elle lui jeta un bref coup d'œil et vit qu'il affichait un sourire figé. Il s'amuserait sans doute beaucoup moins qu'elle-même l'espérait ce soir en compagnie d'Onassis. Celui-ci ne la laisserait pas le faire languir plus longtemps et exigerait une réponse à son invitation.

— *Kalispéra*, dit Maria en souriant. Bonsoir, ajouta-t-elle en anglais à l'intention de Tina.

— Oh, bonsoir, gazouilla celle-ci. Je suis ravie de vous revoir.

Elle enlaça Maria comme si elles étaient les meilleures amies du monde et lui donna deux bises, à la mode française.

— Moi de même.

Onassis saisit la main de Maria et la porta à ses lèvres.

— *Kalispéra*, formula-t-il simplement.

— Je vous dois des remerciements, dit-elle d'un ton badin, notant avec un léger embarras qu'il retenait sa main un peu trop longtemps.

Elle lui parla en grec sans s'en apercevoir, et il fut ensuite trop tard pour changer de langue avec élégance.

— C'était très aimable de votre part de mettre votre avion privé à notre disposition.

— J'espère que le vol vous a plu, répondit-il galamment. C'est la manière la plus confortable de voyager. À part le bateau, bien sûr.

Elle ôta sa main de la sienne en souriant.

— Bien sûr.

À ses côtés, elle avança lentement vers le grand escalier. Sans regarder en arrière, elle devina que Meneghini s'était senti obligé d'offrir son bras à Tina Onassis pour suivre leurs conjoints respectifs.

Aristote Onassis semblait se moquer de ce que faisait son épouse. En gesticulant avec fougue, il expliqua à Maria que l'appareil était ensuite retourné à Londres afin de venir les chercher, lui-même et Tina, et les emmener à Leeds à leur tour.

— Nous venons tout juste d'arriver et avons manqué les réjouissances sportives auxquelles on s'adonne dans la campagne du Yorkshire de l'Ouest. Jouez-vous au tennis ?

— Non, rétorqua-t-elle. Et je ne monte pas à cheval.

— Formidable, lâcha-t-il avec un sourire. Moi non plus.

Maria rassembla les plis de sa longue robe de soirée vert émeraude pour descendre les premières marches. Elle avait conscience qu'Onassis flirtait, mais refusait de prendre ses avances trop au sérieux. Leur conversation lui paraissait presque absurde, avec leurs conjoints juste derrière eux. Pourtant, elle devait admettre qu'elle appréciait la manière dont il la regardait, saisissait la moindre occasion pour l'effleurer, ne cachait pas son jeu. Après la liberté éprouvée dans le parc de Harewood House, percevoir le désir qu'elle inspirait à un autre homme fut la cerise sur le gâteau.

Malgré elle, elle revit son époux penché sur un calepin où il notait peut-être des colonnes de chiffres ; la pensée de leurs prétendus problèmes financiers menaçait de gâcher sa bonne humeur. Pour l'oublier, elle saisit le premier thème venu pour discuter avec Onassis :

— Savez-vous qu'après le dîner, Benjamin Britten nous jouera sa toute dernière composition ?

— Oui, hélas. Je ne suis pas très amateur de musique moderne. Je n'apprécie même pas les grandes symphonies.

Elle le revit lui avouer que la culture classique ne le touchait pas.

— Mais vous allez à l'opéra…

— Seulement quand c'est vous qui chantez, précisa-t-il. J'ai acheté trente-trois tickets pour votre *Médée* au Covent Garden.

— Ce n'est pas une œuvre facile, le prévint-elle.

Son sourire charismatique, irrésistible, resurgit.

— Je sais.

Ils étaient arrivés au pied de l'escalier, où les attendaient leurs hôtes et quelques-uns des voisins dont Maria avait fait la connaissance durant l'après-midi. Onassis et elle furent séparés pendant les salutations ; il rejoignit sa femme, elle chercha machinalement Meneghini des yeux. Comme d'habitude, il se tenait dans son ombre, un peu gauche.

S'efforçant de refouler sa colère contre lui, elle lui sourit à plusieurs reprises, joua les interprètes ici et là, et s'autorisa à lui voler un minuscule morceau d'un des amuse-gueules servis avec l'apéritif. Un geste très intime, qui fit sans doute croire à ceux qui en furent témoins que la Callas était heureuse en ménage. Voilà précisément l'image qu'elle souhaitait donner.

Maria, en tant qu'invitée d'honneur, fut placée près de George Lascelles, et Onassis s'assit à l'autre bout de la table à côté de Marion. Son espoir de s'entretenir avec lui au cours du dîner fut donc déçu. Elle sentait parfois un regard posé sur elle mais n'y attacha d'abord pas d'importance, pensant que Meneghini la dévisageait. Puis elle s'aperçut qu'Onassis se tournait régulièrement vers elle. En de tels instants, les bavardages alentour se changeaient en une douce musique d'ambiance, et elle repensait à toutes les fleurs et tous les messages qu'il lui avait envoyés. L'homme le plus riche du monde ne voyait-il vraiment en elle qu'un trophée ? C'était ce que prétendait Meneghini, arguant qu'Onassis se rengorgeait tout autant de son amitié avec Winston Churchill, la danseuse étoile Margot Fonteyn ou l'actrice Greta Garbo. Sa galanterie n'était-elle que l'insistance d'un parvenu qui cherchait, pour quelque raison que ce soit, la proximité de la plus célèbre femme du monde ? Ou tout cela cachait-il aussi le désir d'un homme, d'un Grec, en plus, à qui elle plaisait elle-même, et pas sa voix ?

Ari avait déclaré peu avant qu'il n'allait à l'opéra que quand Maria chantait, une flatterie évidente. En y repensant, elle se dit que c'était sûrement sa voix qui impressionnait Onassis, et pas elle en tant que femme. Quel dommage.

Elle se tourna vers George Lascelles avec un sourire aimable et l'écouta évoquer la saison d'opéra à venir. Maria lui parla des enregistrements prévus à la Scala en septembre, où elle devait chanter *La Gioconda*[1]. Elle prit conscience qu'elle avait fait ses débuts en Italie avec cet opéra, douze ans plus tôt. C'était à cet endroit, non loin des arènes de Vérone, qu'elle avait rencontré Battista Meneghini. Lui aussi avait gagné son cœur en exprimant toute son admiration pour sa voix. Elle repoussa aussitôt ce souvenir dans le recoin le plus éloigné de sa mémoire, là où se tapissait déjà l'amertume que lui inspirait l'intérêt supposé d'Onassis.

Marion Stein Lascelles annonça la fin du dîner. Tandis que les dames se rendaient en bavardant au salon, où plusieurs rangées de chaises entouraient le piano, les messieurs sortirent sur la terrasse pour fumer. À peine une demi-heure plus tard, ils rejoignirent leurs épouses, mais Maria s'aperçut que Tina Onassis resta seule. Son mari ne semblait guère lui manquer, à en juger par les sourires éclatants qu'elle adressait au séduisant compositeur Benjamin Britten. La scène fit sourire Maria. Elsa Maxwell lui avait confié que l'épouse de l'armateur avait un faible pour les hommes un peu plus beaux que son propre mari. Apparemment, Tina n'avait pas encore rencontré le ténor Peter Pears, le compagnon de Britten. Leur hôtesse conduisit Maria à un siège proche de celui de Tina, au premier rang. La place près d'elle, destinée à Onassis, resta vide pendant tout le concert. Pourtant, Maria fut si captivée par la composition puissante et mélodieuse de Britten qu'elle en oublia l'absence de son compatriote.

Plus tard, elle pria Meneghini d'aller chercher dans sa chambre son étole de zibeline. Chaudement enveloppée, elle sortit prendre l'air sur la terrasse. Les autres invités parlaient musique ou échangeaient les banalités habituelles de fin de soirée. Maria avait envie de laisser l'écho des sublimes mélodies résonner encore un peu dans le calme de la nuit. Elle

1. Opéra en quatre actes d'Amilcare Ponchielli, livret d'Arrigo Boito, d'après *Angelo, tyran de Padoue*, de Victor Hugo.

voulait être un moment seule avec ses pensées, proche du ciel et loin de son mari, dont la médiocrité lui parut de plus en plus évidente. Elle avait réussi à lui fausser compagnie, mais savait qu'il se mettrait bientôt à sa recherche.

Des rayons de lumière traversaient les fenêtres et éclairaient la terrasse, le jardin scintillait à la lueur argentée de la lune. Le ciel semblait étrangement clair, très différent de celui qu'elle connaissait à la même heure en Italie ou en Grèce. L'air était limpide, frais, mais presque soyeux. Maria prit une profonde inspiration et s'appuya à la balustrade de pierre, froide sous ses mains.

— Vous êtes là.

Elle n'eut pas besoin de se retourner pour savoir qui arrivait pour lui tenir compagnie. Une seule personne ici s'adressait à elle en grec. Elle attendit en silence qu'il la rejoigne. La fumée de son cigare l'effleura et s'évanouit en volutes gris clair au-dessus du jardin. Elle toussa.

— Pardonnez-moi, dit Onassis.

Il jeta par terre le cigare sans doute hors de prix qu'il venait juste d'allumer et l'écrasa.

— Je dois faire attention à ma voix, expliqua-t-elle.

— Bien entendu. Je vous prie de m'excuser, je me suis comporté comme un… un… (Il cherchait le terme adéquat.) Comme un *tourkosporos*, acheva-t-il. Vous aviez raison.

Elle toussotait encore, mais ne put s'empêcher de sourire.

— Vous vous souvenez de cela ?

— Je me souviens de la moindre de vos paroles.

Elle ne s'était pas trompée : il flirtait avec elle. Pour calmer les palpitations que cette constatation provoqua dans son cœur, elle fit appel à la musique.

— Vous avez manqué un concert exceptionnel. La nouvelle composition de Benjamin Britten est sublime. Comment avez-vous fait pour vous tirer d'affaire sans paraître grossier ?

— Mon bureau m'a appelé.

— Voilà qui est fort pratique pour quelqu'un qui n'apprécie guère les manifestations culturelles.

— C'est pourtant la vérité. Si le prince de Monaco réclame mon avis, je m'accorde le temps de le lui donner, peu importe où et à quelle heure. Je suis actionnaire principal de la Société des bains de mer de Monaco, il est donc très important pour moi que le prince Rainier prenne les bonnes décisions. Le contraire me coûterait très cher et ne servirait que les intérêts de la France, qui cherche à avaler la principauté. Rainier a donc besoin de mes conseils.

C'était le discours serein d'un homme du monde convaincu de tirer les ficelles de la haute politique, et qui considérait les dirigeants nationaux comme des marionnettes. Maria ne put s'empêcher d'être impressionnée. Elle avait fait la connaissance de nombreux hommes influents au cours de sa carrière, sans jamais devenir aussi proche d'aucun d'eux qu'elle l'était maintenant d'Aristote Onassis. D'ailleurs, ses contacts avec la gent masculine se limitaient en général aux membres de sa famille, à ses partenaires de spectacle, aux metteurs en scène et intendants, à une timide amourette avec un ténor beaucoup plus âgé à l'opéra d'Athènes dans sa jeunesse, et bien sûr à son mari. Maria pensa à Meneghini, qui bizarrement la laissait tranquille en cet instant, et se dit qu'il ne correspondait plus à la femme qu'elle était devenue au cours des dernières années. Peut-être ne lui avait-il d'ailleurs jamais correspondu.

Elle se tourna vers Onassis qui, désormais tout proche, observait comme elle les ombres du jardin. Sans la regarder, il poursuivit :

— Il serait vraiment injuste de prétendre que j'ai fui le concert. J'aime réellement la musique, mais ce qui me touche, ce ne sont pas les mélodies qu'on joue dans les grandes salles ou dans les soirées mondaines.

— Pas de musique moderne, pas de musique classique, résuma-t-elle. Qu'est-ce qui vous plaît donc ? (Avant qu'il ne réponde, elle leva une main.) Ne me dites pas que vous êtes amateur d'opéra. Je ne pourrais vous croire, ajouta-t-elle en souriant.

Il rit doucement.

— Puis-je vous avouer une chose ? En général, je quitte les concerts à l'entracte. Je ne supporte pas de rester immobile jusqu'à la fin.

— Vous ratez énormément de choses.

Un instant, elle se demanda si un tel ignare devait lui inspirer le rire ou les larmes. Elle se décida pour un sourire.

— En fait, je suis incapable de rester assis longtemps où que ce soit. Mais j'aime danser, lui confia-t-il. Ce que je préfère, c'est le *rebétiko*[1] et le tango.

— Mon Dieu ! s'exclama-t-elle, effarée. Quel mélange !

Il se tourna vers elle. Il portait des lunettes teintées et elle ne put déchiffrer l'expression de son regard.

— Pour un Grec de Smyrne qui a grandi en Argentine, cela me semble au contraire très adapté, vous ne trouvez pas ?

— L'un et l'autre sont des genres populaires, avec des mélodies très fortes et des paroles mélancoliques.

— C'est à cela qu'on comprend que je ne suis pas l'argentier superficiel pour lequel vous me tenez certainement.

Elle hoqueta.

— Non, ce n'est pas du tout ce que je pense de vous…

— J'en serais heureux, répondit-il d'une voix douce.

Plus tard, en repensant à cette scène, Maria ne parvint pas à s'expliquer pourquoi leurs mains s'étaient tout à coup retrouvées si proches sur la balustrade, s'effleurant avec la

1. Expression musicale et culturelle populaire grecque apparue dans les années 1920. Inscrite au patrimoine culturel immatériel de l'humanité en 2017.

douceur du battement des ailes d'un moineau. Elle n'avait pas vu ses doigts, cachés par son ombre, mais elle avait perçu la force masculine qui émanait d'eux. Le duvet du dos de ses mains déclencha en elle un frisson électrisant. Quelque chose dans son dos se tendit comme une corde de violon.

— Maria !

La voix de Meneghini.

— Maria, il est vraiment temps que nous allions nous coucher.

Ses paroles résonnèrent dans son esprit, dissonantes.

Elle fit volte-face et vit la silhouette de son mari dans l'encadrement de la porte-fenêtre.

— Bien sûr, il est déjà tard, lança-t-elle.

Elle parla avec une joie feinte, soudain plus aimable avec son époux qu'au cours des douze heures précédentes.

— Je dois partir à Londres très tôt demain matin, déclara Onassis. Mais je m'assurerai que mon avion vienne vous chercher à Leeds dans l'après-midi.

— *Efcharistó*. Merci.

Elle s'éloigna de lui, les genoux flageolants. *Meneghini a raison, je suis fatiguée*. Toutefois, au plus profond d'elle-même, elle se doutait que cette réaction physique provenait de tout autre chose. Si elle y pensait pendant la nuit, cela l'empêcherait de dormir. Heureusement qu'elle avait toujours avec elle un sac de médicaments qui contenait aussi bien des somnifères que des pilules pour maigrir.

— Nous nous verrons après votre première, dit encore Onassis.

Elle hocha la tête et saisit le bras de son mari.

* * *

L'opéra *Médée* de Luigi Cherubini est issu du mythe grec des Argonautes. Il conte l'histoire de la magicienne Médée qui tombe amoureuse de Jason, fils de roi, l'épouse, et avec lequel elle a deux enfants. Au bout de longues années, il la quitte pour une autre. Poussée par la jalousie et la soif de vengeance, Médée surgit peu avant le nouveau mariage, assassine sa rivale puis tue ses propres enfants afin de punir Jason. Enfin, elle se suicide et descend aux enfers dans une mer de flammes. Un final grandiose. Maria avait déjà incarné Médée plusieurs fois et remporté des triomphes. Ce rôle paraissait écrit pour elle : son talent de comédienne lui permettait, en plus d'en chanter les airs, de conférer au personnage une force et une authenticité hors du commun. Pourtant, elle était rongée par l'angoisse – omniprésente ces dernières années – d'être trahie par sa voix. Sa peur s'envola au moment où elle quitta sa loge pour se diriger vers la scène et vers son public.

Quand la Callas apparut enfin face aux projecteurs du Royal Opera House, enveloppée d'un voile noir, la concentration prit le pas sur ses autres sentiments, et toute incertitude s'évanouit. Seule sur la scène immense flanquée de deux colonnes, le visage à moitié caché par sa cape et ses yeux sombres maquillés de noir, elle était à la fois démoniaque et mystique. Au cours des deux heures et demie qui suivirent, plus elle sentait à quel point elle captivait les spectateurs, les fascinait littéralement, plus elle devenait expressive. Elle parvint à construire une tension dramatique qui aboutit à un final époustouflant : debout sur un char grouillant de serpents, elle annonça être vengée par le sang de ses enfants. Son chant clamait le désespoir et la haine, l'amour et la mort dans les tons les plus sublimement aigus qu'elle pouvait soutirer à ses cordes vocales. La sueur dégoulinait le long de sa nuque et de son dos ; elle était épuisée comme après un marathon, et consciente d'avoir rarement autant fait justice que ce soir-là à sa prétention de divinité.

Après les ovations, les innombrables révérences, les levers de rideau à n'en plus finir et l'avalanche de félicitations en coulisses, Maria revint enfin dans sa loge et s'efforça de retrouver un peu de calme. Son cœur battait à tout rompre, elle respirait mal, et ses pensées tourbillonnaient entre son rôle, le succès, et son désir de s'abandonner à son épuisement mental et physique. De n'être pour un instant que Maria, et non plus la diva. Elle ferma ses yeux encore lourdement maquillés, les rouvrit aussitôt, et vit l'invitation posée sur sa coiffeuse.

Officiellement, elle l'avait conservée comme aide-mémoire. En réalité, alors qu'elle observait ce billet, ses pensées s'envolèrent vers un autre lieu, le souvenir d'une discussion amusante et touchante. L'admiration que lui vouait cet homme lui faisait du bien. Seul un admirateur de son talent organiserait une soirée en son honneur – ou un admirateur de sa personne. Ces possibilités se fondaient en un feu qui la réchauffait agréablement.

M. et Mme Aristote Onassis
seraient heureux de vous accueillir à une réception
mercredi 17 juin 1959 à 23 h 15
à l'hôtel Dorchester.

Finalement, peu importait la raison qui poussait Onassis à chercher sa compagnie. Ce qu'il y avait entre eux, ce petit échange entre compatriotes grecs, était une distraction bienvenue aux problèmes quotidiens de Maria, que Meneghini fournissait en ce moment en abondance.

Elle aurait voulu échapper au regard scrutateur de son mari, qu'elle croisa à cet instant dans le miroir. Qu'il ne soit plus en permanence à lui tourner autour, lui rappelant sans cesse que, pour lui aussi, elle n'était que la Callas, une machine à chanter tenue d'être irréprochable partout et tout le temps. Elle voulait s'immerger dans les applaudissements qu'elle avait récoltés ce soir, savourer son grand moment sans être forcée de penser que jamais elle n'aurait le droit d'arrêter d'être brillante, au risque de perdre sa sécurité financière. Elle voulait faire durer le plus longtemps possible l'euphorie qui l'enivrait depuis le moment où le rideau était retombé.

— Je ne veux pas qu'on me démaquille, dit-elle à la jeune femme qui attendait discrètement au fond de la pièce. J'irai comme ça à la réception. Où est ma robe du soir ?

La diva fit son entrée dans la salle de bal du *Dorchester* avec le visage théâtral de Médée, lovée dans son manteau de chinchilla. Quand elle arriva dans l'immense hall Art déco en marbre crème et colonnes dorées, environ deux cents invités y étaient déjà rassemblés, un véritable *Who's Who* international. Une mer de roses rosées dégageait un parfum envoûtant et les serveurs remplissaient sans relâche les coupes de champagne, rosé lui aussi. Maria se demanda pourquoi Onassis s'était imaginé que le rose puisse être sa couleur préférée : elle aimait le turquoise. Cela n'importait guère, vu l'atmosphère époustouflante. Les miroirs renvoyaient à l'infini le reflet d'une pyramide de flûtes à champagne, un spectacle au moins aussi impressionnant que les célébrités en robe du soir, queue-de-pie ou smoking.

* * *

À l'entrée de Maria, les conversations et les rires se turent pour se changer en un tonnerre d'applaudissements. La Callas courba gracieusement la tête.

Onassis s'approcha d'elle et lui saisit la main pour la porter à ses lèvres.

— C'est pour moi un grand honneur de vous accueillir ici ce soir.

— *Efcharistó*, répondit Maria.

— Écoutez comme le public vous aime. Et je les comprends vraiment. Je n'avais encore jamais vu d'incarnation scénique aussi intense que votre Médée.

— Jusqu'à l'entracte, objecta-t-elle, amusée.

Il secoua la tête.

— Vous avez été fantastique. Vous m'avez hypnotisé. Je suis resté jusqu'à la dernière minute.

Elle haussa les sourcils, étonnée. Avant la représentation, elle avait un instant hésité à demander au metteur en scène de noter le moment où Onassis partirait. Puis elle avait fait taire sa curiosité en se disant que l'armateur ne lui cacherait de toute façon pas son avis. Quand il s'ennuyait au théâtre, c'est-à-dire au plus tard à l'entracte, il partait. Après coup, elle avait regretté de n'avoir pas interrogé le régisseur. Qu'Onassis soit resté jusqu'au bout l'emplit d'une joie intense.

Pourtant, elle répliqua avec esprit :

— C'était vraiment très courageux de votre part.

— Je suis fasciné par les femmes puissantes. Sur la scène comme dans la vie.

Elle ne lui accorda pas le plaisir de lui avouer qu'elle ressentait la même chose envers un type d'homme bien précis.

Amis, connaissances et admirateurs s'empressaient maintenant autour d'elle. Elsa Maxwell la serra dans ses bras, George Lascelles la salua, et la riche femme d'affaires texane Mary Mead, son amie intime depuis leur rencontre après une représentation au Met de New York, quelques années plus tôt, chuchota :

— J'ai les genoux tout flageolants de me trouver dans la même pièce que Gary Cooper. N'est-il pas l'homme le plus séduisant du monde ?

Maria n'avait jamais été très attirée par les hommes beaux, et n'avait donc pas succombé au charme de la star. Elle repensa au film *Ariane*, qu'elle n'avait vu que parce que son idole Audrey Hepburn y jouait le rôle principal féminin aux côtés de Cooper. Cependant, quand on lui présenta l'acteur, elle savoura la sensation d'être soudain transportée dans la peau de celle qu'elle admirait tant.

Un orchestre jouait en fond sonore des mélodies connues, pour la plupart tirées de films américains et de chansons françaises.

— La musique vous plaît ? s'enquit Onassis. Si vous voulez écouter autre chose, dites-le-moi, surtout.

Elle le toisa par-dessus le bord de sa flûte de champagne, dont elle n'avait pas avalé une gorgée, et répondit sans réfléchir :

— Du tango. Je serais heureuse d'écouter un tango.

— Ce serait probablement plus adapté, en une telle société, et de toute façon je doute que le groupe ait un vrai *bouzouki* grec dans ses instruments.

Avec un sourire conspirateur, il s'éloigna pour aller donner ses instructions au chef d'orchestre.

Même sans champagne, Maria était presque enivrée ; l'éclat de la soirée et le charisme de son hôte lui faisaient tourner la tête. La soirée au *Dorchester* constituait la prolongation de son triomphe au Covent Garden, un succès qui n'en finissait pas. Toutes les tensions des mois et des semaines passés s'envolèrent. On l'encensait, elle flottait sur son petit nuage, riait et plaisantait en savourant l'adoration qu'elle inspirait à ceux qui l'entouraient. Ce soir-là, elle était tout ce dont elle avait toujours rêvé : belle et brillante, célèbre et adulée, au sommet de sa gloire. Il lui semblait faire une escapade dans un paradis créé uniquement pour elle.

Ce fut cette sensation de légèreté qui, plus que jamais, modifia le regard qu'elle portait sur Aristote Onassis. Il ne représentait plus seulement un compatriote amical : elle voyait désormais en lui un homme qui jouait habilement de son charme et qui lui offrait des rêves qu'elle ne pouvait sinon vivre qu'à travers son art, dans les grands airs d'opéra. C'était comme un jeu des possibles, et elle le savourait. En même temps, elle demeurait parfaitement consciente de la présence de l'épouse d'Onassis et de celle de son propre mari. Sachant que cette nuit finirait par se changer en aube et que le lendemain la ramènerait dans son quotidien de diva ambitieuse, loin de la petite Mary avide d'amour et d'attention, elle cédait à ses désirs juste pour un instant, une occasion rêvée. Après tout, elle n'était pas une courtisane comme dans *La Traviata*.

Elle permit à Onassis de passer un bras autour d'elle. Quand elle se résolut à partir, à trois heures, vaincue par la fatigue, ils se dirigèrent vers la sortie étroitement enlacés.

— Vous me devez toujours une réponse, murmura-t-il.

— Oh, mon Dieu, la croisière ! J'avais complètement oublié, avoua-t-elle.

Elle porta le bout des doigts à ses lèvres en un geste d'effarement feint.

Il lui saisit la main et l'embrassa là où ses doigts avaient touché sa bouche.

— J'attendrai, mais je vous préviens : je ne suis pas très patient.

Au même instant, Maria sentit soudain le poids de son manteau sur elle. Malgré la légèreté du chinchilla, elle eut l'impression d'être écrasée. Meneghini, derrière elle, venait de le lui poser sur les épaules. Il tendit le bras gauche par-dessus Maria pour saisir la main droite d'Onassis. Peut-être voulait-il ôter d'elle cette main étrangère, peut-être seulement le remercier et prendre congé. Ce geste étrange coinçait Maria entre les deux hommes, comme dans un étau. Perplexe, elle dévisagea Onassis.

De l'autre côté de la porte, un groupe de photographes attendait les invités célèbres. Quand deux domestiques en livrée ouvrirent les battants, les flashs crépitèrent.

* * *

La photo qui parut dans divers journaux et magazines les jours et les semaines suivants montrait à quel point la situation avait été pénible pour Maria. On y voyait une Callas fatiguée, bloquée entre son mari et son hôte : pas une diva, mais une femme un peu perdue, qui semblait se demander quelle était sa place. Cette impression l'embarrassa, d'autant qu'elle voyait bien la part de réalité qu'elle comportait.

Elle se résolut à mettre fin à ce qui était en train de naître entre elle et Onassis. Son intérêt la flattait, évidemment, mais elle devait de toute urgence se concentrer sur autre chose. À commencer par ses gages : elle devait faire en sorte qu'à l'avenir, ils ne soient plus versés à Meneghini. Ensuite, elle mettrait de l'ordre dans sa vie privée. D'ici là, elle ne répondrait plus aux appels d'Onassis. Elle devait avoir les idées claires pour reprendre son avenir en main.

Chapitre 10

Paris, août 1968

Pourquoi tout le monde pense-t-il que j'ai voulu me tuer ? se demanda-t-elle. Elle avait juste avalé un peu plus de somnifères que d'habitude pour oublier sa dispute avec Aristo et jouir de quelques heures de repos sans ruminer davantage sur les erreurs qu'elle avait pu commettre. Sans doute avait-elle un peu forcé la dose. Une erreur compréhensible, vu la quantité de médicaments qu'elle prenait chaque jour. Elle avait parfois du mal à estimer ses véritables besoins. À ce moment d'ailleurs, elle se trouvait dans le flou complet. Des années après ses triomphes sur les plus grandes scènes, elle était toujours célébrée comme une déesse, mais aujourd'hui elle avait plutôt l'impression d'être un ange déchu. Quant à savoir ce qu'elle avait fait pour que l'homme qu'elle aimait la chasse ainsi de leur paradis commun – la question la torturait, plus mortelle que la poudre qu'on avait pompée de son estomac.

« Quelqu'un a-t-il appelé pour moi ? » ne cessait-elle de demander à l'infirmière.

La jeune nonne hésitait chaque fois avant de répéter, comme un disque rayé : « Personne d'autre que M. Kelly, madame. »

Maria était revenue à elle depuis plusieurs jours. Les médecins avaient décidé de la garder une semaine à l'hôpital et contrôlaient avec toutes leurs machines modernes et par des prises de sang répétées si ses organes fonctionnaient à nouveau comme ils le devaient. Même si le docteur affirmait que, vu les circonstances, elle allait bien, Maria se sentait mal. Un cœur brisé ne se manifestait sans doute pas sur un électrocardiogramme.

Ses maux de gorge, en revanche, étaient plus évidents, causés par le tube du lavage gastrique. Le siphonnage avait affecté sa trachée et, à chaque mot enroué qu'elle prononçait, la Callas redoutait que ses cordes vocales aient été endommagées. On lui assurait pourtant que l'intervention avait été pratiquée avec la plus grande prudence, sans aucun risque de blessure, et qu'un peu de repos suffirait à la guérir. Mais qu'en savaient les médecins et les infirmières ? Ils ignoraient ce dont Maria avait besoin pour se remettre réellement.

Le jour de sa sortie, Larry vint la chercher.

Elle attendit qu'ils aient quitté l'enceinte de l'hôpital, derrière les vitres teintées d'une limousine de location, pour lui poser la question qui lui brûlait les lèvres :

— Tu as des nouvelles d'Aristo ?

Larry hésita.

— Non, il ne m'a pas appelé.

Les mains de Maria voletèrent comme des oiseaux affolés.

— Peut-être est-il trop occupé, il ne sait pas encore que j'ai été malade. Il…

Elle s'interrompit. Larry venait de lui attraper les poignets pour l'immobiliser.

— Maria, écoute-moi.

Il se tut un instant, comme pour s'assurer qu'elle se concentrait vraiment sur ses paroles, puis reprit :

— Onassis est effectivement très occupé. Il semble qu'il donne des fêtes éblouissantes. Le *Time Magazine* écrit que Jackie Kennedy et son beau-frère Edward sont à bord du *Christina*. Ce sont manifestement les invités qu'il attendait.

Elle ne le contredit pas. À quoi bon ? Elle savait depuis le début qu'Aristo entretenait une liaison avec la veuve du président, qu'il avait envie d'un nouveau trophée. Maria Callas n'était plus la femme la plus célèbre du monde, une autre occupait à présent cette place, et Onassis la faisait sienne parce qu'il était homme à se sentir mieux une fois orné d'un tel joyau. Maria se dit qu'elle aurait dû lui laisser son nouveau jouet jusqu'à ce qu'il s'en lasse.

Elle se tourna vers la fenêtre. Quand la voiture s'arrêta à un feu rouge, son regard tomba sur un kiosque à journaux typiquement parisien, métal vert foncé et petite coupole sur le toit. Ses parois étaient tapissées de magazines français et internationaux ; les gros titres s'étalaient, plus criards les uns que les autres, bataillant pour attirer lectrices et lecteurs.

Bien qu'elle ne s'intéressât guère à ce genre d'histoires, elle savait que, partout dans le monde, on dévoilait des ragots, les gonflant au besoin s'ils n'étaient pas assez scandaleux. Cette idée lui fit prendre conscience que l'infidélité d'Aristo atteindrait une tout autre dimension dès que la presse en ferait ses choux gras. Son comportement était non seulement blessant pour Maria, sa compagne, mais en plus, l'étalage public de sa liaison nuirait infiniment à la grande Callas. Elle se sentirait très gênée d'être ainsi trompée sous les yeux du monde entier.

Elle ne pouvait pas le laisser s'en tirer comme ça.

Mais que deviendrait-elle sans lui ? Aristote Onassis était sa vie. La sienne, pas celle de Mme Kennedy.

Elle se libéra de la poigne douce, mais insistante de Larry et posa les mains sur ses genoux.

— Aristo appellera dès qu'il aura le temps, déclara-t-elle d'une voix enrouée.

Puis elle serra les lèvres. Elle voulait tellement croire à ses propres mots. Une voix intérieure lui soufflait que son amant n'appellerait pas ; pourtant, à l'instant où elle formula cet espoir, il devint un peu plus vraisemblable qu'à l'état de pensée languissante.

— Oui, sûrement, marmonna Larry.

Elle fut reconnaissante à son ami de ne pas la contredire.

Une fois chez elle, Maria fut submergée par une sensation de vide glacial. Bruna s'était efforcée de lui assurer un retour agréable en garnissant toutes les pièces de fleurs fraîches, mais malgré la canicule de l'été parisien, elle gelait. Pire encore. Les salons à l'opulent mobilier antique, aux allures de scènes d'opéra, ne lui conféraient plus l'éclat d'une Aida aimante. Ils la changeaient en un être larmoyant et frissonnant, tout l'inverse de la princesse éthiopienne. Les bras serrés autour de son corps fluet, elle errait dans son appartement en ne souhaitant qu'une chose : se cacher dans son lit, s'enfouir sous sa couette. Mais pour trouver le sommeil libérateur, il lui faudrait des cachets, et la probabilité qu'elle en abuse de nouveau était trop forte. Elle n'avait aucune envie de se réveiller une fois de plus à l'hôpital après un lavage d'estomac.

Larry l'attendait dans sa salle de musique. Debout près de la bibliothèque, il feuilletait un livre de photos sur la Scala de Milan. Quand elle entra, il leva la tête et lui lança un sourire encourageant.

— Dès que tu te seras remise, toutes les scènes du monde t'ouvriront les bras.

Il referma le livre avec un bruit sourd, définitif.

Elle porta la main à sa gorge.

— Je devrais peut-être me concentrer sur une autre activité. Devenir actrice, par exemple.

— Pourquoi pas ? (Le sourire de Larry s'élargit.) Tant que tu penses à l'avenir, tout va bien. Mais avant d'élaborer des projets concrets, tu devrais te reposer. Les dernières semaines ont été… éprouvantes pour toi.

Elle se mit à faire les cent pas dans la pièce, effleurant les meubles et les objets comme pour les saluer après une longue absence. Elle s'étonnait un peu que tout soit à sa place habituelle alors qu'elle-même se sentait brisée intérieurement. Le profond désespoir qui l'avait habitée jusque-là laissa place à une colère folle quand elle prit conscience que son amant était un élément indispensable de son foyer et pas seulement de sa vie. Comment Aristo osait-il à la fois lui voler sa tranquillité d'esprit et priver la Callas de sa dignité au vu et au su du monde entier ? La brève projection dans l'avenir qu'elle venait d'oser disparut derrière un noir nuage d'orage.

Son vieil ami avait raison. Elle devait commencer par retrouver le calme, ne plus se laisser dévorer par ses doutes et sa fureur. Mais pour le moment, elle n'avait aucun désir de penser à sa carrière. Tout ce qu'elle voulait, c'était revenir chez Aristo. Être avec lui.

— Oui, murmura-t-elle à contrecœur. Oui, Larry.

— Tu as besoin de vacances.

Là encore, il disait vrai. Mais personne ne passait le mois d'août à Paris. Jadis, quand le lac de Garde devenait insupportable, Meneghini et Maria allaient sur le Lido de Venise. Avec Aristo, elle passait en général l'été sur l'eau, avec éventuellement un bref séjour dans son appartement de Monte-Carlo. Mais l'Italie et le Sud de la France n'étaient pas envisageables, et les îles grecques encore moins. Le risque serait trop grand que le *Christina* y accoste et qu'elle tombe sur son amant infidèle.

— Il n'y a aucun endroit au monde qui m'attire, aucun endroit où je ne me sentirais pas menacée.

Menacée par Jacqueline Kennedy, acheva-t-elle intérieurement.

— Viens avec moi aux États-Unis, la supplia Larry. Tes amis t'y attendent. Nous voulons nous occuper de toi. Permets-nous de t'aider.

Le pays des Kennedy ne constituait pas la destination à laquelle Maria pensait quand elle cherchait où trouver la paix et le calme. Toutefois, les États-Unis étaient suffisamment grands pour qu'elle puisse éviter la veuve du président. Elle n'avait jamais rencontré sa rivale. Elle en aurait eu plusieurs fois l'occasion, mais Jackie Kennedy, alors femme trompée, s'était retirée des feux de l'actualité, humiliée par la relation de son mari avec Marilyn Monroe. À l'époque, la Callas n'avait pas compris cette attitude, mais à présent, Maria se demandait si elle n'aurait pas réagi de la même manière. N'était-ce d'ailleurs pas précisément ce qu'elle faisait ?

Chapitre 11
New York, 19 mai 1962

C'était fantastique.

Le public jubilait, les applaudissements frénétiques n'en finissaient pas. Les deux airs de *Carmen* que la Callas venait de chanter mirent debout une bonne partie des quinze mille spectateurs du Madison Square Garden, et toute la salle vibra quand ils tapèrent des pieds. Maria revenait encore et encore sous le feu des projecteurs, comme portée par une lame de fond. Elle s'inclinait, partait, revenait, s'inclinait à nouveau, la main droite posée sur son cœur affolé.

Jamais encore elle n'avait chanté devant une telle foule, jamais elle n'avait reçu des acclamations d'une telle ampleur. Sa voix avait tenu, elle avait même atteint les sons les plus aigus, et son ouïe aussi fonctionnait à merveille. Un miracle, après les sinusites à répétition dont elle souffrait depuis si longtemps. Pour cela aussi, la réaction des spectateurs lui mettait du baume au cœur. À bout de souffle et comblée de bonheur, elle savoura les ovations. Une véritable apothéose.

Cette soirée était extraordinaire à plus d'un titre. Le président américain fêtait son quarante-cinquième anniversaire en organisant une manifestation caritative pour son parti, les démocrates. À cette occasion, fêtée dix jours avant la date exacte, tous les grands noms du glamour et de l'argent américains s'étaient rassemblés à Manhattan. Bien qu'elle se sente plus grecque qu'autre chose, Maria avait une nouvelle fois pris conscience des avantages conférés par son passeport américain, qu'elle devait à sa naissance à New York. Avec une autre nationalité, elle n'aurait sûrement pas été invitée à se produire en l'honneur du président Kennedy. D'un autre côté, le programme n'aurait pas été complet sans la soprano la plus célèbre de son temps. Et elle avait été brillante, ne faisant qu'une avec la musique. Elle était au septième ciel, et aurait tant aimé rester pour toujours dans la lumière des projecteurs…

Dommage qu'Aristo n'ait pas pu assister à la représentation. Son compagnon n'avait pas été invité. Il s'efforçait depuis longtemps de faire la connaissance du président américain, jusqu'à présent sans succès. Maria aurait donc cet honneur avant lui, ce dont elle s'amusait secrètement : le soir même, elle serait présentée à John F. Kennedy et serrerait la main la plus puissante du monde occidental. La sienne seulement : la First Lady brillait par son absence. Jackie Kennedy avait un empêchement. Maria, intriguée, ne comprenait pas qu'une épouse ne soit pas aux côtés de son mari en une telle occasion. Qu'est-ce qui la retenait loin du Madison Square Garden ? Évidemment, Maria aurait aimé voir de près Jackie Kennedy, celle qui, elle le savait, était en passe de lui dérober le rang de femme la plus célèbre du monde. Mais n'était-ce pas mieux ainsi ? L'élégance légendaire de sa cadette aggraverait certainement sa jalousie, et elle n'y gagnerait rien. Rien pour elle, et rien pour les intérêts commerciaux d'Aristote.

Du coin de l'œil, Maria vit Peter Lawford trépigner au bord de la scène. L'acteur de cinéma et beau-frère du président voulait continuer sa présentation de la soirée, mais les tonnerres d'applaudissements destinés à la Callas ne faiblissaient pas et son programme prenait du retard. Maria devait s'éclipser.

— Avez-vous vu Marilyn ?

C'est avec cette question que Lawford revint à l'avant de la scène. Il laissa son regard errer sur le public.

— Marilyn est encore plus en retard que je le craignais.

Les applaudissements destinés à Maria Callas se changèrent en rires bruyants. C'était la énième blague de Lawford sur le sujet. Les problèmes de ponctualité de Marilyn Monroe étaient notoires. Maria aussi en avait entendu parler ; le manque de discipline sous toutes ses formes ne lui inspirait toutefois guère de compréhension. La pauvre plaisanterie du maître de cérémonie n'arrangeait pas les choses, elle eut l'impression qu'il interrompait ainsi les acclamations qui lui revenaient de droit.

La sueur dégoulinait dans sa nuque, davantage due à son effort qu'à la canicule qui régnait toujours. À son trac déclinant et à son soulagement se mêla sa colère de voir les ovations s'achever aussi abruptement, une fâcheuse combinaison. Alors qu'elle allait repousser avec humeur les mains qui se tendaient vers elle pour l'aider, comme chaque fois qu'elle retournait en coulisses après une représentation, quelque chose la fit se figer en plein geste.

Une silhouette scintillante passa en flèche à côté d'elle, poursuivie par une armada d'agents de sécurité, de maquilleuses, d'habilleurs et de techniciens. Les conversations à voix basse, à l'arrière-plan, montèrent d'un ton. Les « noirs » aussi, ces employés vêtus de sombre qui œuvraient derrière la scène, et même ceux qui avaient attendu Maria, se tournèrent avec curiosité vers la nouvelle venue.

C'était donc elle, la Monroe. Une robe moulante couleur chair et couverte de strass qui lui donnait l'air plus nue qu'habillée, des cheveux blond platine ondulés, un regard un peu vitreux et flou, comme si elle avait bu. À peine capable de bouger dans cette tenue, elle trottinait sur ses talons hauts comme une vieille Chinoise sur ses pieds bandés.

Une couturière qui lui courait après noua deux fils dans son dos sans cesser d'avancer ; apparemment, elle finissait de coudre la robe à la dernière seconde. Quelqu'un aida l'actrice à enfiler une veste en hermine qui lui tombait aux hanches. Le vêtement recouvrit son scintillement dénudé tout en renforçant pourtant l'impudeur de l'ensemble.

Par tous les saints, mais quel rôle Marilyn est-elle censée jouer ici ? On dirait une... Maria chercha le bon terme, et n'en trouva qu'un. Elle baissa machinalement les yeux vers sa propre robe, en soie, à manches longues et hanches bouffantes. Un vêtement idéal pour la Callas, la tenue d'une diva et pas le chiffon d'une prostituée, tout hors de prix qu'il soit sans doute. Pourquoi Marilyn se boudinait-elle ainsi dans une robe qui ne cachait rien ?

— *Mister President*, Marilyn Monroe...

La voix de Peter Lawford résonna dans les haut-parleurs, mais la principale intéressée ne surgit pas de l'ombre pour monter sur scène. Les rires du public emplirent l'immense salle.

Au fond, la foule s'ouvrit. Deux jeunes hommes en vêtement de travail blanc apparurent, leur toque luisant dans la pénombre. Ils avaient le visage cramoisi, par l'excitation sans doute, mais aussi par l'effort : ils portaient sur leurs épaules, sur une sorte de brancard, un gigantesque gâteau à la crème de cinq étages destiné à être découpé par le héros du jour. Comme s'ils suivaient une jeune mariée avec sa pièce montée, les pâtissiers au lourd fardeau constituaient l'arrière-garde de Marilyn.

Maria fut si fascinée par le gâteau que, pendant quelques instants, elle n'entendit plus les paroles de l'animateur. Elle ne prêta pas non plus la moindre attention aux gens qui l'entouraient et lui parlaient à voix basse. Elle était entièrement concentrée sur la pâtisserie, une apparition plus alléchante encore que la Monroe dans sa robe embarrassante. Maria adorait les douceurs, bien qu'elle ne s'en autorisât jamais que quelques miettes pour garder la ligne. Même si elle ne pouvait pas en manger, elle en savourait toujours le spectacle. Elle dévora donc des yeux les colonnes de meringue et de pâte d'amandes qui soutenaient le toit de ce rêve tout en sucre et en crème. Enfin, son regard se reporta vers le metteur en scène, qui allumait les quarante-cinq bougies.

Soudain, un tonnerre d'applaudissements éclata. Alors seulement, Maria vit que Marilyn Monroe montait les marches pour apparaître dans les feux de la rampe, suivie de son pianiste.

Sous les acclamations de la foule, elle souffla plus qu'elle ne chanta : « *Happy birthday to you, happy birthday to you, happy birthday, Mister President…* »

Maria trouva cette scène tellement étrange qu'elle en oublia presque la pièce montée.

La voix de Marilyn se brisa ; elle semblait hors d'haleine. On aurait presque dit qu'elle était encore dans sa chambre, voire dans son lit, juste après l'acte d'amour. Quand elle fit suivre ses vœux d'une version arrangée de *Thanks for the Memory*, Maria ne fut certainement pas la seule à se demander pour quel genre de souvenir Marilyn Monroe remerciait ainsi John F. Kennedy.

Quel affront pour son épouse. Si la First Lady savait que Marilyn se produirait ce soir, il n'était guère surprenant qu'elle ait préféré ne pas venir. Ou, au contraire…

Maria se demanda instinctivement comment elle réagirait dans une telle situation. *Une femme se doit d'être aux côtés de son mari.* Elle n'avait jamais pardonné à sa mère d'avoir quitté son père à cause de son infidélité. Par la suite, Maria avait elle-même chassé la maîtresse du lit de George, mais ses parents ne s'étaient pas réconciliés. Certes, sa mère avait fermé les yeux des années durant sur les aventures extraconjugales de son époux. Le mariage des Kennedy était-il lui aussi fondé sur la décision d'ignorer les écarts de l'autre ? *Sans doute pas*, se dit Maria, *sans quoi Jacqueline*[1] *serait ici ce soir.*

Sa compréhension à l'égard de l'épouse trompée s'amenuisa à chaque ton qui résonnait sur la scène du Madison Square Garden, et elle cessa enfin de se demander comment l'inconnue se sentait en cet instant. Le metteur en scène faisait signe à tous les participants de le rejoindre. Bien sûr, une diva comme la Callas ne se contentait pas d'entrer en scène : elle y flotta littéralement pour aller chanter en chœur avec quinze mille personnes « *Happy birthday*, *Mister President* ». Sur le gâteau, porté dans l'arène par les deux pâtissiers comme le vainqueur jubilant d'une compétition sportive, les bougies vacillèrent gaiement.

---

1. Il semblerait que Maria Callas utilisait le prénom de Jacqueline – au lieu du surnom habituel de Jackie –, par jalousie, et pour appuyer son mépris.

Chapitre 12
New York, août 1968

Son retour le plus heureux à Manhattan fut celui d'automne 1945, huit ans après qu'elle eut été forcée de quitter New York pour suivre sa mère. Elle avait été transportée de joie en voyant son père l'attendre sur le quai alors qu'elle ne l'avait pas informé de son arrivée. Par la suite, elle apprit qu'il avait découvert son nom sur une liste de passagers, les bateaux en provenance d'Europe étant régulièrement annoncés dans le journal. Pourtant, l'euphorie de Maria s'évanouit à l'instant où elle entra dans l'appartement de Washington Heights, jadis leur foyer à elle, sa sœur et sa mère. À son immense déception, elle constata que son père ne vivait pas seul. Alexandra Papajohn, sa maîtresse de longue date, dormait dans les draps brodés de dentelle qui appartenaient au trousseau d'Evangelia, sous la couronne de mariage de ses parents, restée au mur. Maria, furieuse, fit tout pour que cette femme quitte l'appartement. À l'époque, elle croyait encore que son père se séparerait définitivement d'Alexandra, que sa mère les rejoindrait et que leur famille serait réunie. Elle se trompait.

En atterrissant à JFK ce jour-là, après tant de visites à sa ville natale, elle se sentait plus misérable que jamais. Le fait que l'aéroport porte le nom du président assassiné, et donc celui de sa rivale, n'arrangeait rien. Du moins un visage connu l'attendait cette fois-là aussi : Anastasia Gatsos serra Maria dans ses bras. Son amie était l'épouse de Costa Gatsos, confident d'Aristo et directeur des sociétés Onassis aux États-Unis. Maria les avait informés de sa venue et accepté avec plaisir leur proposition d'habiter chez eux, dans l'Upper East Side, pour la durée de son séjour. Larry trouvait qu'elle serait mieux entourée d'amis grecs que seule dans un hôtel de Manhattan. Cet arrangement lui convenait aussi : ainsi, Aristo saurait forcément où elle se trouvait. Une fois qu'il s'apercevrait de l'ampleur de son erreur, il l'appellerait. Elle se cramponnait à cette idée, ignorant obstinément la petite voix intérieure qui lui soufflait qu'elle faisait peut-être erreur.

La première déception fut l'annulation de Mary Mead. Son amie lui expliqua au téléphone qu'à son grand regret, elle était retenue à Dallas par la rentrée scolaire imminente de ses enfants. Maria, profondément blessée, feignit de comprendre. Elle s'était réjouie à l'idée d'aller faire du shopping avec Mary. Pas chez Saks Fifth Avenue, ni chez Bergdorf Goodman, pas dans les temples du luxe, mais tout simplement chez Woolworth's. Depuis qu'elles se connaissaient, elles adoraient faire les soldes ensemble, acheter des objets jolis, mais en général complètement inutiles. Si les deux amies oubliaient vite leur butin, elles gardaient longtemps en mémoire l'enthousiasme de leur chasse aux bonnes affaires puérile et des fous rires qui en découlaient. Une telle distraction aurait été la bienvenue. Anastasia Gatsos était une personnalité bien trop en vue de la haute société new-yorkaise pour accepter d'accompagner Maria dans un magasin bas de gamme.

Elle se terra dans sa chambre, décorée comme un boudoir à la française. Admirant à peine la vue sur la luxuriante végétation estivale de Central Park, elle laissa la télévision allumée presque sans interruption pour regarder *Bonanza* et *Police des plaines*. Toutefois, malgré son faible pour les westerns, elle ne parvenait pas à se concentrer. Le visage d'Aristo lui revenait sans cesse, effaçant les Cartwright et les péripéties de Dodge City. Les traits et les cheveux poivre et sel d'Aristo se mêlaient à ceux de Lorne Greene jusqu'à ce que l'acteur, de chef de famille, se change en armateur grec.

Maria eut les larmes aux yeux en prenant conscience qu'elle était incapable de détacher ses pensées de son amant. Pour se distraire, elle changea de chaîne. Les nouvelles de l'invasion de Prague par les troupes soviétiques n'améliorèrent en rien son humeur. Elle enfonça un autre bouton, à la recherche d'une émission plus joyeuse, et tomba par hasard sur le *Merv Griffin Show*.

Le plateau reproduisait une salle de séjour moderne. Les célébrités étaient installées sur des canapés et des fauteuils autour de leur hôte, qui trônait derrière un élégant bureau. Près de Merv Griffin se trouvait assise une femme que Maria prit d'abord pour Doris Day. Au bout de quelques phrases, elle se rendit compte qu'il s'agissait de la chroniqueuse mondaine Doris Lilly, qui ressemblait à s'y méprendre à la star de cinéma. Elle suivit l'interview sans grand intérêt, toujours dans l'espoir de se changer les idées.

Merv Griffin tenait une cigarette dans une main et brandissait une édition du *New York Post* de l'autre.

— Que pensez-vous des rumeurs de fiançailles entre Mme Kennedy et Aristote Onassis ? demanda le présentateur.

— Vous pourrez bientôt en lire plus dans le journal, répondit Doris Lilly, rayonnante.

Maria en eut le souffle coupé.

— Ne nous faites pas languir, Doris ! Donnez-nous au moins un indice. À votre avis, vont-ils se marier ?

Maria, bouche bée, avait les yeux rivés sur le poste.

Doris Lilly s'accorda une petite pause théâtrale avant d'annoncer :

— Oui, je pense que Jackie Kennedy deviendra bientôt Mme Onassis.

Maria hurla avant même d'avoir saisi la signification de cette déclaration. C'était un cri animal, instinctif, comme si elle se trouvait dans un ascenseur qui tombait en chute libre du 86e étage de l'Empire State Building. Dans un mélange d'impuissance et d'agressivité, elle s'effondra par terre en donnant des coups de pied autour d'elle, comme pour chasser une meute de rats. Elle se plaqua les mains sur le visage pour étouffer ses plaintes, mais ne put empêcher les larmes d'inonder ses joues.

Elle ignorait depuis combien de temps elle gisait dans cet état de désespoir absolu quand quelqu'un finit par frapper énergiquement à la porte.

— Maria ?

La voix d'Anastasia Gatsos.

— Maria ? Est-ce que ça va ?

Comme elle n'était pas en mesure d'émettre le moindre son compréhensible, les coups à la porte s'intensifièrent. Au bout d'un moment, Anastasia entra.

— Oh, mon Dieu ! s'exclama-t-elle.

Maria hoquetait, sanglotait, cherchait à recouvrer son souffle, incapable de retenir ses larmes ou de parler. Pourtant, quand Anastasia s'agenouilla près d'elle et prit dans ses bras son corps tremblant, elle cessa de crier et de se débattre. Elle s'abandonna au réconfort prodigué par son amie et laissa libre cours à son chagrin.

À l'arrière-plan, Merv Griffin et Doris Lilly continuaient à échanger des ragots sur la haute société.

* * *

Maria reposa sur la table basse le verre à cognac dont elle venait de prendre une minuscule gorgée.

— J'ai passé les plus belles années de ma vie avec Aristo.

Sa voix, affaiblie par ses interminables sanglots, n'en paraissait que plus sincère.

— Mais à présent, j'en vis les pires heures.

Elle s'enfonça dans le canapé des Gatsos avec un long soupir.

— Ce ne sont sûrement que des rumeurs, objecta Anastasia, apaisante. (Puis, avec un regard tranchant à son mari :) Es-tu au courant de quelque chose, Costa ?

Celui-ci se camoufla derrière la fumée du gros cigare dont il venait de tirer une bouffée.

— J'ai toujours pensé qu'Ari devrait épouser Maria, marmonna-t-il. Il tient beaucoup à toi, tu es celle qu'il lui faut.

Un faible sourire passa sur les lèvres de Maria.

— Peut-être que c'est vraiment une erreur. Aristo va m'appeler et tout expliquer, n'est-ce pas ?

Elle regarda ses amis, les yeux brillants. L'espoir courut soudain dans ses veines, comme jaillissant d'une source chaude.

— Tu ne devrais pas rester ici à attendre qu'il te fasse signe, intervint Larry, scandalisé.

Anastasia l'avait appelé après la crise de nerfs de Maria et il était venu sur-le-champ.

— Nous comptions faire des projets pour ton grand retour.

— C'est vrai, confirma Maria.

Mais ce qu'elle voulait en cet instant, ce n'était pas organiser la suite de sa carrière, c'était un avenir avec Aristote Onassis. Elle se garda toutefois bien de le dire.

Larry échangea avec Anastasia un coup d'œil inquiet qui n'échappa pas à Maria, puis il se tourna de nouveau vers elle :

— Et si nous allions à Dallas ? Nous pourrions rendre visite à Mary Mead et en profiter pour prévoir des dates à l'opéra ?

Pourquoi ses amis cherchaient-ils soudain à l'éloigner de New York ? Elle n'était là que depuis quelques jours. Maria hésita. D'un autre côté, elle n'avait pas grand-chose à faire chez les Gatsos. Manhattan au mois d'août était presque aussi ennuyeux que Paris. L'idée d'une visite chez Mary lui parut soudain alléchante. Elle devait pourtant y réfléchir. Aristo l'appellerait-il aussi à Dallas… ?

— Je vais y réfléchir, promit-elle.

Pour Larry, l'affaire semblait entendue. Il se donna une claque sur les genoux avec un enthousiasme exagéré.

— Appelons Mary. J'aurais dû y penser dès qu'elle a dit que la rentrée scolaire l'empêchait de venir.

Un voyage à Dallas signifierait que sa vie resterait en mouvement. *Surtout, ne pas stagner*, pensa Maria. Et elle serait joignable partout. Comme Aristo sur le *Christina*. À défaut de croisière en Méditerranée, un périple à travers les États-Unis lui sembla une option acceptable : détente et aventure à la fois. Elle dut s'avouer que Larry avait sans doute raison. Mais elle comprit aussi avec une certitude absolue qu'elle ne retrouverait jamais la liberté dont elle avait joui avec Aristo à bord du *Christina*.

Chapitre 13
Amsterdam, début juillet 1959

— Je te le répète, Maria : notre vie commune n'a aucun sens si je ne contrôle pas tout ce qui te concerne.

Les mots de Meneghini résonnèrent en elle comme une malédiction. Elle se sentit tel un Rigoletto au féminin, même si sa colère n'alla pas jusqu'à lui donner des envies de meurtre. Contrairement au triste personnage de l'opéra de Verdi, il s'agissait ici d'argent et non de tourments amoureux. Pourtant, trahison et escroquerie se valaient. Peut-être aurait-elle tout de même le dessus, à l'inverse de Rigoletto. Elle n'avait bien sûr pas l'intention de tuer son mari pour cela, mais elle savait désormais que financièrement, leurs chemins devaient se séparer.

Cette question l'obsédait. Depuis son départ de Londres, elle ne cessait de se demander où elle pourrait ouvrir un compte bancaire sans que Meneghini y ait accès, ni même ne l'apprenne. Pour une femme, cela n'avait rien d'évident, surtout en Italie.

L'opéra grouille de personnages qui perdent la raison, songea Maria. Elle venait de prendre conscience que ses pensées ne tournaient qu'autour de son indépendance économique et qu'elle refoulait la vraie question : cette étape constituerait le premier pas vers sa rupture avec son mari. Devenait-elle folle, elle aussi ? Sur la place ensoleillée de Leidseplein, au centre-ville d'Amsterdam, chiffres et possibilités fourmillaient dans son esprit tandis qu'elle ne cessait de rejeter la plus importante des interrogations : qu'adviendrait-il d'elle et de Meneghini si elle ne faisait plus verser ses gages sur leur compte commun ?

Elle avait prié Peter Diamand, le directeur du Holland Festival, de lui accorder un entretien en tête à tête, et avait échappé à Meneghini en prétextant un massage. Pourquoi ne comprenait-elle que maintenant qu'elle n'était presque jamais seule ? Meneghini évoluait toujours dans son ombre, voyait tout, entendait tout, et contrôlait ainsi le déroulement de ses journées comme de ses nuits. Il savait à qui elle parlait, qui elle regardait, sur qui elle hurlait, quand elle perdait contenance. Des moments comme ceux de Harewood House, où elle était allée se promener seule et avait, plus tard, discuté au calme avec Onassis sur la terrasse, étaient devenus rares. Meneghini se montrait de plus en plus attentif. Il avait bien sûr compris qu'Onassis s'intéressait à sa femme, même s'il était marié et que cela n'entrait donc pas en ligne de compte.

Penser à une séparation, voire à un divorce, mettait Maria mal à l'aise. Elle ne ressemblait pas à une Carmen qui prenait les hommes comme bon lui semblait. Au fond de son cœur, elle était restée raisonnable, ne reniant jamais les bases de son éducation grecque. Il ne lui serait pas venu à l'idée de remettre en question la traditionnelle répartition des rôles d'un ménage. Cela impliquait toutefois à ses yeux que son mari se montre toujours loyal envers elle et la respecte autant qu'il la convoitait. C'était précisément cet équilibre qui, dans son mariage, se trouvait à présent en péril. Trop habituée à laisser d'autres décider de son sort, elle ne trouvait plus d'issue à ce dilemme intime. Par ailleurs, elle redoutait les conséquences sociales d'un divorce. Chez les Américains, de telles séparations n'avaient depuis longtemps plus rien d'exceptionnel, surtout dans les milieux artistiques, mais en Italie et en Grèce, cela entraînait toujours pour une femme un certain isolement. En réalité, en Italie, le divorce n'était même pas légalement possible, à l'inverse par exemple des États-Unis. Et comment réagirait le public de l'opéra, largement conservateur, à l'envie de liberté de la diva ? La cantatrice considérée comme « divine » avait-elle même le droit d'écouter ses propres désirs ? Parfois, ses problèmes lui semblaient insolubles.

Peter Diamand l'attendait à l'entrée des artistes. C'était un homme séduisant aux cheveux foncés, bouclés sur la nuque, au nez busqué et au visage aimable. La lumière du soleil se brisa dans les verres de ses lunettes quand il lui tendit les mains, souriant.

— Quel honneur exceptionnel ! s'exclama-t-il. Un rendez-vous secret avec Maria Callas !

Elle l'embrassa sur la joue.

— Je vous remercie de me consacrer du temps.

— Venez, allons nous promener.

Elle glissa son bras sous le sien et le suivit sur le Leidseplein. Le théâtre du Stadsschouwburg était un bâtiment en brique de style classique dont les créneaux et les tours lui rappelaient un peu le Louvre. Autochtones et touristes se pressaient sur le parvis en mangeant des glaces, s'émerveillaient et riaient, passaient devant eux d'un pas vif. Un groupe d'Américains, discernables aux petits fanions qui ornaient le chapeau de leur guide, regardaient les panneaux d'affichage du théâtre. Reconnaissant Maria malgré son fichu et ses lunettes noires, ils se précipitèrent. Elle distribua des autographes avec patience jusqu'à ce que Diamand l'entraîne doucement vers un canal.

— Loin de moi l'idée de vous priver de votre bain de foule, mais nous devrions peut-être continuer.

— De toute façon, je ne me sens jamais vraiment à l'aise au milieu de tant de monde. Mais ils étaient aimables et polis.

— Pour le moment, il me semble plus urgent de savoir ce qui vous tourmente, poursuivit Diamand.

— Qu'est-ce qui vous fait croire que quelque chose me tourmente ?

— Dans le cas contraire, vous ne m'auriez pas demandé ce rendez-vous. Et puis notre ami commun, George Lascelles, a mentionné récemment que vous paraissiez un peu… nerveuse lors de votre visite à Harewood House.

— Nerveuse ?

Maria, surprise, rajusta ses lunettes sur son nez, comme si une perception plus nette lui permettrait de mieux voir aussi à l'intérieur d'elle-même. Au bout d'un moment, elle reprit :

— Je crois que je suis arrivée à une sorte de croisée des chemins.

— Un changement de direction, donc, constata Diamand, compréhensif. Comment puis-je vous être utile, ma chère ?

Maria déglutit. Le moment était venu de formuler pour la première fois à voix haute ce qui lui trottait dans la tête depuis un moment. On pouvait réfléchir à un projet aussi longtemps qu'on le voulait, dès qu'on l'énonçait clairement, il évoluait, devenait plus concret. Elle pouvait encore tout laisser en l'état, rester dépendante de son époux et reprendre son rôle de chanteuse toujours parfaite, toujours disponible, sans besoin ni désir personnels. Elle demeurerait la machine à chanter créée par sa mère quand celle-ci avait découvert le talent exceptionnel de la petite Mary, alors âgée de huit ans. Rien ne changerait si elle inventait un autre prétexte pour Diamand. Elle avait suffisamment de sujets d'inquiétude, à commencer par sa santé.

— Retenez mes gages, souffla-t-elle. Gardez l'argent jusqu'à ce que je vous en dise plus.

Diamand hésita puis hocha la tête.

— Bien entendu. Je veillerai à ce que tout soit fait comme vous le souhaitez.

Sans plus réfléchir, elle continua à parler. La cime des arbres ployait au-dessus d'elle, la brise d'été faisait doucement bruire les feuilles, le gravier du Vondelpark qu'ils venaient d'atteindre crissait sous leurs pieds. Sur une pelouse, des enfants jouaient en poussant des cris de joie. Cette atmosphère chaleureuse la poussa à dire ce qu'elle ne s'était même pas encore autorisée à penser, mais qui lui parut soudain inévitable :

— J'ai l'intention de procéder à quelques changements dans ma vie.

Diamand garda à nouveau le silence puis répondit avec douceur, d'un ton vaguement inquiet :

— Vous devez prendre bien soin de vous, Maria.

— Je sais. Je pense beaucoup à ma santé, ces derniers temps. Et à d'autres choses aussi, qui y sont liées.

Elle revit la réaction de Meneghini quand elle lui avait suggéré de faire une pause artistique. Il avait affiché une telle froideur ! Son mari ne semblait vouloir qu'une chose : exploiter au maximum le potentiel de la Callas, sans se soucier le moins du monde de l'état mental et physique de Maria. À bien y réfléchir, il se privait ainsi définitivement de toute prétention au rôle d'époux, et elle se demanda pourquoi elle avait attendu si longtemps avant d'oser sauter le pas.

— Prenez des vacances, Maria, suggéra Diamand avant d'ajouter, comme s'il savait ce qui la préoccupait : À la mer, ce serait idéal. Des vacances au bord de l'eau feraient le plus grand bien à votre âme et à votre corps. Et puis, avec un peu de recul, les décisions importantes deviennent plus faciles à prendre.

Elle prit une profonde inspiration, comme pour emplir ses poumons de l'air salvateur venu de la mer du Nord.

— Me promettez-vous de rester mon ami, quoi qu'il arrive ?

Il hocha la tête et serra impulsivement sa main sous son bras.

— Vous pouvez compter sur moi.

* * *

Elsa Maxwell trônait dans le lobby de l'*Hôtel de l'Europe*, entre les employés qui la servaient et ses deux assistantes, elle buvait du café, fumait un cigare et survolait un rouleau de papier qui paraissait interminable, sans doute un télex. Elle leva les yeux à l'instant où Maria traversait le foyer pour aller chercher la clé de sa chambre à la réception, et gesticula pour l'inviter à la rejoindre.

Maria dénoua son fichu de soie et s'approcha.

— Bonjour, Elsa, tu travailles ?

— Je lis les nouvelles.

Elsa lâcha le document en soupirant. Une de ses collaboratrices se pencha aussitôt pour le ramasser.

— La rédaction de New York m'a envoyé les dernières informations censées être d'un intérêt capital, mais en quoi me regarde la visite du vice-président Nixon chez Khrouchtchev à Moscou ? Et les nouvelles mises en scène de Wagner prévues au festival de Bayreuth ne sont pas plus amusantes. Raconte-moi plutôt quelque chose, toi.

— Je n'ai, hélas, rien vécu qui ait la moindre importance comparé à tes nouvelles, répondit Maria.

Elle se laissa tomber sur l'accoudoir du large fauteuil où était enfoncé le corps replet d'Elsa.

— Ne dis pas de bêtises ! protesta la chroniqueuse. Tu as l'air tellement satisfaite, Maria ! Que s'est-il passé ? Dis-moi tout !

La cantatrice secoua la tête. Elle n'avait rien à raconter. Elle avançait désormais en équilibre sur le fil des décisions à venir, mais cela ne regardait en rien Elsa Maxwell, même si ça l'aurait sans doute passionnée.

— Je rentre d'une promenade très agréable avec Peter Diamand.

— Quel ennui !

— Pas du tout.

Maria toussota, joua d'un air pensif avec son fichu, puis demanda d'un ton presque indifférent :

— Sais-tu où je peux joindre Mme Onassis ?

Elle fut aussi surprise qu'Elsa par sa propre question. La suggestion émise par Diamand de vacances au bord de la mer ne la quittait plus. Pourquoi ne pas passer ses congés en pleine mer au lieu d'aller sur le Lido de Venise ? Meneghini ne s'en réjouirait guère, mais se réjouissait-il jamais de quoi que ce soit ? Sa promenade au Vondelpark lui avait fait prendre conscience que plus rien ne les unissait. Ils n'avaient pas de projets communs, ne partageaient ni rêves ni désirs. Leur vie à deux ne reposait que sur sa carrière. Soit elle suivait ses suggestions, soit il suivait les siennes. Cela arrivait bien plus rarement, et il gardait alors toujours à l'esprit les impératifs de son travail, jamais les besoins personnels de Maria.

— Tu veux parler à Tina ? répondit Elsa, stupéfaite. Pourquoi donc ?

— Je voudrais savoir ce qu'on porte sur un yacht.

Maria sourit. Depuis sa discussion avec Diamand, elle pensait aux bienfaits de la mer sur l'esprit et le corps et à l'invitation d'Onassis. Elle qui croyait au pouvoir du destin ne pouvait nier que le hasard semblait vouloir la diriger dans une direction précise.

Elsa claqua de la langue.

— *Oh, là, là !** Tu comptes vraiment partir en mer avec Tina et Ari ?

— Aucune idée. Pour être honnête, en ce moment, j'ignore ce que je veux réellement.

Elle pouvait accorder une telle franchise à son amie sans lui révéler ses plans.

— Je voudrais d'abord savoir ce qu'on met pour partir en croisière. Je déciderai ensuite si c'est mon style.

— Hmm.

Elsa prit un air pensif et Maria se demanda si son amie réfléchissait à la question vestimentaire ou aux raisons profondes qui la motivaient. Fine comme elle l'était, elle devait se douter qu'en lui répondant, elle ouvrirait la boîte de Pandore. Enfin, elle dit :

— Ils doivent être à Monte-Carlo. Je vais te trouver leur numéro…

— Merci, la coupa Maria. Je l'ai déjà, celui-là.

Onassis lui avait fait parvenir depuis longtemps sa carte avec toutes ses adresses et numéros de téléphone, y compris les coordonnées radio du *Christina*.

— Oh !

Elsa fit la moue.

— Ne sois pas vexée.

Maria se pencha et souffla un tendre baiser sur les cheveux gris d'Elsa.

— Je veux juste lui demander comment m'habiller, c'est tout.

— Hmm, fit à nouveau la chroniqueuse. Tu savais que Tina Onassis avait eu une liaison torride avec Porfirio Rubirosa[1] ? Peut-être même qu'elle est encore folle de lui. C'est l'ex-mari de Barbara Hutton, l'héritière Woolworth's. Ce sont ces grands magasins dans lesquels tu aimes tant aller aux États-Unis, n'est-ce pas ?

— Je retournerai certainement chez Woolworth's la prochaine fois que j'irai à New York.

Maria garda un air impassible, sans montrer combien la nouvelle de cette infidélité de Tina Onassis la prenait au dépourvu. Et la ravissait. Elle sourit vaguement à Elsa.

— Je vais m'allonger un peu.

— Non, rétorqua son amie, tu vas téléphoner.

Maria haussa les épaules et se détourna.

1. Grand séducteur (1909-1965) considéré comme le « roi » des play-boys.

— Tina a un faible pour les hommes comme Rubirosa, lança Elsa tandis qu'elle s'éloignait. Comme Marilyn Monroe, Ava Gardner, Joan Crawford et Jayne Mansfield avant elle. Et Zsa Zsa Gábor. Il y en a eu tellement...

* * *

En rentrant dans sa suite, Maria trouva Meneghini dans le salon en grande conversation téléphonique avec des organisateurs de concerts allemands. Elle le comprit à la prononciation soignée et très accentuée qu'il adoptait toujours quand il négociait avec des contacts de l'étranger, et en l'entendant parler de Hambourg. Il en aurait certainement pour un moment.

Soulagée de ne pas devoir lui tenir compagnie, elle ferma derrière elle la porte de la chambre à coucher, ôta ses chaussures et se laissa tomber tout habillée sur le lit. Une fois allongée, elle ouvrit son sac et chercha à tâtons la carte de visite qu'elle avait glissée dans une poche latérale. Elle fit tourner un instant le morceau de carton entre ses doigts, perdue dans ses pensées. Puis elle roula sur le côté avec détermination, décrocha l'appareil de la table de nuit et réclama la communication avec le numéro de Monte-Carlo.

— *Allô ?** demanda une voix masculine grave.

— *Bonjour**, dit-elle avant de poursuivre, toujours en français : Je voudrais parler à Mme Onassis. Ici Maria Callas.

— *Kaliméra*, répondit-il aussitôt en grec. Comment allez-vous ?

— Bien, merci. (Un sourire silencieux se glissa sur les lèvres de Maria.) C'est à votre femme que je voudrais parler.

— Il faudra vous contenter de moi. Tina n'est pas là.

— Oh.

Maria hésita.

— Que lui voulez-vous ? Je serais ravi de répondre à toutes vos questions.

— Je… Euh… C'est-à-dire…

Elle trouvait embarrassant de demander à Onassis ce qu'on portait cette saison en Méditerranée.

— Oui ? insista-t-il.

Maria roula sur le dos, le combiné appuyé contre l'oreille. Elle ferma les paupières et eut aussitôt devant les yeux l'image de l'eau argentée scintillant au soleil. Malgré elle, ce fut d'une voix plus basse et plus douce qu'elle reprit :

— Je voudrais savoir quel genre de garde-robe on emporte en croisière.

Il eut un petit rire.

— Est-ce une manière d'accepter mon invitation, Maria ?

— Non.

Elle rouvrit les yeux avec un sourire narquois et regarda le plafond, où les rayons de lumière qui entraient par la fenêtre jouaient avec les ombres.

— Non, non. Je veux juste savoir ce qu'on porte sur un yacht.

— Vous pouvez porter tout ce que vous voulez…

Voilà bien une réponse d'homme, songea Maria, amusée. *Très utile.*

— … emportez quelques pull-overs et de quoi vous baigner. Vous n'aurez besoin de rien de plus, à bord.

Le sourire de Maria se figea. Les pulls et les maillots de bain n'étaient pas exactement le genre de vêtements dans lesquels elle se sentait le plus à l'aise.

Son silence n'échappa évidemment pas à Onassis, mais il poursuivit en riant :

— Achetez-vous quelque chose de joli. Je vous attends le 21 ici, à Monte-Carlo. Le *Christina* prendra la mer le lendemain et je veux que vous soyez à bord, Maria.

— Oui, mais…

Onassis n'écoutait plus. Il avait déjà raccroché.

Non ! pensa-t-elle en s'asseyant au bord du lit. Elle reposa le combiné sur la fourchette et regarda le téléphone sans le voir. *Non !*

Elle n'irait pas en croisière avec lui. Le prix à payer, s'envelopper d'un pull-over, exposer ses jambes courtaudes en se mettant en maillot de bain à côté de Tina, l'elfe gracile, était trop élevé. Qu'Aristote Onassis emmène donc qui il voulait sur son bateau, ce ne serait pas la Callas.

Des larmes de déception lui montèrent aux yeux.

Chapitre 14
Milan, mi-juillet 1959

Maria suivait d'un pas vif la Via Monte Napoleone en espérant ne pas être arrêtée en permanence par des chasseurs d'autographes ou des admirateurs. Derrière ses lunettes noires, elle s'abstenait soigneusement de voir les passants, en veillant tout de même à ne bousculer personne. Ses yeux voletaient entre les vitrines des boutiques de luxe. Pour elle, aucune rue au monde ne soutenait la comparaison avec l'offre fantastique présentée par les créateurs de mode dans cette voie plutôt étroite, longue de quelques centaines de mètres et bordée de *palazzi* néoclassiques. Même la Cinquième Avenue new-yorkaise ou l'avenue Montaigne à Paris ne provoquaient pas en elle la frénésie d'achat qui la submergeait ici, à Milan. Maria avait l'intention de dépenser autant d'argent qu'il le faudrait pour avoir la garde-robe idéale.

L'insistance d'Onassis avait fini par porter ses fruits : elle avait été forcée d'accepter son invitation. Elle avait tout essayé pour se défendre, et avait longtemps tenu bon. Une fois rentrée à Sirmione après sa tournée réussie, mais épuisante aux Pays-Bas et en Belgique, elle était convaincue que leurs chemins devaient se séparer une bonne fois pour toutes. Mais les appels d'Onassis changèrent tout.

Assise à l'ombre de la loggia avec une tasse de thé, elle feuilletait un magazine dans un moment de sérénité que même la présence de son mari ne troublait pas. La voix de la gouvernante, elle, y parvint :

— Le signor Onassis est au téléphone et voudrait parler à la signora Callas.

Meneghini jeta un coup d'œil perçant à sa femme, mais garda le silence.

Elle prit une profonde inspiration. Un désir insensé de lui parler la saisit, alors qu'elle voulait à tout prix l'éviter. Elle savait ce qu'il allait lui demander. Son bateau quittait Monaco dans exactement une semaine. *Il faut en finir*, pensa-t-elle.

— Dites au signor Onassis que je ne suis pas là.

— Dites-lui que nous sommes à Milan, ce sera encore mieux, ajouta Meneghini en mettant du sucre dans son café.

— Très bien, signor Meneghini.

La belle humeur de Maria s'évanouit comme le soleil derrière les cyprès de son jardin. Il paraissait tout à fait juste et raisonnable de rejeter Onassis et de ne plus vouloir lui parler. Elle devait se défendre contre son insistance. Pourtant, elle aurait adoré discuter avec lui de leur croisière imminente, faire des projets, se laisser bercer par un rêve. Un rêve qui n'avait rien à voir avec sa réalité.

— Quand allons-nous au Lido ? demanda-t-elle à son mari.

— Dès que j'aurai annoncé à l'*Excelsior* la date à laquelle tu comptes y aller. Quand nous voudrons, donc.

— Alors, pas tout de suite. Je suis très contente d'être ici.

Elle pencha la tête et se remit à feuilleter distraitement son magazine, espérant cacher à Meneghini qu'elle pensait tout le contraire de ce qu'elle disait.

— Nous devrions partir bientôt, rétorqua-t-il, pensif.

Elle eut presque l'impression qu'il faisait exprès d'ignorer son souhait.

— Le médecin t'a recommandé l'air marin, Maria. Tu dois te reposer avant tes prochains engagements.

— Oui.

Elle n'ajouterait rien de plus sur le sujet.

— Pardonnez-moi, signora.

La gouvernante toussota. Debout à la porte du balcon, elle se tordait les mains.

— Le signor Onassis est de nouveau au téléphone et demande à vous parler.

Maria jeta son magazine sur le sol carrelé, les nerfs tendus à se rompre.

— Ne lui avez-vous pas répondu que nous n'étions pas là ?

— Si, bien sûr, signora. Évidemment. Mais le signor Onassis a apparemment appelé à Milan, où on lui a dit que vous étiez à Sirmione. Il veut absolument vous parler.

— Je. Ne. Suis. Pas. Là.

— Racontez-lui que la signora est indisposée, suggéra calmement Meneghini.

— Très bien, signor.

Pourquoi Aristote Onassis a-t-il cet effet sur moi ? se demanda Maria, troublée. Il n'était pas séduisant au sens classique, n'avait pas une silhouette d'Apollon, et semblait en plus être un béotien complet. Pourtant, elle était captivée par sa personnalité, le trouvait charmant, spirituel et drôle, et appréciait sa compagnie. Son insistance aussi lui plaisait, il ne s'avouait pas vaincu, continuait à la courtiser même quand elle le rudoyait. Mais qui convoitait-il vraiment, Maria ou la Callas ? Si elle lui cédait, tout changerait : peut-être pas pour lui, mais pour elle, qui ne sortirait pas indemne d'une telle romance. Car ce qu'elle désirait, ce n'était pas un des hommes les plus riches du monde, mais, elle le comprenait maintenant, l'homme auprès de qui elle se sentirait tout autre, l'homme qui ne voudrait que Maria.

Je suis folle, pensa-t-elle. *Il est marié, et jusqu'à présent, toutes ses invitations étaient aussi formulées au nom de sa femme.*

Apparemment, il tolérait les écarts de Tina. Et Maria refusait d'être un trophée ou un moyen de vengeance.

La belle humeur avec laquelle sa journée avait commencé s'était évanouie pour de bon. Tremblante de nervosité, elle trépignait et tapotait des doigts l'accoudoir en fer forgé de la chaise de jardin.

Elle sentit le regard étonné de Meneghini avant même de se tourner vers lui. Peu soucieuse de s'expliquer, Maria se leva d'un bond. En fait, elle n'osait pas s'avouer à elle-même la cause de sa soudaine agitation.

— Je vais dans ma chambre, déclara-t-elle en s'éloignant.

Ne sachant comment s'occuper, elle alluma la radio et se jeta sur son lit. On jouait les tubes de l'été : Domenico Modugno chantait une longue nuit solitaire, Adriano Celentano vantait un baiser renversant, et les Platters soupiraient *Smoke Gets in Your Eyes*. Maria aimait la simplicité et la chaleur émotionnelle de ces morceaux, mais ce jour-là, ils ne contribuèrent guère à la ramener à la raison. Dans sa tête tournoyait un carrousel de sentiments, de possibilités, d'angoisses et de déceptions, qui finit par devenir un kaléidoscope où elle ne discerna plus qu'une masse colorée. Pourtant, elle n'éteignit pas le poste.

Après les informations et une nouvelle série de ritournelles, on frappa à la porte.

— C'est moi, annonça Meneghini.

Elle s'assit vite au bord du lit, lissa ses cheveux et chercha de quoi avoir l'air occupée. Elle ne trouva rien.

Pour ne pas le faire attendre plus longtemps, elle lança :

— Entre !

Elle joignit les mains sur ses genoux.

À la radio, Frankie Avalon fredonnait *Venus*. À peine Meneghini eut-il pénétré dans la pièce qu'il alla éteindre le poste.

— Mais qu'est-ce que tu écoutes comme horreurs ? marmonna-t-il en se tournant vers elle.

— Tu veux aussi me dicter mes goûts musicaux, maintenant ?

— Je ne te dicte rien du tout, Maria, je veux juste le meilleur pour toi.

Elle croisa les bras. *Un mot de plus et je lui arrache les yeux.*

— Onassis a encore appelé deux fois.

Elle retint son souffle.

— La première, il lui a été répété que tu n'étais pas disponible, poursuivit Meneghini, pontifiant. La seconde, il a demandé à me parler. Je n'avais aucune envie de me faire porter pâle moi aussi.

Comme c'est viril ! songea-t-elle, ironique. Elle se mordit les lèvres avant de lâcher qu'il s'était comporté en véritable héros, et garda le silence pour épargner son sarcasme à Meneghini (et peut-être à elle-même).

— J'ai parlé à la signora Onassis, pas seulement à lui. Et j'ai accepté l'invitation à la croisière en ton nom aussi.

Maria dévisagea son mari, ne sachant si elle devait rire ou pleurer. Machinalement, elle se leva et écarta les bras dans un geste presque désespéré.

— Tu as fait quoi ?

Il lui adressa son sourire artificiel.

— Pourquoi t'énerves-tu ? Onassis n'abandonne pas et le médecin t'a recommandé l'air marin. Nous irons donc sur ce bateau. Onassis aura ce qu'il veut, et toi, tu prendras l'air de la mer. Tout le monde sera content.

— Tu ne m'as pas demandé mon avis, le rabroua-t-elle.

— Pourquoi devrais-je te le demander ? s'étonna Meneghini. De toute façon, je décide toujours de ce qui est le mieux pour toi.

Elle hoqueta, mais avant qu'elle se mette à hurler, il ajouta avec une douceur inattendue :

— Et puis, nous pourrons partir à tout moment. Si la croisière ne te plaît pas, nous descendrons au premier port venu et nous irons à Venise.

Cette option semblait pleinement satisfaire Meneghini.

Pas Maria.

Elle s'effondra sur son lit sans ajouter un mot. Le changement d'avis de son mari était incompréhensible. Peut-être ne voulait-il vraiment que son bien, peut-être avait-il cédé à la force de persuasion d'Onassis. En fait, elle se moquait de la véritable raison de ce revirement. Ce qui comptait, c'est que la décision avait été prise.

— *Moïra*, murmura-t-elle.

Le mot grec pour « destin ».

* * *

Ce même destin la conduisit donc le lendemain à Milan, Via Monte Napoleone. Elle était pressée : il lui restait exactement cinq jours pour rassembler et faire retoucher une garde-robe de croisière. Quatre, en réalité, à cause du dimanche.

Maria était nerveuse comme une débutante new-yorkaise la veille de son entrée dans le monde, ou comme une jeune chanteuse avant son premier grand rôle d'opéra. Elle n'avait jamais assisté à un tel bal, et quant au second événement, elle n'aimait guère en évoquer le souvenir. Depuis ce jour d'avril, à Athènes, qui remontait à exactement vingt ans, elle avait le trac avant chaque représentation. Alors qu'elle s'apprêtait à interpréter la Santuzza de la *Chevalerie campagnarde*, elle entendit par hasard une chanteuse du troisième rang, une doublure, se moquer méchamment de son trac. Maria ne se justifia pas, ne jura pas, mais lui balança une gifle sonore. Ce soir-là, Maria Kalogeropoulos, comme elle se nommait à nouveau sur ordre de sa mère depuis leur arrivée en Grèce, chanta brillamment et remporta même un prix. Plus tard, elle ne frappa plus ses concurrentes, mais son trac et surtout ses occasionnels accès de colère restèrent célèbres. C'était ainsi : en coulisses, elle perdait vite patience lorsque les choses ne se passaient pas comme elle le voulait. Elle travaillait trop dur pour tolérer la moindre négligence. Bien entendu, elle n'avait pas l'intention de faire usage de la violence pour forcer Biki Bouyeure à l'habiller en temps voulu pour son voyage en Méditerranée.

Elle poussa énergiquement la porte du *palazzo* qui abritait l'atelier de la couturière. Biki, qui s'appelait en réalité Elvira, était la petite-fille du compositeur d'opéra Giacomo Puccini et lui avait été présentée par Wally Toscanini. À l'époque nettement plus enrobée qu'aujourd'hui, Maria s'était aussitôt sentie à l'aise en présence de cette jolie femme sans âge. Sur son corps, le goût et le talent de Biki faisaient des merveilles. Et depuis qu'elle avait maigri, la pétillante couturière créait pour la Callas un style sur mesure époustouflant.

Maria comptait sur elle aujourd'hui, dans sa détresse. Rien n'était pire pour elle que l'idée de monter à bord sans une garde-robe appropriée. Pour Maria, une robe représentait plus qu'un vêtement : c'était une armure qui la protégeait des vexations. Dès qu'elle se regardait dans un miroir, les moqueries de ses camarades d'école sur son embonpoint résonnaient encore à ses oreilles. Plus tard, des rivales jalouses avaient ri de sa silhouette, et même le génial metteur en scène d'opéra Luchino Visconti avait exigé qu'elle perde du poids, menaçant dans le cas contraire de ne pas travailler avec elle. Et puis, même si elle ne se l'avouait pas volontiers, elle voulait faire la meilleure impression possible à Aristote Onassis.

Maria fut reçue par la directrice de Biki Bouyeure, qui l'invita au salon. Un instant plus tard surgit Alain Reynaud, un brun élancé aux lunettes à monture noire, gendre et dessinateur de Biki et ancien assistant de Jacques Fath à Paris. Soulagée par sa présence, Maria le laissa l'embrasser sur les deux joues. C'était l'homme de la situation. Des années plus tôt, après sa perte de poids, il lui avait appris à évoluer avec grâce et élégance, à marcher – mieux, à évoluer –, à choisir les vêtements les plus flatteurs et les accessoires les mieux adaptés. Il allait maintenant lui expliquer ce qu'on portait en croisière, et ne se contenterait certainement pas de mettre dans son bagage quelques pulls et maillots de bain.

— Biki arrive dans un instant, annonça-t-il. Elle m'a dit que vous étiez très nerveuse, au téléphone. Que se passe-t-il ? Ouvrez-moi votre cœur, ma chère Maria, je suis tout ouïe.

En troquant ses verres fumés contre des lunettes à sa vue, elle lui décrivit les faits sans évoquer ses sentiments.

— Nous sommes invités à une croisière en Méditerranée, sur un yacht, nous devons être à bord dans cinq jours, et je n'ai rien à me mettre.

Il la regarda, pensif.

— Votre hôte serait-il par hasard Ari Onassis ?

— Oh... comment le savez-vous ? demanda Maria, interloquée.

— Je lis tout ce qui concerne mes clientes, répondit Reynaud en souriant. Et les journaux étaient pleins de photos de vous deux à cette soirée londonienne. (Il frappa dans ses mains.) Bien, bien. Voyons ce que nous pouvons faire pour vous habiller en conséquence, ma chère.

Biki Bouyeure apparut dans une robe élégante et sobre, assortie de plusieurs rangs de perles. Elle commanda un café pour Maria et fit défiler ses mannequins dans la pièce pour lui présenter sa collection d'été. Maria, installée dans un fauteuil Louis XVI, examina pantalons, chemisiers, vestes, robes et manteaux avec ébahissement et malaise. Les lignes « trapèze » et « tonneau » (selon les termes employés par Reynaud) des vestes et des robes étaient resserrées à la taille par de larges ceintures, donnant un effet très seyant qui correspondait au style de Maria. Plusieurs des robes, de style Empire, étaient soulignées par un délicat ruban sous la poitrine, mais à l'inverse des modèles datant d'un siècle et demi plus tôt, la partie basse ne tombait pas toute droite jusqu'aux chevilles : elle était soutenue par un jupon. Les jupes semblaient nettement plus courtes qu'à la saison précédente, leur ourlet dépassait à peine le genou, et les pantalons d'allure sportive s'arrêtaient au-dessus de la cheville. *Ce ne sera guère flatteur pour mes jambes*, constata Maria avec dépit. Les couleurs pastel, en revanche, lui plaisaient, bien assorties à ses cheveux noirs.

— Tout sera de nouveau plus foncé à l'automne, expliqua Biki, mais pour l'instant, nos étoffes sont éclatantes comme un tableau de Monet. Nous allons prendre beaucoup de lin, un tissu très rafraîchissant l'été et qui vous donnera une allure impeccable en toutes circonstances.

Plus tard, debout dans une spacieuse cabine et entourée de miroirs, elle fit adapter sa nouvelle garde-robe. Biki, agenouillée près d'elle, son coussin à aiguilles autour du bras comme un bijou, raccourcissait, resserrait ou élargissait les coutures des vêtements choisis. Reynaud, derrière elle, observait, conseillait et rassurait.

Il posa un chapeau en paille laquée blanche sur le chignon haut de Maria.

— En ce moment, les chapeaux ressemblent tous un peu à des abat-jour, admit-il avec un sourire, mais celui-ci vous sied à ravir.

Elle s'examina dans le miroir, tourna la tête à gauche et à droite, pivota sur elle-même. En effet, le couvre-chef était flatteur. Surtout, il détournait l'attention de ses mollets trop forts. Un excellent choix.

Maria quitta l'atelier de couture chargée de sacs et de cartons à chapeaux. Un apprenti la suivait, les bras chargés de housses à vêtements. Le reste serait livré à temps pour son vol vers Nice, le mardi suivant. D'ici là, toutes les retouches auraient été effectuées. Biki et Reynaud le lui avaient promis et elle savait qu'elle pouvait se fier à eux.

Le chauffeur chargea les achats dans le coffre et Maria monta en voiture. Meneghini l'y attendait.

Il haussa les sourcils.

— Combien de millions de lires as-tu dépensées pour tous ces machins au cours des deux dernières heures ?

— Je ne sais pas, avoua-t-elle.

— C'est non seulement absurde, mais aussi totalement exagéré.

— Tu trouves ? (Elle se détourna et regarda par la fenêtre.) Moi pas.

À sa grande surprise, il lui prit la main.

— Tu n'as pas besoin d'avoir peur des autres invités. Sir Winston Churchill sera à bord avec son épouse, c'est vrai, mais ça ne devrait pas t'intimider. Jusqu'ici, tu as maîtrisé tous tes rôles.

Pas celui de briseuse de ménages, songea-t-elle.

Elle se libéra de sa tendre emprise.

— Bien sûr, mentit-elle. Il n'y a aucune raison d'être nerveuse.

Chapitre 15
Monte-Carlo, 22 juillet 1959

Depuis sa terrasse de l'hôtel *Hermitage*, Maria avait vue sur le port et le château des Grimaldi, juché sur une falaise aride qui surplombait la mer. À ses pieds était amarré le gigantesque yacht d'Aristote Onassis. Il étincelait à la lumière du soleil, sa cheminée jaune semblait une extravagance supplémentaire. En haut la bâtisse plutôt décrépite, en bas le luxueux bateau blanc : une allégorie des rapports de propriété qui régnaient à Monaco. Rainier III était le prince, mais le maître, c'était Onassis. Il avait sauvé de la faillite la principauté lourdement endettée en investissant des millions dans les hôtels et le casino, et la quasi-totalité du territoire se trouvait désormais entre ses mains. Onassis tenait sa cour à Monte-Carlo.

À leur arrivée, la veille, à l'aéroport de Nice, Maria et Meneghini étaient attendus par la voiture de l'armateur, qui les emmena à Monte-Carlo avec une quantité invraisemblable de bagages. Onassis leur avait réservé une suite et s'était chargé de tout. Maria se sentait traitée à la mesure de son statut de déesse. Leur logement, qui jouxtait le tout aussi luxueux *Hôtel de Paris*, était un rêve Belle Époque, un cadre élégant, fait sur mesure pour une diva.

Par chance, Bruna, sa gouvernante milanaise, avait préparé les bagages de telle sorte que Maria n'eut besoin de prendre dans sa chambre, pour une nuit, qu'une valise et un vanity-case. Le reste fut entreposé dans une pièce spéciale de l'hôtel avant d'être apporté à bord du *Christina*. En enfilant la tenue prévue pour le dîner avec les Onassis, Maria se dit qu'elle avait choisi la mauvaise robe ; une autre, qui se trouvait dans sa malle-armoire, ne conviendrait-elle pas mieux ? Désemparée, elle ignorait que porter pour éblouir son hôte autant qu'il l'impressionnait, elle. Elle finit pourtant par se convaincre que dans une telle situation, la robe n'était jamais la bonne. Cette constatation la rassura.

Le dîner au restaurant de l'*Hôtel de Paris* se déroula dans une atmosphère tendue. Les Onassis avaient invité Elsa Maxwell au repas, mais pas à la croisière, ce dont elle prenait manifestement ombrage. Quand elle ne boudait pas, elle envoyait des piques, le plus souvent destinées à Tina et à Meneghini. Celui-ci, de son côté, ne comprenait rien aux discussions, menées en anglais et français. Aristote Onassis s'efforçait de maintenir une conversation superficielle, à laquelle Maria participait malgré elle. Tout était si banal qu'elle oubliait le contenu de leurs échanges dès qu'elle avait trouvé une réplique. Quand elle y repensa par la suite, elle fut incapable de se rappeler ce dont ils avaient parlé. Seules quelques phrases cryptiques échangées par Tina et Elsa à propos des hommes, des femmes et des relations amoureuses lui revinrent en mémoire. L'ambiance resta désastreuse toute la soirée.

— Je n'aime pas ton amie Elsa, déclara Meneghini avant de se coucher.

Il était assis sur son lit à la française, séparé de celui de son épouse par une table de chevet. Dans son pyjama bleu clair, avec ses cheveux ébouriffés, il apparut étrangement touchant à Maria. Surtout, il lui apparut vieux. Un sexagénaire pas très bien conservé. Il croisa son regard et secoua la tête, amer.

— Elle t'a introduite auprès de ces gens qui ne pensent qu'à l'argent et méprisent toute forme de morale.

Maria était à la porte de la salle de bains, enveloppée d'une robe de chambre en soie à motifs floraux, le visage enduit d'une crème de nuit qui faisait luire ses joues. Son tendre sourire s'évanouit pour laisser la place à une expression stupéfaite. Comment était-ce possible ? Elle ne se souvenait d'aucune réflexion que Battista aurait pu comprendre. Avait-il réussi à traduire la remarque de Tina Onassis à Elsa Maxwell : « Voyez-vous, ma chère, la différence n'est pas si grande entre être mariée à un homme assez riche ou à un homme richissime… » ? Elle avait gardé cette phrase en mémoire : pour elle, c'était la plus stupide prononcée ce soir-là. Elsa avait promptement hoché la tête et conseillé à Tina de bien surveiller son mari pendant la croisière. Quel échange embarrassant.

— Ces gens mènent une tout autre vie que la nôtre, ajouta Meneghini.

— Tu ne veux plus y aller ? s'écria Maria, consternée, et sans attendre de réponse, elle ajouta : Nous ne pouvons pas annuler maintenant et rentrer à la maison. C'est impossible.

L'idée de ne pas monter à bord du *Christina* la transperça comme le poignard de Médée. Alors que l'invitation d'Onassis l'avait d'abord plongée dans un violent conflit de loyauté vis-à-vis de son mari, elle se réjouissait à présent à l'idée de ce voyage. Les encouragements de Biki et Reynaud l'avaient poussée à s'imaginer un trajet en mer idyllique, simplement entourée de ciel et de vent, dans une liberté presque magique. Elle avait déjà traversé plusieurs fois l'Atlantique en bateau, et dans les cabines les plus bas de gamme, mais n'avait jamais été l'invitée d'honneur d'un yacht de luxe, encore moins en Méditerranée, tellement plus douce. Elle ne voulait pas renoncer à ce rêve – pas plus qu'au bien-être que lui procuraient l'attention et l'hospitalité d'Onassis.

Meneghini ouvrit ses draps, rampa dessous et ferma les yeux.

— Si cela te fait plaisir, nous irons, bien sûr, marmonna-t-il, déjà somnolent.

Elle s'efforça de retrouver le calme en écoutant sa respiration régulière puis ses légers ronflements.

* * *

Suivie de Meneghini et d'un porteur de l'hôtel qui poussait un chariot chargé de ses valises, housses et sacs, Maria se mit en route pour le *Christina*. Il était quinze heures et le soleil brillait dans un ciel sans nuages. Biki Bouyeure lui avait juré que, dans son ensemble en lin blanc cassé, elle se sentirait fraîche comme la rosée printanière, mais elle cessa d'y croire dès la place du Casino. Il faisait si chaud que Maria redouta d'arriver à bord en sueur, dans des vêtements froissés.

Onassis les attendait à la passerelle. En costume clair, chemise blanche et cravate sombre, il avait l'élégance d'un homme du monde et pas du tout l'allure de navigateur à laquelle elle s'était attendue. L'ayant si souvent entendu évoquer sa fascination pour les tribulations d'Ulysse, Maria s'était imaginé que, dans son rôle de maître du *Christina*, il ne porterait pas sa tenue de bureau ordinaire. Pourvu que sa propre garde-robe ne soit pas aussi déplacée que ses suppositions sur les habitudes d'Onassis. Sa nervosité grandit.

Il envoya un matelot ouvrir la portière du côté de Meneghini et se chargea lui-même d'aider Maria à descendre.

— *Kalós írthes*, déclara-t-il en lui prenant fermement la main avant de la porter à ses lèvres. Bienvenue.

Quelque chose dans son comportement intimida Maria.

— Merci de votre invitation, répondit-elle, très formelle.

— Maintenant que nous sommes au complet, j'aimerais vous présenter mon autre invité d'honneur. Sir Winston est arrivé il y a une heure.

Sans accorder le moindre regard à Meneghini, il l'entraîna sur la passerelle.

Maria le suivit dans ses sandales plates. Elle avait délibérément choisi des chaussures sans talons pour ne pas dépasser encore plus Onassis, plus petit qu'elle d'une bonne dizaine de centimètres. De plus, elle pourrait ainsi évoluer plus librement sur le pont. Pourtant, elle se sentait moins assurée que jamais. La poigne ferme d'Onassis, sans doute destinée à la réconforter, eut l'effet inverse. Elle ne pouvait pas prendre la moindre distance, la passerelle était trop étroite. Vaincue, elle lui laissa même sa main quand ils furent à bord.

Sir Winston Churchill était aussi imposant que dans son imagination. Un octogénaire corpulent, aux cheveux blancs épars, qui inspirait le respect. Dans son costume trois pièces, l'ancien Premier ministre britannique et prix Nobel de littérature avait l'air d'être en visite d'État et non en une croisière privée. Il était sur le pont, dans un fauteuil protégé du soleil par une grande voile verte ; près de lui, un perroquet papotait dans une grande cage. Churchill ne se leva pas quand Onassis s'approcha avec Maria.

— Puis-je vous présenter Maria Callas ?

Elle se pencha pour serrer la main du célèbre politicien. Son cœur battait la chamade. En présence du grand homme, elle eut plus que jamais l'impression de n'avoir rien accompli de remarquable dans sa vie. Ces présentations glaciales ne présageaient guère un séjour décontracté sur le bateau.

— Je suis enchantée de faire votre connaissance, dit-elle poliment.

— Tout le plaisir est pour moi, gronda-t-il.

Le perroquet émit un son indéterminé puis jasa :

— Bisou.

Maria se figea. Embarrassée, elle observa tour à tour l'animal puis son propriétaire, espérant que ses lunettes noires dissimuleraient à Churchill son regard effaré.

— Bisou, répéta le volatile.

Un sourire illumina le visage joufflu, mais sillonné de rides, qui perdit soudain sa gravité. Churchill éclata d'un rire tonitruant.

— Voici Toby, annonça-t-il.

Amusée et soulagée, Maria se joignit à son hilarité.

Peu après, Maria et Meneghini furent présentés aux autres participants de la croisière : l'épouse de Churchill, Lady Clementine, leur aînée Diana et sa propre fille de seize ans, le secrétaire privé de Churchill, Anthony Montague Browne, et sa femme Noel, qui les pria avec une cordialité inattendue de l'appeler « Nonie ». En plus d'une escouade de membres du personnel, majordomes et précepteurs, Maria rencontra aussi les enfants de Tina et Aristote Onassis : Alexandre, onze ans, un garçon très beau, mais silencieux, et sa timide sœur Christina, huit ans, dont le yacht portait le nom. Onassis était manifestement fou de ses enfants, une adoration que Maria ne perçut pas tout de suite chez leur mère. Elle fut submergée de jalousie : la jeune Tina Onassis ne semblait guère consciente de sa chance. Maria aurait beaucoup donné pour avoir des enfants aussi délicieux.

Plus tard, étendue sur le lit de leur cabine, la suite Ithaka, prenant un peu de repos avant le cocktail qui aurait lieu sur le pont, Maria repensa aux enfants. Elle aurait tant voulu être mère, elle aussi. Jusqu'ici, son désir avait dû rester inassouvi – Meneghini n'était assurément pas fait pour la paternité. Ari Onassis apparut dans ses pensées, lui qui semblait si épanoui dans son rôle de père. Elle ne devait et ne voulait pas le séparer de ses enfants, et se satisferait donc de Meneghini. Pour la durée de la croisière, en tout cas.

* * *

Le dîner fut servi sur la terrasse de l'*Hôtel de Paris*. Maria trouva un peu dommage de redescendre du yacht où ils étaient montés à peine quelques heures plus tôt, mais quand elle vit le port de Monaco depuis sa place, à la gauche d'Onassis, elle comprit le sens de sa mise en scène. Les lumières des bateaux scintillaient sur la mer noire comme autant de lucioles, et celles du *Christina* ressemblaient à des guirlandes de diamants. Il étalait ainsi sa richesse, l'éclairage lui-même suffisait à exprimer sa fierté de propriétaire. Onassis désirait démontrer à ses invités toute l'opulence dans laquelle ils allaient vivre au cours des trois semaines à venir. Ils remonteraient à bord pour les digestifs.

Quand leur hôte donna le signal du départ et que la société se retrouva devant l'hôtel pour monter en voiture, Maria perdit son mari des yeux. Elle balaya du regard la place du Casino, les cabriolets rutilants et les limousines élégantes, les dames en tenue de soirée accompagnées de leurs époux et les messieurs qui entraient à flots dans la salle de jeux. Les bijoux étincelaient comme les lampes des bateaux, et malgré la chaleur estivale à peine atténuée par la nuit, des étoles de fourrure entouraient les épaules bronzées. Sans ses lunettes, elle ne reconnaissait pas les visages des flâneurs, mais il s'y trouvait sans aucun doute quelques têtes couronnées et autres stars hollywoodiennes. La clientèle préférée d'Elsa Maxwell. Son amie n'avait pas été invitée ce soir, et elle se demanda d'où elle les observait.

— Maria !

Meneghini surgit près d'elle et lui attrapa le bras.

— Je préférerais ne pas embarquer, finalement.

Elle cilla.

— Pardon ?

— Vous ne pouvez malheureusement pas rester une nuit de plus à l'hôtel, intervint Onassis d'un ton aimable.

Maria n'avait pas remarqué qu'il se tenait juste derrière eux. Il avait évidemment entendu Meneghini.

— J'ai donné ordre au capitaine de prendre la mer juste après minuit.

— Nous ne pouvons pas venir, prétendit Meneghini. Voyez-vous, ma mère est très malade, et à son âge, il faut s'attendre à tout. Nous ferions mieux de retourner en Italie, auprès d'elle.

Onassis lui tapota gentiment l'épaule.

— Ne vous inquiétez pas, mon cher. Vous restez joignable en permanence et pouvez à tout moment prendre des nouvelles de madame votre mère. Nous disposons à bord de quarante-deux postes de radiotéléphone, il suffit de quelques minutes pour entrer en communication avec n'importe quel endroit du monde.

— Eh bien… marmonna Meneghini, hésitant.

— Si vous devez quitter le yacht, je mettrai bien entendu mon hydravion à votre disposition, il est garé sur le pont supérieur. Nous avons aussi quatre canots motorisés et un hydroptère. Allez, venez ! Depuis le yacht, vous rejoindrez aussi vite Varèse que depuis Milan ou Sirmione.

Maria se demanda comment Onassis savait où vivait sa belle-mère. Sans doute la vitesse à laquelle il prétendait ramener son hôte en Italie n'était-elle que vantardise, mais cela lui convenait. Repartir maintenant avec Meneghini aurait été un cauchemar. Elle pensa à l'hospitalité grecque : dans le pays de ses ancêtres, refuser une invitation était très impoli. Le comportement de Meneghini se révélait non seulement irréfléchi et inapproprié, mais aussi insultant.

Tandis qu'elle écoutait sans rien dire la discussion des deux hommes, la voiture qui devait les ramener au port s'avança. Elle ne fut pas fâchée qu'Onassis fasse cette fois monter Meneghini le premier, le poussant doucement sur la banquette arrière. Quand il se redressa, il lui effleura le bras comme par inadvertance.

— Je m'assurerai que votre mari trouve à bord tout ce dont il a besoin, dit Onassis en grec. Vous êtes mes invités, je veux que vous vous sentiez bien.

— Je sais, répondit-elle en souriant.

* * *

Meneghini se retira pour la nuit peu après leur retour sur le yacht. Maria, qui l'avait suivi dans la suite Ithaka, ne songea même pas à se coucher. Toujours habillée, assise dans un fauteuil, elle était incapable de calmer son courroux. Les ronflements de son mari prouvaient qu'il s'inquiétait bien moins pour sa mère qu'il l'avait prétendu. Elle ignorait totalement ce qui lui avait inspiré ce soudain revirement. Pour se distraire, elle écouta les portes des autres cabines se fermer avec un bruit sourd, tâchant de se souvenir où dormaient les autres passagers. Sa colère perdurait. Même en sentant le bateau se mettre en branle, Maria ne s'apaisa pas. Meneghini hoqueta dans son sommeil.

Elle songea un instant à le réveiller pour lui demander des explications. Il s'était ridiculisé ! Pourtant elle s'abstint, se reprit et sortit. Elle irait sûrement mieux sur le pont. En cet instant, la perspective de passer la nuit sur une chaise longue, dehors, lui paraissait plus séduisante que celle de dormir dans la même chambre que son mari.

Les couloirs étaient baignés d'une lumière diffuse. Maria passa en silence devant les autres cabines et rejoignit l'escalier à vis qui reliait les étages du bateau. La rampe en bronze semblait fraîche sous sa paume, les colonnes en onyx se fondaient dans la pénombre. Elle erra sur le yacht, heureuse de ne croiser personne, et s'imprégna de l'atmosphère. L'endroit lui fit ainsi une tout autre impression que pendant la visite guidée donnée par Onassis l'après-midi. L'aménagement du yacht était certes tape-à-l'œil, mais aussi choisi avec un tel goût et un tel discernement qu'elle n'eut pas de mal à croire l'affirmation d'Ari : le *Christina* constituait son véritable foyer.

Sur le pont, le bruit des moteurs était plus fort, et le vent de la course lui parut étonnamment frais. Son doux chuintement se mêlait aux bruissements de la mer et aux claquements des vagues contre la coque. Sans but précis, elle laissa ses pas l'emporter vers la poupe. Sans doute suivait-elle instinctivement les guirlandes lumineuses et les points scintillants de la terre ferme dont ils s'éloignaient de plus en plus.

Elle constata avec surprise qu'elle n'était pas seule. Une silhouette en smoking était appuyée au bastingage, une cigarette à la main. Sans doute entendit-il ses pas : il lui tournait le dos, observant le port que quittait le *Christina*. Il se retourna lorsqu'elle s'approcha.

— Je viens toujours ici pour assister au départ.

Onassis parlait d'une voix étouffée, d'un ton presque solennel.

— Venez donc près de moi, nous regarderons le spectacle ensemble.

— Quelle vue magnifique, dit-elle en le rejoignant.

Au loin, les lumières de Monte-Carlo semblaient flotter dans l'air. Les étoiles brillaient comme un ruban de paillettes reliant la terre à la mer.

Onassis tira sur sa cigarette, perdu dans ses pensées. Au bout d'un moment, il déclara :

— J'ai vu ce décor pour la première fois il y a trente-six ans, quand je suis parti de Naples pour l'Argentine, en troisième classe. Le bateau longeait les côtes italiennes et françaises. J'étais jeune et sans le sou, un pauvre hère, et je ne pouvais qu'imaginer le luxe monégasque, mais je me suis juré de revenir sous de meilleurs auspices.

Maria prit conscience qu'elle était née en décembre de l'année où il partit pour l'Amérique du Sud. Après la guerre, elle aussi avait entrepris un voyage vers l'ouest, pleine d'un espoir similaire. Quand elle avait enfin pu rentrer à New York, en septembre 1945, elle croyait que le monde de l'opéra américain l'accueillerait à bras ouverts. Cette espérance se révéla une des plus grandes erreurs de son existence, qui la força finalement à revenir en Europe. Elle était alors un peu plus âgée qu'Onassis lors de son départ pour l'Argentine, mais tout aussi pauvre. Et elle aussi s'était fait une promesse en embarquant pour traverser l'Atlantique : celle d'être une star quand elle reviendrait dans sa ville natale. Elle y était parvenue, tout comme Onassis avait réussi non seulement à plonger dans la mer lumineuse de Monte-Carlo, mais à en devenir le maître.

— Je vous comprends, répondit-elle enfin. J'ai vécu une situation comparable.

— Nous avons tant de points communs, ne trouvez-vous pas ?

Son cœur s'emballa.

— Oui, confirma-t-elle à voix basse. On dirait bien. Nous sommes tous deux des Grecs à qui on a volé leur patrie.

— Je ne faisais pas allusion à cela. Pas seulement, en tout cas.

— Mais vous, votre patrie, c'est ce bateau.

Il ne se tourna pas vers elle, gardant les yeux fixés sur la côte qui s'éloignait et dont les lumières étaient à présent plus menues que les étoiles du ciel.

— J'aime ce bateau. Ma femme prétend qu'à bord, je me comporte comme une ménagère despotique qui voit le moindre grain de poussière et harcèle le personnel.

— Ce n'est pas très gentil, lâcha Maria.

— En effet, confirma-t-il, impassible, avant de poursuivre d'un ton étonnamment calme : Tina adorerait me planter là. Son amant du moment, Reinaldo Herrera, lui a tourné la tête.

Il évoqua l'infidélité de son épouse avec la même neutralité que s'il parlait des cours de la Bourse.

Maria se mordit les lèvres et ravala le commentaire qu'elle avait sur le bout de la langue. À sa connaissance, les hommes grecs aimaient se comporter comme des pachas dans leur mariage, mais n'avaient guère tendance au fatalisme. Elle avait peine à croire qu'un mari trompé considère la trahison de sa femme avec la réserve qu'il affichait. Pourtant, la liaison de Tina ne la regardait pas, pas plus que la manière dont l'armateur y réagissait. Malgré tout, une petite voix intérieure lui souffla qu'elle ne pouvait peut-être pas ignorer aussi facilement ce qu'il venait de lui dire. L'intérêt que lui portait Onassis paraissait aussi lié au comportement de son épouse. Elle serra ses bras autour d'elle comme pour se protéger de quelque chose, ou pour s'empêcher de donner une réponse irréfléchie.

Enfin, elle jeta ses scrupules par-dessus bord et demanda en toute franchise :

— Êtes-vous donc vraiment aussi ouvert d'esprit ? Au fond de leur cœur, les Grecs sont aussi conservateurs que les Anatoliens, ajouta-t-elle avant qu'il puisse acquiescer.

— Vous me considérez donc toujours comme un *tourkosporos*. (Il eut un petit rire.) Peut-être avez-vous raison. J'ai vraiment essayé de faire preuve de compréhension face aux aventures de ma femme. Je suis moi-même un *romios*.

— Un vrai homme grec, donc, un macho, conclut Maria.

Elle continua à parler sans comprendre combien leur conversation était devenue intime. Quand elle s'en aperçut, il était trop tard.

— Je ne comprends pas comment une Grecque peut prétendre aimer un homme et coucher avec un autre.

Onassis fit tourner sa cigarette entre ses doigts, pensif.

— J'en suis au point où je me moque de ce qu'elle fait, aussi longtemps que les enfants mènent une vie sans souci. C'est uniquement à cause d'Alexandre et de Christina que je n'ai pas accepté le divorce jusqu'ici.

Ils restèrent un moment l'un près de l'autre sur le pont, silencieux, à observer la mer couleur d'encre. Une fois de plus, elle constata qu'elle appréciait la compagnie d'Onassis même quand ils se taisaient ensemble. Maria avait toujours tendance à trop parler, pour dissimuler sa timidité. En cet instant, toutefois, rien ne l'embarrassait. Ni sa présence dominante, qu'elle appréciait autant qu'elle aimait s'y opposer, ni le croissant de lune argenté qui se reflétait dans l'eau, comme tout droit sorti d'un décor kitsch de *Aïda*. Ils laissaient libre cours à leurs réflexions tout en semblant unis par un lien invisible. Maria, en tout cas, se sentit étrangement en sécurité.

Onassis se tourna vers elle.

— Je suis un nocturne, je n'ai pas besoin de beaucoup de sommeil. Et vous ?

Un point commun de plus.

— C'est la même chose pour moi, chuchota-t-elle d'une voix si basse qu'elle craignit qu'il ne l'entendît pas.

— Je pourrais rester ici avec vous jusqu'au lever du soleil. Me taire. Parler. Peu importe. Mais…

Elle retint instinctivement son souffle.

— Mais nous devons respecter les conventions. Il est malséant pour deux personnes mariées de se trouver seules sur le pont à regarder les étoiles. Sir Winston et Lady Clementine trouveraient cela fort compromettant s'ils l'apprenaient.

Un rire léger vint atténuer ses paroles, qui semblaient issues d'un autre siècle.

Mon Dieu, songea Maria, *nous ne nous touchons même pas. Dire que nous venons de parler ouvertement de l'amant de sa femme.* Peut-être était-ce justement ce qui mettait Onassis mal à l'aise. Il semblait vouloir la pousser à se retirer. Elle oscillait entre l'indignation et la déception. Afin de se confirmer à elle-même son impression, elle déclara :

— Vous appréciez beaucoup Churchill.

Plus que ma compagnie.

— C'est un mentor pour moi. Une sorte de figure paternelle, si vous préférez.

Soudain, elle le comprit. Maria avait toujours été à la recherche de son père : celui-ci n'avait jamais eu de temps pour elle, elle avait été forcée de le quitter, et son amour inébranlable pour Alexandra Papajohn l'avait amèrement déçue. Pendant un temps, elle avait cru que Meneghini comblerait cette lacune, mais elle savait désormais que sa quête n'était toujours pas terminée.

Elle hocha la tête.

— Où avez-vous fait connaissance ?

— Nous avons été présentés il y a trois ans à un dîner que donnait l'agent littéraire de Sir Winston dans sa villa de Roquebrune, sur la Côte d'Azur. J'étais très nerveux – on n'a pas souvent l'occasion de rencontrer un véritable héros ! Alors que nous discutions, j'ai cru l'avoir froissé avec une remarque sur Chypre, mais à la fin, Sir Winston a dit à Anthony Montague Browne : « Onassis a du caractère. » (Manifestement, le compliment l'emplissait encore de fierté.) Depuis, nous sommes en quelque sorte amis.

Maria sourit en repensant à l'insolent perroquet.

— Sir Winston Churchill semble être un homme plein de surprises.

— C'est ainsi qu'il a sauvé le monde libre du fascisme. Nous ne devons pas oublier ce que serait notre vie aujourd'hui s'il n'avait pas été là.

— Oui.

Elle n'ajouta rien et se demanda si elle lui raconterait un jour ce qu'elle avait vécu durant l'occupation allemande, quand elle avait vingt ans lorsque sa mère exigeait qu'elle couche avec les soldats en échange de nourriture et d'autres commodités. Elle avait obtenu les mêmes choses en se contentant de chanter des airs de Wagner, *Fidelio* de Beethoven et la Marta de *Tiefland*. Après la guerre, on lui avait reproché d'avoir chanté des opéras allemands, mais elle avait faim et devait en plus nourrir sa mère et sa sœur. Et puis, c'était une musique merveilleuse.

Elle se souvint qu'Onassis venait de lui suggérer combien leur rencontre fortuite sur le pont paraissait déplacée, combien elle semblerait peu convenable aux Churchill. Elle ferait mieux de regagner sa cabine, même si elle regrettait beaucoup d'interrompre leur conversation.

Comme s'il lisait dans ses pensées, il dit doucement :

— Maria, j'aimerais que nous puissions nous entretenir ainsi tous les soirs. Et j'espère que vous êtes du même avis. Si une autre personne se trouvait avec nous, cela correspondrait mieux aux valeurs morales de Sir Winston et Lady Clementine. Je vais donc m'assurer que nous ne soyons plus seuls.

Il eut un grand sourire qui fit reluire ses dents dans la pénombre.

Maria haussa les sourcils, étonnée. Elle se trouvait un peu vieille pour être accompagnée d'un chaperon. Elle craignit un instant que Meneghini ne les rejoigne, mais à l'inverse d'elle, son mari dormait profondément à cette heure-ci – il n'avait rien d'un couche-tard. Elle allait bientôt découvrir ce qu'Onassis avait en tête, et si cela ne lui plaisait pas, elle pourrait toujours quitter le bateau.

Elle se détourna en haussant les épaules, partagée entre son envie de rester avec lui et sa crainte de froisser ses autres invités. En repartant, elle ôta ses chaussures et poursuivit pieds nus sur le pont qui avait gardé la chaleur du soleil. Le bois était merveilleusement doux sur sa peau. Quand une légère bourrasque vint déranger son chignon et libérer quelques mèches, elle sut que, quoi qu'il arrive, elle ne quitterait pas le yacht.

— *Kalinýchta*, Maria.

Bien qu'il lui eût simplement souhaité une bonne nuit, sa voix lui sembla pleine de promesses.

Chapitre 16
Santa Fe, début septembre 1968

Son amie Mary Mead lui déconseilla fortement de venir au Texas : en cette saison, à Dallas, il faisait très chaud et l'air était humide et étouffant. Peut-être doutait-elle aussi que la rentrée scolaire de ses enfants constitue le cadre idéal pour tirer Maria de son désespoir. Celle-ci ne voulait pourtant à aucun prix rester à New York. La chambre d'amis des Gatsos était désormais souillée par l'émission télévisée qu'elle y avait vue par hasard. Elle devait partir, n'importe où, espérant fuir ce cauchemar en voyageant.

Sous le prétexte très transparent de préparer le retour de la Callas, Larry organisa pour elle une invitation à Kansas City chez l'industriel et collectionneur d'art David Stickelbar. Maria dit oui à tout, aussi bien à la reprise de sa carrière qu'au séjour chez un parfait inconnu. En plus de sa montagne de bagages, Aristo aussi l'accompagna jusque dans le Middle West : elle ne pouvait cesser de penser à lui, pas plus qu'elle ne pouvait abandonner à New York la tristesse de leur séparation. Avant de partir, elle donna ses instructions à Costa Gatsos pour le cas où Aristo demanderait de ses nouvelles. Cependant, au bout de trois jours à Kansas City, le téléphone n'avait toujours pas sonné. Trouvant cette attente insupportable, elle préféra repartir.

Elle prit le jet professionnel de Stickelbar, où ses bagages durent être empilés jusque dans les toilettes, faute de place. Mais elle n'était toujours pas consciente du véritable poids qu'elle traînait partout avec elle.

Maria fit ensuite halte à Colorado Springs, une grande ville pittoresque nichée dans les contreforts est de Rocky Mountain. Elle ne se sentit pas mieux dans son bungalow de l'hôtel *Garden of the Gods* qu'à New York ou à Kansas City. Même la vue sur les étranges formations rocheuses en grès rouge n'adoucit pas sa peine. Le moindre détail évoquait la perte de son grand amour. Une chambre appelée *Kissing Camels* lui rappelait qu'Aristo et la Kennedy n'étaient finalement rien que des chameaux qui s'embrassaient, et elle fondait en larmes, encore et encore. Elle tint quarante-huit heures avant de repartir vers le sud avec son entourage.

Pendant le voyage vers le Nouveau-Mexique, alors que l'avion survolait les montagnes, Maria s'imagina en croisière : les nuages en dessous d'elle lui faisaient l'effet d'une mer. Elle fuyait ses souvenirs, qui ne l'entravaient que davantage encore. Son odyssée à travers les États-Unis n'était pas sans similarités avec les voyages en bateau effectués aux côtés d'Aristo. Leur premier périple commun avait été organisé selon les vœux de Sir Winston Churchill : le vieil homme avait souhaité visiter le pays natal de son hôte. Ils avaient donc fait route vers la côte turque. Le *Christina* avait d'abord accosté dans différents ports italiens, comme la mondaine Portofino où Maria était allée faire du lèche-vitrine avec Tina Onassis et Nonie Montague Browne, puis Naples, Capri et Stromboli, avant d'emprunter le détroit de Messine pour rejoindre la Grèce. C'était neuf ans plus tôt, en été aussi, et elle se souvenait encore très bien de l'odeur marquante des pins, à chaque escale. Ce même parfum lui sauta au nez quand elle descendit de l'appareil à l'aéroport de Santa Fe. Il lui sembla remonter le temps, comme si le destin lui interdisait d'oublier.

Une surprise l'attendait dans le lobby de l'hôtel *Rancho Encantado* : son amie Mary Mead se leva d'un fauteuil en cuir.

— Je suis vraiment désolée de n'avoir pas pu te rejoindre plus tôt. Je suis là pour toi, maintenant.

Maria lui serra les mains.

— Alors assurons-nous d'abord que ta *casita* soit directement à côté de la mienne. C'est bien ainsi qu'on appelle les bungalows, ici, non ?

En entrant dans le domaine de l'hôtel, elle avait aperçu les jolies maisonnettes alignées autour du bâtiment principal de plain-pied. L'idée de passer des soirées entières en terrasse avec Mary à pleurer sur son sort lui paraissait merveilleuse. Elle chassa aussi le souvenir qu'au cours de longues conversations nocturnes, Aristo et elle étaient devenus intimes, neuf ans plus tôt. En tout cas, elle le refoula le temps d'attendre à la réception, avec son entourage, qu'on leur remette leurs clés.

— Commencez par vous reposer, proposa Larry. Je dois donner quelques coups de fil depuis ma chambre, nous nous verrons tout à l'heure au bar pour un cocktail.

— Je suis navré, monsieur Kelly, intervint le réceptionniste. Nos *casitas* n'ont pas le téléphone.

Maria tressaillit.

— Vous voulez dire qu'il n'y a pas le téléphone dans les chambres et les suites ?

L'employé haussa les épaules d'un air à la fois désolé et résigné.

— En effet, madame.

Elle en eut brièvement le souffle coupé. Pourquoi ses amis l'emmenaient-ils dans un hôtel dont les clients n'avaient pas la possibilité d'appeler de leur chambre et, plus important encore, d'être appelés ? Aristo ne pourrait donc pas la joindre.

— Je ne peux pas rester ici, articula-t-elle.

Ses compagnons de voyage échangèrent des coups d'œil lourds de sens. Maria, les mains sur ses hanches, les regarda d'un air de défi.

— Qu'avez-vous donc ? Je ne peux pas dormir sans un téléphone près de mon lit. C'est hors de question.

Un silence pesant lui répondit.

D'autres clients s'étaient désormais regroupés dans le lobby. De nouveaux arrivants attendaient près de leurs bagages qu'on s'occupe d'eux, des touristes déjà installés rentraient d'une excursion, d'une promenade ou d'une partie de golf. Les crampons des chaussures de golf claquaient sur le sol. Des regards curieux suivaient le numéro de la diva, une rumeur circula ; les gens se demandaient manifestement si cette dame éplorée, entourée d'un petit groupe élégant, pouvait bien être la Callas.

David Stickelbar fut le premier à retrouver la parole.

— Eh bien, nous allons devoir déménager, constata-t-il sobrement.

Le réceptionniste hocha la tête.

— L'hôtel *La Fonda*, au centre-ville, a le téléphone dans ses chambres. Je serais heureux d'appeler pour vous et de demander s'ils ont encore de la place.

— Il faudra bien sûr une suite pour Maria Callas, nota Larry.

— Trois, le corrigea-t-elle. Il nous faut trois suites.

— Je vais faire de mon mieux, promit-il, mais n'ayez pas trop d'espoir. Ce week-end, c'est le Labor Day, et Santa Fe est une destination très courue…

Il s'interrompit face au silence éloquent qu'on lui opposa.

— Ayez donc la gentillesse d'appeler, reprit Larry.

Maria voyait bien que son ami était horripilé. Il s'occupait d'elle presque sans interruption depuis son départ tragique du yacht, à l'exception des quelques jours à Paris qui avaient conduit à son hospitalisation. Larry était toujours là pour elle, il faisait tout pour l'égayer et l'aider à adopter de nouvelles perspectives. De son point de vue, le meilleur moyen d'oublier l'infidélité d'Onassis était un come-back. Elle lui savait gré de tous ses efforts, mais réagissait de plus en plus vaguement à ses projets. Elle ne voulait pas chanter, elle voulait retrouver l'homme qu'elle aimait ; c'était précisément ce qu'il paraissait ne pas comprendre. Elle le lui pardonnait, bien entendu. Maria lui sourit avec gentillesse.

— Vous savez quoi ? lança-t-elle d'un ton faussement enjoué. Je ne suis jamais allée à Las Vegas. Remontons dans l'avion !

— Nous pourrions être sur le Strip dans deux heures, affirma Stickelbar.

Maria se servait désormais de son jet comme s'il s'agissait de sa voiture personnelle.

— Il y a énormément d'hôtels, là-bas, et je sais que les suites du *Desert Inn* ont le téléphone, renchérit Mary.

— C'est bien ce que j'espérais, conclut Maria en souriant. Las Vegas sera moins provincial qu'ici.

Elle ajouta en son for intérieur qu'un séjour dans des casinos enfumés l'amuserait certainement davantage que le parfum des pins qui semblait la poursuivre jusqu'ici.

Le réceptionniste avait appelé son confrère depuis ce qui semblait être le seul appareil de l'hôtel. Il raccrocha en secouant la tête.

— Je suis désolé, mesdames, messieurs, le *Fonda* est complet.

— Veuillez me mettre en communication avec le directeur du *Desert Inn* de Las Vegas, exigea Mary en serrant la main de Maria dans la sienne.

— Voilà qui fut bref, marmonna Larry. Jusqu'à présent, nous sommes restés au moins trois jours à chaque endroit.

— Vois ça comme une croisière, rétorqua Maria. Le navire reste plus longtemps dans certains ports que dans d'autres.

Chapitre 17
Mer Méditerranée, juillet 1959

Maria avait beaucoup voyagé au cours des dix années précédentes, mais n'avait eu que très peu de véritables vacances, en général passées au lac de Garde ou à Venise. Ne s'adonner qu'à son bien-être des jours durant, observer le ciel bleu cobalt et les couleurs changeantes de l'eau, laisser errer ses pensées et se libérer de tout : voilà qui constituait pour elle une expérience totalement nouvelle, qui l'émerveillait. La vie en mer lui offrait un spectacle toujours renouvelé, elle pouvait passer des heures à admirer les flots, les vagues, l'écume, emplie d'une sensation de liberté encore inconnue à ce jour. Nonie Montague prétendit avoir vu des dauphins, à l'aube, mais comme Maria dormait à cette heure-là, elle ne put pas le vérifier. Onassis le lui confirma : lui aussi avait déjà aperçu les cétacés joueurs. Il semblait avoir besoin d'encore moins de sommeil qu'elle.

Pendant la journée, il s'occupait de Winston Churchill avec dévouement, et la nuit, il n'était là que pour Maria. Tous deux restaient sur le pont après le dîner, dans le doux vent de la course du bateau, à écouter les vagues en parlant de tout et de rien. Leurs conjoints et compagnons de voyage se retiraient le plus souvent dans leur cabine tandis qu'ils continuaient à s'entretenir en grec, parfois en anglais.

Comme promis, Onassis veillait aux convenances, s'assurant toujours qu'une tierce personne respectable leur tienne compagnie. Il recrutait en général Nonie ou Anthony Montague Browne. Mais d'une certaine manière, ils étaient seuls, car ces chaperons improvisés ne comprenaient pas un mot de grec. Maria supposait qu'Onassis ne repassait par instants à l'anglais que par politesse, ou pour ne pas faire fuir leurs compagnons. Elle s'en moquait bien : sa voix sonore lui plaisait dans toutes les langues.

Ils prenaient place côte à côte sur quelques fauteuils disposés près de la piscine. Onassis lui avait montré avec fierté qu'il suffisait de pousser un levier pour transformer le bassin en piste de danse. En enfonçant un bouton, on déclenchait des fontaines, sur le bord, qui crachaient de l'eau avec des couleurs phosphorescentes. Il semblait adorer ces jouets, qu'il ne cessait d'allumer. Ce soir-là, des projecteurs illuminaient la mosaïque minoenne du fond de la piscine, et la pompe de circulation clapotait doucement tandis que Nonie faisait ses longueurs nocturnes. Maria sirotait le whisky que son hôte lui avait servi d'autorité. Manifestement, personne ne pouvait rien refuser à Aristote Onassis : de l'alcool pour Maria, pourtant toujours sobre, et une activité sportive tardive pour l'Anglaise distinguée, en réalité rien d'autre qu'une demande expresse de leur tenir compagnie sur le pont.

Comme il ne faisait apparemment rien sans idée derrière la tête, elle leva son lourd verre de cristal et lui demanda en souriant :

— Cherchez-vous à me saouler ?

Il lui rendit son sourire.

— Loin de moi cette idée ! J'ai juste envie de boire un verre avec vous. Entre amis.

Des amis, se dit-elle, pensive. Oui, sans doute étaient-ils devenus amis. Très proches, même. Depuis cinq nuits, ils savouraient ces réunions nocturnes. Au début, ils s'étaient entretenus de choses et d'autres, puis il lui avait davantage parlé de sa relation particulière avec Winston Churchill, devenue un amour presque filial. Onassis vénérait tant le célèbre homme d'État qu'il allait chaque soir dans sa cabine avec le capitaine pour discuter de l'itinéraire du lendemain et s'assurer que son invité n'était pas dérangé par les bruits du moteur, que l'on éteignait au besoin. Maria admirait bien sûr Churchill, mais elle était encore plus impressionnée par Onassis et par sa relation exceptionnellement intime avec le vieil homme.

— J'aimerais vous appeler Aristo, dit-elle soudain. Pas Ari, comme tout le monde, mais Aristo.

— Très bien.

Le jeu de mots semblait lui plaire. *Aristo* signifie « excellent » en grec, et c'était sans l'ombre d'un doute la manière dont il se voyait lui-même. Il ajouta :

— *Diva assoluta*, la parfaite, la divine… Je pense que je vais m'en tenir à Maria.

— Entre amis, répéta-t-elle.

La tête de Nonie surgit de l'eau. Elle resta sur place en pédalant et agita la main vers Onassis, qui lui rendit joyeusement son salut.

Quand l'épouse du secrétaire de Churchill repartit en crawl, Maria lança :

— Elle va finir par avoir des palmes, à nager aussi longtemps.

— Elle est anglaise. Ces femmes-là sont robustes.

Elle repensa malgré elle aux conversations de Nonie et de sa fille avec Tina Onassis et Lady Clementine à propos de cours privés et d'internats de luxe en Grande-Bretagne. Elles riaient des blagues innocentes qu'elles avaient faites, enfants ou jeunes filles, à leurs camarades ou leurs professeurs. Maria n'avait rien à dire à ce sujet : elle n'avait jamais bénéficié de ce type d'éducation distinguée, et avait quitté l'école bien trop tôt. Comme sa mère lui avait presque interdit tout contact avec les autres enfants, elle n'avait aucune bêtise de jeunesse à raconter. Moins elle prenait part à la conversation, plus elle se sentait marginalisée dans ce cercle féminin. Ces dames paraissaient déconcertées par son ignorance ; elle avait l'habitude de susciter l'envie et d'avoir peu d'amis, mais dans cet environnement, cela lui semblait très déplacé. Elle se pencha donc vers son hôte et lui dit en grec, avec un petit signe de tête en direction de Nonie :

— Des paparazzis nous attendent dans tous les ports. Elle prétend que c'est moi qui les invite, mais c'est faux.

— Et alors ? rétorqua Aristo avant de boire une gorgée de whisky. Certaines personnes trouvent de bon ton de s'énerver contre la presse.

— La Callas est assez connue comme ça. Ce qu'il y a de merveilleux avec ce voyage, c'est d'être si loin de tout. Et si, quand nous accostons, une personne attire tous les regards, c'est Sir Winston. Je n'ai pas besoin d'attention particulière.

— Ah non ? Moi, j'aime montrer ce que j'ai.

Elle fut surprise par sa réponse, et pas seulement parce qu'il l'avait formulée avec une telle nonchalance. Était-ce Onassis lui-même qui faisait venir des photographes dans tous les ports où le *Christina* jetait l'ancre ? Elle tenta de le regarder dans les yeux, en vain – il portait des lunettes fumées même le soir. Elle ravala la question qui lui brûlait les lèvres. Aristo contrerait toute remarque et n'avouerait que ce qu'il voudrait. La Callas ne représentait-elle donc finalement pour lui qu'un trophée auprès duquel il aimait s'afficher ? Une amitié sincère le liait pourtant à Churchill. Pourquoi n'aurait-elle pas le droit, elle aussi, de jouir de ce privilège ?

— Là ! s'exclama soudain Onassis.

Il se leva d'un bond, renversant presque la petite table posée devant leurs sièges.

— Maria, regardez !

Elle suivit son regard et se leva à son tour, pleine de vénération, de peur, d'enthousiasme. Les sentiments les plus contradictoires l'envahirent quand elle vit le volcan entrer en éruption sous leurs yeux.

À l'heure du cocktail, déjà, au crépuscule, Aristo avait attiré l'attention de ses invités sur l'île de Stromboli, un roc pyramidal qui s'élevait au-dessus des flots, composé de plusieurs cratères actifs. À la grande déception d'Onassis, le volcan était resté silencieux au moment précis où il aurait voulu que ses passagers jouissent de ce spectacle naturel. Tandis que le *Christina* poursuivait vers l'est, il avait donc dû se contenter de les régaler de mythologie grecque en convoquant une nouvelle fois son héros préféré, Ulysse. Celui-ci, évitant les dangereuses Symplégades, deux roches environnées de flammes et d'un fort courant, avait choisi de passer par le détroit de Messine. Tout comme Onassis prévoyait de le faire.

— Allez ! lança-t-il au volcan. Montre-nous de quoi tu es capable !

Maria vit à peine Nonie Montague Browne sortir de la piscine. Elle ne quittait pas des yeux le sommet du cône noir qui se découpait sur le ciel à la lueur de la lune. Une flamme en montait, toute droite, et crachait des étincelles ressemblant à des étoiles filantes rougeoyantes. La lave se déversait le long de la pente en un fleuve étroit qui traçait un trait rouge orangé sur la roche noire.

— Je n'ai encore jamais assisté à une éruption aussi violente.

La voix d'Onassis était emplie de respect, mais aussi étrangement oppressée. Son enthousiasme semblait envolé.

— Je n'aime pas ça.

Fascinée par le spectacle, Maria n'avait pas pensé qu'une éruption volcanique représentait aussi un mauvais présage. Elle se signa instinctivement. Peut-être pourrait-elle ainsi éloigner le mal d'Aristo. Elle tenait beaucoup à ce qu'il ne lui arrive rien.

— Remarquable, lança Nonie, derrière eux, d'un ton neutre.

Du coin de l'œil, Maria la vit s'envelopper d'une serviette.

— Héphaïstos est le dieu grec du feu, déclara Onassis.

Il le dit en anglais, l'air de s'adresser davantage à lui-même qu'à Nonie ou Maria.

— Un bon vieux forgeron marié à Aphrodite. Elle le trompe avec Arès. Pour punir sa femme et son amant, Héphaïstos forge un filet qui se pose sur eux pendant qu'ils s'aiment. Puis il présente ses prisonniers aux dieux pour qu'ils les jugent, mais les dieux se contentent d'éclater de rire.

Son récit fut suivi d'un silence pesant. Maria ignorait comment égayer l'atmosphère. Elle savait quelle analogie Onassis faisait entre la mythologie et sa propre situation. Un coup d'œil à Nonie lui confirma que celle-ci pensait la même chose. Ils sursautèrent tous les trois.

* * *

Meneghini était tourmenté par le mal de mer. Bien que la Méditerranée paraisse aussi lisse que le lac de Garde en plein été, il prétendait être secoué par la moindre vague. Maria ne le crut pas, convaincue qu'en vérité, il s'ennuyait. Il se retira dans leur cabine en se lamentant et n'en ressortit plus avant l'escale suivante. D'un côté, elle lui en voulut de ce comportement impossible, de l'autre, elle était soulagée. Quand Meneghini restait dans sa suite, elle n'avait pas à être aux petits soins pour lui devant les autres invités, à jouer les épouses aimantes. Elle se sentait beaucoup plus détendue et à son aise quand il n'était pas à ses côtés, une sensation qui se renforçait. Pourtant, la situation lui pesait.

— Vous avez l'air soucieux, dit Onassis.

Ils venaient de se retrouver pour leur soirée désormais habituelle, sur le pont. Seules quelques bougies oscillaient encore dans des lanternes, la lueur de la lune transformait la surface de la mer en argent liquide. Ce soir-là, c'était Anthony Montague Browne qui leur tenait lieu de chaperon. Dans sa chaise longue, il faisait mine de lire un livre emprunté à la bibliothèque du bord, mais piquait déjà du nez. Malgré la somnolence de son ami, Onassis s'en tint aux règles et n'effleura même pas la main de Maria, et encore moins son visage, en lui demandant :

— Qu'est-ce qui vous inquiète au point de faire apparaître cette petite ride entre vos sourcils ?

D'un geste machinal, elle lissa son front du bout des doigts.

— Mon mari.

Elle répondit spontanément la vérité alors qu'elle aurait voulu lui servir une excuse quelconque.

— Devrions-nous réveiller l'infirmière ? Nous avons tout ce qu'il faut à bord pour les urgences médicales.

— Non, laissez donc, le coupa-t-elle brusquement. Ce n'est pas pour sa santé que je m'inquiète. Plutôt pour…

Elle s'interrompit, ne trouvant plus ses mots.

Dans quelle mesure pouvait-elle lui révéler le dilemme dans lequel l'avait plongée la remarque de Meneghini à propos de sa situation financière ? La nuit était tentatrice, les étoiles séductrices au firmament ses seuls témoins, le champagne dans son verre lui déliait la langue. Leur chaperon ne parlait pas grec, à condition même qu'il les écoute, elle pouvait donc se confier à Aristo en toute intimité. Cependant, elle était consciente qu'en racontant à leur hôte que Battista gérait mal ses gages, elle commettrait une terrible trahison envers son mari. Une telle traîtrise serait pire encore que sa demande à Peter Diamand, à Amsterdam, de ne pas verser ses honoraires à Meneghini.

Elle but une gorgée et regarda Aristo par-dessus sa coupe. Il l'observait d'un air attentif et aimable, dans l'expectative, mais sans être aux aguets, pas même curieux. Elle pensa à la touchante sollicitude qu'il témoignait à Churchill, et décida qu'une personnalité telle qu'Onassis ne profiterait pas de sa franchise et ne se moquerait pas d'elle.

— Je redoute de me retrouver un jour démunie, avoua-t-elle enfin.

Il ouvrit la bouche pour répondre, mais elle lui signifia d'un geste qu'elle n'avait pas terminé.

— Si j'ai souffert de la faim dans ma jeunesse, c'était dû à la guerre, bien sûr, mais pas seulement. Ma mère était incapable de s'occuper correctement de ses deux filles sans son mari, mon père.

Elle ravala sa rancœur contre Evangelia : ce noir sentiment l'amènerait à un autre sujet, et elle refusait de se perdre dans ses angoisses.

— Maintenant, j'ai de nouveau peur de la pauvreté, de ne pas pouvoir subvenir à mes besoins en vieillissant, et de mourir dans l'indigence.

Il secoua la tête sans comprendre.

— Je ne vois pas ce qui vous incite à imaginer un avenir aussi sombre pour la célèbre Callas.

Puis, d'un coup, il sembla saisir. Il se redressa.

— Votre mari dépense-t-il tout votre argent ?

Sa franchise la fit sourire. Un sourire triste, mais qui rompit le charme. Les mots jaillirent de la bouche de Maria.

— J'ignore complètement ce qu'il en fait. Il s'est toujours occupé de tout, et moi de rien : je suis obligée de répéter en permanence, de chanter, d'étudier mes rôles. Il y a peu, Battista a déclaré que notre compte en banque était vide et que je ne pouvais donc pas me permettre de faire de pause. Pourtant, j'ai terriblement besoin de détente. Le planning des opéras est impitoyable, ma santé s'en ressent, il arrive même que ma voix ne m'obéisse plus parce que je n'ai pas le temps de me reposer, et personne ne semble le comprendre. Battista veut me forcer à accepter toutes les offres…

Elle s'interrompit, effarée par son honnêteté, l'intimité de ses révélations et le ton qu'elle avait fini par adopter. S'entendre larmoyer presque autant que Meneghini l'agaça – elle ne recherchait pas la pitié.

Aristo semblait toutefois à mille lieues de se désoler pour elle. Il résuma prosaïquement :

— L'argent n'est certes pas tout, mais il est la condition sine qua non de beaucoup de choses. Vos revenus devraient être bien gérés.

Elle hocha la tête en silence.

— Si vous me le permettez, c'est désormais moi qui me chargerai de vos finances.

Elle observa le pont, la piscine aux mosaïques crétoises, la piste de danse et les fontaines lumineuses. Sur ce yacht, on affichait tout ce que l'argent pouvait acheter. Beaucoup d'argent. Bien plus que ce qu'elle était capable d'imaginer. Elle regarda Onassis dans les yeux. Quelques jours plus tôt, il lui avait confié en riant que son regard parfois perçant lui était bien utile, en affaires, pour s'imposer face à la concurrence. En cet instant pourtant, à la douce lueur des bougies, il avait juste l'air infiniment sincère.

— Je gère les finances de la plupart des membres de ma famille, reprit-il d'un ton calme. Avec trois sœurs, j'ai de quoi m'occuper, vous pouvez me croire. Ce serait un honneur de vous conseiller aussi.

Elle savait que Meneghini serait furieux si elle lui interdisait définitivement l'accès à son compte en banque pour donner les pleins pouvoirs à Onassis, mais l'idée qu'une personne aussi habile en affaires que l'armateur lui ôte la pire crainte de sa vie était merveilleuse. Le soulagement faillit lui faire perdre toute prudence. Sur le point de saisir la main d'Aristo pour exprimer sa gratitude, elle se retint au dernier moment et ferma les yeux. En relevant les paupières, elle croisa son regard pénétrant qui paraissait maintenant presque incertain, comme s'il redoutait qu'elle refuse.

— *Efcharistó*, dit-elle doucement. Merci. Vous me soulagez d'un grand poids.

Un sourire satisfait passa sur les lèvres d'Onassis. Il garda le silence un instant avant de suggérer :

— Aimeriez-vous disposer de votre propre opéra ? Si les plannings des grandes maisons ne vous conviennent pas, vous pourriez créer votre propre ensemble.

Il semblait étonnamment enthousiaste pour un homme qui ne connaissait rien au chant lyrique.

— Comment serait-ce possible ?

— Le prince Rainier m'a récemment avoué combien il regrettait que Monaco ne dispose pas de sa propre compagnie d'opéra.

Il parut soudain saisi du même flot de paroles qui avait peu avant poussé Maria à lui révéler ses angoisses financières.

— Le théâtre érigé par Charles Garnier à Monte-Carlo serait le cadre idéal. Il a bien construit l'Opéra de Paris, n'est-ce pas ? Ce serait un écrin parfait pour la Callas. Où d'autre, Maria, trouveriez-vous un ensemble rien qu'à vous ? Je vous vois déjà décider de tout, choisir les rôles que vous chanteriez, à quel moment et avec qui.

Il venait de mettre des mots sur son rêve. En écoutant sa voix sonore et agréable, Maria avait déjà des images en tête. Il formulait à voix haute ce qu'elle pensait mais n'avait jamais révélé à personne. L'impossible devenait aussi évident que la respiration régulière d'Anthony Montague Browne sur sa chaise longue.

Une fois de plus, Aristo sembla lire dans ses pensées.

— Il faudrait réveiller notre ami pour ne pas le mettre dans l'embarras.

Il ne se pressa toutefois pas, prenant tout son temps pour se lever.

— Vous venez là de me dire des choses bouleversantes. Je ne vais jamais réussir à m'endormir.

— Personne ne vous a demandé d'aller vous coucher, Maria.

Aristo sourit. L'espace d'une seconde, il eut l'air aussi joyeux qu'Alexandre, son fils, quand on l'autorisait à faire du ski nautique.

— Nous pourrions aller tous ensemble à la cambuse, voir ce que le cuisinier a préparé pour demain. J'ai faim, et ce sera sûrement aussi le cas d'Anthony quand il se réveillera. Qu'en pensez-vous ?

Elle hocha la tête pour ne pas gâter sa joie. Et cette nuit-là, elle laissa libre cours à sa gourmandise. Son expédition dans la cambuse lui fit l'effet d'une bêtise, une de celles auxquelles elle n'avait jamais pu participer.

* * *

Après une semaine en mer, le *Christina* atteignit la Grèce. En compagnie d'Onassis, Maria se sentait plus grecque que jamais, bien qu'elle ne puisse affirmer en toute honnêteté que la patrie de sa famille soit aussi vraiment la sienne. Son enfance américaine l'avait beaucoup marquée, tout comme ses nombreuses années en Italie. Mais quand le yacht entra dans le petit port d'Itea, en dessous de Delphes, son cœur accéléra. C'était seulement la deuxième fois qu'elle revenait dans le pays de ses ancêtres après son départ d'Athènes, à l'automne suivant la guerre. Les sentiments mitigés ressentis deux ans plus tôt, quand elle y avait donné une représentation, n'étaient plus que de vagues souvenirs. Elle s'efforça de ne pas repenser aux difficultés d'alors. Aujourd'hui, elle venait en tant que Maria, pas dans son rôle de diva tenue de se produire sur une grande scène. Elle voulait savourer pleinement la sensation d'être ici une touriste, et non la Callas que ses compatriotes observaient avec un scepticisme extrême et pas nécessairement avec fierté. Elle enfila une discrète robe-chemise bleu foncé, cacha ses cheveux sous un large bandeau blanc et ses yeux derrière des lunettes noires, espérant ainsi ne pas être reconnue tout de suite. Pourtant, quand elle s'approcha du bastingage, elle craignit de ne pas pouvoir échapper à un accueil en fanfare.

Des grappes de curieux s'étaient déjà regroupées sur le quai de la pittoresque petite ville, ainsi que les inévitables photographes qui avaient jusqu'ici accompagné chacune de leurs descentes à terre. Ils ne s'intéressaient toutefois pas aux personnes qui commençaient à descendre la passerelle. Tous les regards étaient braqués sur le 4 × 4 qu'on déchargeait du bateau, suspendu à des treuils. Churchill fut le premier passager d'Onassis à être conduit à terre, vieil homme en vêtements de marin qui porta la main à la visière de son képi en guise de salut. La foule éclata de joie comme si la marine anglaise au grand complet était revenue libérer la Grèce. Personne ne s'intéressa à la Callas.

Elle en fut d'abord presque choquée, repensant à sa terrible arrivée à Athènes, deux ans plus tôt presque jour pour jour. À l'époque, elle avait clairement perçu l'hostilité de ses compatriotes. On la considérait comme une traîtresse parce qu'elle avait chanté pour les Allemands pendant la guerre. Cette fois-ci, personne ne la méprisait : on l'ignorait. Elle regarda Aristo prendre le volant de la voiture où Anthony Montague Browne venait d'aider Churchill à monter. La banquette arrière était occupée par Tina, Lady Clementine et sa fille Diana. Des véhicules supplémentaires avec des chauffeurs locaux attendaient les autres passagers, auxquels personne ne prêtait toutefois attention : la foule ne cessait de témoigner son respect au grand homme d'État.

Maria dut avouer qu'elle était surtout déçue de ne pas aller à Delphes aux côtés d'Aristo. Sans enthousiasme, elle monta en voiture avec Meneghini. Celui-ci s'essuya le front avec son mouchoir et pesta :

— Cette excursion va sûrement être très pénible pour moi.

— N'es-tu pas content de descendre un peu à terre pour te remettre de ton mal de mer ? rétorqua sèchement Maria.

— Il fait trop chaud, larmoya son mari.

— Tu es en Grèce, pas au Groenland.

— Oui, j'en ai bien peur. Et ça n'a rien d'agréable. Nous aurions sans doute mieux fait de quitter le bateau à Capri. J'y ai pensé, tu sais.

Mais qu'est-ce qu'il raconte ? songea-t-elle.

Elle répondit d'une voix forte :

— À moi, il me plaît, ce voyage.

Elle se détourna pour regarder par la fenêtre. Le vert argenté des oliveraies s'évanouissait dans les rochers poussiéreux au-dessus desquels trônait le sommet enneigé du Parnasse, demeure des Muses. Seuls quelques kilomètres les séparaient des ruines de Delphes. Maria baissa la vitre, passa la tête dehors et observa les colonnes et les formations de pierre qui, même de loin, semblaient toujours aussi majestueuses que dans l'Antiquité. Un jour se trouvait ici le centre du monde, le lieu de culte dédié à Apollon et dont les oracles jouissaient d'une signification inestimable.

Un bruit de gifle la fit sursauter. Meneghini venait-il de se donner une claque à lui-même ? Effarée, elle se tourna vers lui et se cogna la tête.

— Les moustiques d'ici auront ma peau, se plaignit-il.

— Ceux des oliveraies d'Italie ne sont pas mieux, répliqua-t-elle, agacée.

* * *

— Demain soir, vous vivrez à bord la fête la plus formidable à laquelle vous ayez jamais assisté, annonça Onassis, rayonnant. Le capitaine a ordre de jeter l'ancre devant le cap Sounion, pour que le temple de Poséidon serve de décor à notre dîner.

Maria s'attendait à ce qu'il décrive la prochaine étape du *Christina*, le point le plus au sud de l'Attique, en l'agrémentant d'histoires tirées de la mythologie grecque, mais il continua à parler avec extase de la soirée qu'il prévoyait.

— L'ambassadeur britannique à Athènes sera là, et le Premier ministre grec et son épouse nous feront l'honneur d'être nos invités. Mon cuisinier va mettre les petits plats dans les grands. Connaissez-vous personnellement Konstantinos Karamanlis ?

— Nous nous sommes rencontrés il y a deux ans, quand je… me suis produite à l'odéon d'Hérode Atticus, à Athènes.

Elle avait failli lâcher « quand j'ai été forcée de me produire ». De fait, Meneghini l'avait obligée à monter sur la scène de l'antique théâtre au pied de l'Acropole, refusant catégoriquement de renoncer à ses gages.

Elle serra les lèvres. Le souvenir de sa déception face au comportement de son mari et de la sensation d'avoir été blessée au moment où elle aurait eu besoin de compréhension était très douloureux.

Meneghini n'assistait évidemment pas à sa conversation avec Onassis. Il s'était retiré dans leur cabine dès leur retour de Delphes, épuisé et maugréant, déçu par la visite : il n'avait pas eu la moindre impression de se trouver en un lieu mythique, demeure d'un oracle. De plus, il enviait Churchill et Onassis. Tandis que ceux-ci avaient savouré la vue spectaculaire depuis la terrasse d'un hôtel, un verre à la main, plongés dans une conversation sans nul doute édifiante, lui s'était retrouvé forcé d'escalader de vieilles pierres en compagnie de ces dames. Pour couronner le tout, Lady Clementine, du haut de ses soixante-quatorze ans et dans ses solides bottines de randonnée, s'était montrée bien plus agile que lui, de onze ans son cadet. Maria s'était tenue en retrait, embarrassée par les lamentations incessantes et irrespectueuses de son mari.

Douze bonnes heures plus tard, la voilà assise à sa place habituelle, près de son hôte, sur le pont. Le *Christina* était toujours amarré devant Itea ; dans la nuit, les lumières éparses du modeste port ressemblaient à des vers luisants flottant dans les airs. Le yacht n'appareillerait que le lendemain à l'aurore pour partir vers l'Attique, en passant par l'étroit canal de Corinthe. De nuit, le passage était trop dangereux, et il offrait de jour un spectacle impressionnant. Ce soir, c'était Nonie Montague Browne et Diana, la fille de Churchill, qui faisaient office de « gouvernantes », comme Maria les nommait en son for intérieur. Elles jouaient aux cartes sur une petite table disposée entre leurs chaises longues.

Le ton plein de sous-entendus avec lequel Maria avait évoqué sa première rencontre avec le Premier ministre Karamanlis n'avait pas échappé à Aristo. Il demanda vite :

— Que s'est-il passé ?

— Nous autres Grecs sommes parfois un peu trop fiers, ne trouvez-vous pas ? (Maria eut un rire amer.) C'est tout.

Il tira une bouffée de sa cigarette et attendit qu'elle lui raconte l'incident. Maria n'avait aucune envie d'y repenser, mais quand elle perçut les coups d'œil étonnés des deux Anglaises, elle reprit la parole. Ces dames étaient intriguées par son silence soudain, et elle ne souhaitait pas faire naître de suppositions infondées.

— J'avais été engagée pour deux concerts par le festival d'Athènes. Cela devait constituer mon retour au pays de mes ancêtres. J'étais folle de joie, j'ai même annulé des vacances prévues de longue date. Malheureusement, les organisateurs ne s'en sont guère montrés reconnaissants.

Elle marqua une pause, but une minuscule gorgée de vin. Avec satisfaction, elle vit du coin de l'œil que Nonie et Diana étaient retournées à leur partie.

— J'étais si heureuse de revenir à Athènes que j'ai décidé sur un coup de tête de donner mes gages au festival. Pour toute réponse, j'ai obtenu un refus. On m'a expliqué que le festival n'avait pas besoin de mon aumône…

Aristo hoqueta, mais ne dit rien.

— Évidemment, j'étais furieuse. Pire : blessée. Je voulais faire un geste de solidarité, comprenez-vous ? Mais mes bonnes intentions ont été rejetées. À ce jour, j'ignore encore pourquoi. Sans doute à cause de cette maudite fierté grecque. Quoi qu'il en soit, j'ai donc demandé mes honoraires les plus élevés en informant l'intendance que je serais heureuse de garder l'argent.

À la grande joie de Meneghini, ajouta-t-elle intérieurement.

Le visage d'Onassis disparut dans la fumée de sa cigarette.

— Et ensuite ?

— Le printemps avait été éprouvant ; en fait, j'étais déjà malade quand j'ai pris l'avion pour Athènes. Après mon arrivée, mes maux de gorge ont empiré au point que j'ai été incapable de chanter. Un médecin a diagnostiqué une inflammation des cordes vocales, sur quoi j'ai demandé qu'on reporte le concert. J'aurais évidemment renoncé à mes gages. Mais les fiers directeurs du festival ont été aussi froissés par cette proposition que par mon offre de don.

— J'ignorais que ces gens étaient si incompétents. Et si irrespectueux.

Elle haussa les épaules.

— Tout, dans leur comportement, manquait d'intelligence. Alors qu'ils savaient longtemps à l'avance que je ne pourrais pas chanter, ils n'ont annoncé l'annulation qu'une heure avant le spectacle. Vous imaginez l'ampleur des protestations. La presse en a fait ses choux gras.

Elle ne lui révéla pas que les journalistes grecs s'étaient aussi épanchés sur ses mauvaises relations avec sa mère, et se contenta d'évoquer les invités qu'Onassis attendait à sa soirée du lendemain.

— Au gouvernement, l'opposition a alors reproché à Karamanlis de gaspiller l'argent des contribuables, clamant que mes gages étaient trop élevés. Personne n'a précisé que j'avais proposé de jouer gratuitement. Au lieu de cela, on a prétendu que j'avais refusé de chanter parce que la reine Frederika ne pouvait pas assister au concert. J'ai été horriblement déçue par la manière dont les Grecs me traitaient. Après tout, j'ai contribué à donner une place à ce pays sur la scène internationale, n'est-ce pas ?

— Sans l'ombre d'un doute, confirma Onassis.

Il se pencha pour écraser sa cigarette dans le cendrier posé par terre, sur le pont. En se redressant, il dit :

— Il semble que mes projets pour la soirée de demain ne soient pas aussi heureux que je l'avais espéré. Karamanlis vient évidemment pour présenter ses respects à Sir Winston. Se peut-il qu'il éprouve quelque ressentiment envers vous, Maria ?

Elle fut touchée qu'il s'inquiète d'éventuelles fausses notes le lendemain soir. Aristote Onassis était un excellent hôte, qui cherchait à satisfaire chacun de ses invités. Que ferait-il si elle répondait oui ? Elle résolut de lui poser cette question une autre fois, et sourit malgré elle.

— Non, assura-t-elle. Non. À moins que le Premier ministre ne m'en veuille de n'avoir pu donner qu'un rappel, tout devrait bien se passer.

— Vous avez donc tout de même chanté ?

Il haussa les sourcils, étonné.

— Le second concert a eu lieu comme prévu.

Parce que Meneghini n'a pas voulu renoncer aux gages. Ça non plus, elle ne le raconta pas à Onassis.

— Le public m'était très hostile. Je l'ai senti, et j'ai chanté pour gagner les faveurs des Grecs. Je voulais qu'ils m'aiment. Sans doute ai-je cherché à les punir de leurs préjugés en leur offrant une représentation irréprochable. Les applaudissements n'en finissaient plus, et Karamanlis en personne est venu me prier de donner un *da capo*. La direction du festival a fini par daigner me présenter des excuses, et m'a invitée pour l'année suivante.

— Qu'avez-vous répondu ?

— Jamais ! Je leur ai dit que je ne chanterais plus jamais en Grèce.

Onassis hocha la tête, perdu dans ses pensées.

Il semblait réfléchir minutieusement à ce qu'il allait répliquer. Le succès de sa soirée ne dépendait plus de celui de la Callas à Athènes, c'était déjà ça. Elle était certaine que Konstantinos et Amelia Karamanlis n'auraient rien contre sa compagnie, au contraire. Pourvu que personne ne s'attende à ce qu'elle chante. À l'époque, le Premier ministre avait été enchanté par sa Norma.

Alors qu'elle se demandait comment elle pourrait refuser une telle requête si son hôte la formulait, celui-ci lança :

— J'avais espéré entendre une fois votre voix dans cet environnement exceptionnel.

— Oh ! Je ne crois pas…

— Chanteriez-vous pour moi ? coupa-t-il en la regardant d'un air pénétrant. Rien que pour moi. Après-demain, nous accostons à Nauplie, il est prévu que nous visitions le théâtre antique d'Épidaure. Ne serait-ce pas un cadre idéal pour rompre votre serment de ne plus vous produire en Grèce ?

Sa demande la surprit. Même si elle se doutait qu'ils ne seraient pas plus seuls lors de cette excursion qu'ils ne l'avaient été au cours des précédentes, son souhait lui paraissait étonnamment intime. En même temps, elle lui fut reconnaissante de ne pas exiger d'elle de chanter devant un public plus important.

Elle le regarda dans les yeux.

— On dit que l'acoustique d'Épidaure est exceptionnelle.

Les deux Anglaises éclatèrent de rire ; manifestement, l'une d'elles venait de faire une blague.

Onassis soutint le regard de Maria ; elle eut presque l'impression qu'il s'agrippait à ses yeux.

* * *

La soirée fut une immense réussite : cocktails sur le pont, menu exquis, conversations édifiantes. Maria constata avec satisfaction que Sir Winston Churchill était sans conteste la star de la soirée. Que pouvait-elle donc opposer au grand homme d'État, qu'elle admirait un peu plus à chaque journée passée en sa compagnie ? Churchill mit la touche finale à son rôle d'invité d'honneur avec une citation de Lord Byron qui témoignait du profond amour du poète pour la Grèce. La voix grave du vieil homme toucha Maria en plein cœur quand il déclama :

Que l'on me place au bord des flots :
De Sunium je vois la plage,
J'y veux mourir ; son nu rivage
Recevra mes derniers sanglots.
Traînez les chaînes que j'abhorre,
Moi je meurs : je suis libre encore[1] *!*

Depuis sa place à la table richement dressée, admirant les colonnes en marbre illuminées du temple de Poséidon au cap Sounion, elle se sentit plus grecque que jamais.

1. Traduction de Paulin Paris.

* * *

Le capitaine leva l'ancre après minuit. Les invités athéniens avaient été ramenés à terre en hors-bord, Sir Winston et Lady Clementine étaient couchés, et Meneghini dormait dans la cabine Ithaka après avoir soupé en silence, blanc comme un linge. Les autres passagers continuèrent à savourer l'atmosphère envoûtante de la soirée. La nuit était claire et tiède, sans vent, la lune paraissait nager dans la mer d'huile, et des cascades multicolores jaillissaient des fontaines de la piscine.

Nonie Montague Browne chercha de la musique sur le poste radio que quelqu'un avait apporté sur le pont. Quand les premières notes, reconnaissables entre toutes, de la « Pathétique » de Tchaïkovski retentirent, jouées par un orchestre symphonique, Maria joignit les mains.

— Oh, s'il vous plaît, cherchez une musique plus gaie ! Pas d'opéra, je veux dire, ajouta-t-elle avant que Nonie réplique :

— Aimez-vous le jazz, au moins ? s'enquit l'Anglaise, un peu agacée.

— Oui, je l'aime même beaucoup.

Elle n'attendit toutefois pas près de l'appareil que Nonie trouve ce qu'elle voulait. N'accordant qu'un haussement d'épaules aux grincements, couinements et sifflements émis par le poste, Maria se détourna et fit un pas vers Onassis qui, accoudé seul au bastingage, observait d'un air pensif les ruines qui s'éloignaient. Prise d'une inspiration, elle ouvrit le petit sac de soie qu'elle portait au bras, en tira ses lunettes et les chaussa pour chercher Tina du regard. En fait, malgré sa myopie, elle avait déjà constaté que leur hôtesse avait disparu. Mme Onassis témoignait aux amis d'Ari un manque d'intérêt frappant, en contraste absolu avec la sollicitude presque exagérée dont il faisait preuve lui-même.

— Saviez-vous que Lord Byron avait gravé son nom dans une des colonnes ? demanda Onassis après un bref coup d'œil par-dessus son épaule.

Maria s'approcha de lui en rangeant ses lunettes.

— Je sais seulement qu'il a beaucoup œuvré pour l'indépendance de la Grèce au XIXe siècle. Dans ma jeunesse, il était célébré comme un héros.

— C'est toujours le cas. Lord Byron était un grand séducteur, il adorait les femmes, mais son plus grand amour, c'était la Grèce. (Il marqua une brève pause avant de se tourner vers elle.) Je préférerais toutefois citer ici Homère.

Elle sourit.

— Je me doutais bien que vous trouveriez une référence mythologique.

Derrière eux, la radio grinça encore, puis la voix enjôleuse de Frank Sinatra s'éleva : « *I've got you under my skin…* »

— Ça vous plaît ? lança Nonie, un peu provocante, pendant un solo de trompette.

— Formidable, répondit Aristo à la place de Maria.

— Merci, dit-elle à voix basse. En dehors de la scène, je n'écoute guère de « grande » musique, comme on l'appelle. En tant qu'art, elle représente tout pour moi, mais dans ma vie privée, je préfère les choses plus légères. Le swing, le jazz, parfois aussi la chanson populaire.

— J'adore aller faire la fête avec des pêcheurs dans des tavernes toutes simples, boire et danser. Vous aimez l'ouzo ?

Elle fit la moue.

— Pas trop. J'en bois un peu s'il le faut.

— J'ai constaté que vous buviez rarement d'alcool.

— Si j'avalais tout le champagne qu'on me propose ici, je finirais par me transformer en une barrique perpétuellement saoule.

Il lui rendit son sourire ; Frank Sinatra chantait les louanges de celle qui se glissait sous sa peau, touchait son cœur, devenait une partie de lui-même. Dans le dos d'Ari, le temple de Poséidon n'était plus qu'un petit point scintillant sous la voûte étoilée, et Maria songea qu'aucun décor de théâtre n'aurait pu être plus kitsch. Elle aurait volontiers fait une remarque absurde pour briser l'étrange silence qui venait de naître entre eux, mais elle n'osa pas.

Quand la musique s'éteignit, Aristo récita en grec, à voix basse qu'elle fut la seule à entendre et à comprendre :

— « Entends-moi, Poséidon aux cheveux bleus, maître de la terre ! Ne nous refuse pas, à nous qui t'en supplions, d'accomplir notre dessein. »

Elle devina que cette phrase était issue d'un autre contexte, sans doute prononcée par un marin antique ou tirée de l'*Iliade* ou de l'*Odyssée* d'Homère. Oui, c'était sûrement un extrait de l'*Odyssée* – quelle épopée aurait mieux convenu à Aristo ? Pourtant, elle savait aussi que, en cet instant, il pensait à tout autre chose qu'à la supplique d'un héros égaré de la mythologie grecque. Son cœur battait la chamade ; en ce moment plus que jamais, elle souhaitait n'être pas mariée, être libre pour lui – et qu'il soit libre pour elle.

La radio diffusait des classiques du swing. Ella Fitzgerald chantait avec Louis Armstrong *They Can't Take That Away From Me*. Onassis pencha la tête.

— Aimeriez-vous danser ?

Aussi stupéfaite qu'embarrassée, elle regarda autour d'elle.

— Mais comment… Où… Nous ne pouvons pas… balbutia-t-elle en jetant un coup d'œil aux autres dames.

Aristo désigna la piscine fermée.

— C'est exactement à cela que sert la piste de danse. Je n'ai rien d'un Fred Astaire, mais je vous promets de ne pas vous marcher sur les pieds. Si vous le souhaitez, nous trouverons un excellent danseur dans l'équipage, mais pour commencer, voudriez-vous vous contenter de moi ?

— J'en serais ravie.

Elle s'étonna d'avoir répondu avec une telle assurance. Danser avec Onassis serait le couronnement de cette soirée exceptionnelle, et elle ne pourrait guère refuser sans le blesser. Elle prit le bras qu'il lui tendait et le suivit sur le couvercle de la piscine.

Des années plus tard, elle se demanderait encore à quel point Onassis avait pensé au moindre détail de la fête. À peine commencèrent-ils à tourner au rythme de la douce mélodie que le précepteur d'Alexandre, un homme séduisant, surgit et invita Nonie. Peu après, Anthony Montague Browne revint et proposa à Diana, la fille de Churchill, de danser avec lui. Une fois de plus, Onassis s'était assuré que la soirée soit en tout point parfaite. Maria eut pourtant l'impression d'être seule avec lui, la musique et les étoiles.

* * *

Les ruines d'Épidaure apparurent derrière une épaisse pinède.

— Encore des vieilles pierres, grommela Meneghini. On dirait le Forum Magnum de Rome. Je n'avais pas besoin de me lever pour ça.

— C'est un lieu majeur de la médecine antique, dédié au dieu Asclépios, expliqua Maria. Si tu n'as pas envie de descendre de voiture, reste assis.

Elle n'avait aucune raison d'insister pour qu'il l'accompagne à la visite guidée. Son absence ménageait ses nerfs.

Meneghini tira un mouchoir de sa poche et se moucha bruyamment.

— Ce vent est très mauvais pour mes sinus. Il y a une telle poussière ! Toi aussi, tu devrais faire attention. L'air sec a toujours été mauvais pour tes cordes vocales.

— Ne t'inquiète donc pas pour moi, répondit-elle avec un sourire forcé.

Elle sortit un foulard en soie de son sac à main, le plia en triangle et le noua autour de sa tête. Une fois les deux extrémités attachées sous son menton, elle reprit :

— Voilà mes oreilles protégées des courants d'air.

Les voitures s'arrêtèrent à l'écart des ruines, les portières s'ouvrirent et se refermèrent. Des paparazzis se précipitèrent vers les invités d'Onassis, les appareils cliquetèrent, des curieux s'attroupèrent, autochtones et touristes, pour les observer. Un brouhaha en plusieurs langues assaillit Maria quand elle descendit de la limousine qui les avait conduits ici, Meneghini et elle, depuis le port de Nafplio. Son chauffeur ne fut pas assez rapide : elle ouvrit elle-même la portière et posa le pied sur le sol en pierre. La lumière aveuglante du soleil l'éblouit. Le vent faisait bruire les branches minces des oliviers et les aiguilles des pins, plantés en cercle autour du site antique. L'air était empli d'un arôme épicé que Maria inspira avec délices.

— Souhaitez-vous commencer par le théâtre ? lui demanda Onassis.

Il venait de surgir près d'elle. En pantalon blanc et polo bleu clair parfaitement assortis à ses cheveux gris, il lui sembla plus séduisant que jamais. L'avait-il toujours été, sans qu'elle s'en rende compte ? Un navigateur en escale. Il la regardait, dans l'expectative, à travers les verres fumés de ses lunettes. Churchill demeuré sur le *Christina*, Aristo pouvait donc consacrer toute son attention à Maria.

— Pourquoi pas ?

Elle lui sourit et jeta un bref coup d'œil à la voiture. Meneghini n'avait manifestement pas envie de visiter les ruines ; en tout cas, il ne faisait pas mine de vouloir les rejoindre.

— Oui, confirma-t-elle. Commençons par le théâtre.

Onassis fit signe aux guides qui s'étaient regroupés autour de ses invités. Les autres dames les rejoignirent. Anthony

Montague Browne était resté à bord avec Churchill, mais Nonie et Lady Clementine, avec sa fille et sa petite-fille, participaient à l'excursion. Sans oublier Tina qui ne lâchait pas Nonie d'une semelle, l'air de lui raconter une anecdote passionnante en gesticulant. Maria se demanda si son histoire avait un rapport avec ces lieux mythiques ou si elle ne parlait que des derniers potins. Elle n'arrivait pas à savoir si l'épouse d'Aristo les regardait. Onassis se tenait en permanence à une distance respectueuse de Maria. Tandis qu'ils avançaient dans la pierraille et les éclats de marbre, il lui livra des détails savants sur la médecine de l'Antiquité.

— On se purifiait au bâtiment de la fontaine avant de faire un sacrifice à Apollon, puis les patients étaient plongés dans ce qu'on appelait le « sommeil du temple », pour qu'Asclépios leur révèle en rêve quel soin était le mieux adapté. Un prêtre interprétait ensuite ce rêve et s'assurait qu'on applique le bon traitement. Et… *voilà !** Nous y sommes.

Étonnamment, l'amphithéâtre était désert. Maria suivit Onassis le long de la rangée supérieure. Au cours de leur existence millénaire, les marches avaient été usées par les intempéries, les tremblements de terre et les diverses occupations étrangères, certaines s'étaient même effondrées. Aujourd'hui encore, les lieux pouvaient accueillir près de trois mille spectateurs. Maria l'avait appris deux ans plus tôt, lors de son concert à Athènes : le festival de l'odéon d'Hérode Atticus se trouvait alors en concurrence avec une manifestation similaire organisée à Épidaure.

Elle s'arrêta un instant pour s'imprégner du spectacle de l'immense demi-cercle taillé dans la roche qui s'étendait à ses pieds. Quel monument.

— Venez, enjoignit Aristo.

Il avait pris de l'avance, et se tournait vers elle.

Peut-être était-il impatient d'arriver à l'*orchestra* pour que Maria tienne sa promesse. En entendant des pas et des voix dans son dos, elle se dit que, de toute façon, ce ne serait pas pour lui seul qu'elle chanterait ici.

Elle descendit lentement les marches, captivée par l'atmosphère de l'amphithéâtre. C'était très différent de l'arène de Vérone, mais elle s'imaginait bien le public assis sur les gradins, concentré sur le spectacle, pièces dramatiques ou opéras. Elle se sentit transportée dans un autre monde, ensorcelée.

Elle relâcha son attention une seconde, ne regarda pas où elle posait le pied, trébucha. Elle serait tombée si Onassis ne lui avait pas saisi le bras. Il le serra tant qu'elle en eut presque mal. Pourtant, ce geste ne la toucha pas seulement physiquement. L'avait-on jamais soutenue avec une telle force ?

Les doigts d'Aristo glissèrent jusqu'aux siens, se refermèrent sur sa main. Et soudain, ce contact lui parut à la fois très familier et d'une nouveauté exaltante.

Au bout de quelques pas, Maria se rendit compte qu'on pouvait les observer à merveille depuis les gradins. Aristo le savait aussi, sans nul doute, mais il ne la lâcha pas.

Ils descendirent les marches en silence, main dans la main, jusqu'à l'*orchestra*.

Même si elle arriva sans heurt jusqu'au sol en terre battue, elle avait les genoux tremblants. Maria tâcha de se convaincre que c'était dû à la descente des marches déformées et à son trac. À l'idée de se produire *a cappella* en ce lieu magique, elle fut prise d'une bouffée de panique. Pourquoi avait-elle cédé à sa demande ? D'un autre côté, elle mourait d'envie de savoir comment sonnerait sa voix dans cet écrin exceptionnel.

Elle se détacha d'Aristo, qui resta près des dalles de marbre bordant l'*orchestra*. Elle erra d'abord avec nervosité puis, sans qu'elle en ait conscience, ses pas adoptèrent un rythme précis. Elle vit leurs compagnes de voyage se regrouper derrière Onassis, aux premiers rangs. Enfin, elle s'arrêta au centre du cercle, sur la pierre.

Elle se concentra sur le morceau qu'elle voulait chanter, un air de *Norma*. Dans son esprit, elle entendit les cordes, les clarinettes, une flûte traversière. Un chef d'orchestre imaginaire lui fit signe, et les premières notes de *Casta Diva*, l'air au cours duquel Norma prie la déesse de la lune, jaillirent de la gorge de Maria avec une beauté absolue et une douceur inhabituelle. Sa voix tint bon, résonnant jusqu'aux derniers rangs avec une clarté extraordinaire. L'acoustique de l'amphithéâtre était unique.

Elle se tut au bout de quelques mesures. Au même instant, Onassis applaudit avec enthousiasme. Les autres l'imitèrent depuis leurs places, comme en écho.

Maria s'inclina formellement tout en prenant conscience qu'elle devait avoir l'air très déplacée. Elle portait une robe-chemise à large ceinture, son foulard et ses lunettes de soleil, une tenue guère adaptée à une diva. Elle se figea, embarrassée.

Onassis s'approcha d'elle.

— C'était magnifique.

Ignorant comment réagir à son compliment, elle répondit :

— Vous devriez entendre ma Traviata.

Il la regarda avec insistance.

— Vous êtes magnifique.

Elle n'avait pas l'habitude d'être qualifiée de « magnifique » en dehors du monde de l'opéra. Sur scène, oui. Elle savait depuis l'enfance qu'elle pouvait rayonner grâce à son art ; son chant effaçait aux yeux des autres tous les défauts dont elle se croyait affligée. Mais ici, elle ne portait que cette tenue toute simple, sans bijoux, sans grande robe, sans coiffure. L'admiration si franche d'Onassis la troubla. Que voyait-il en elle ? Elle osa un coup d'œil à leurs compagnes de voyage, qui applaudissaient toujours. Sauf une.

Tina Onassis, pétrifiée, l'observait – et observait son mari.

* * *

Maria aurait voulu parler à quelqu'un des sensations ressenties lors de ses tête-à-tête avec Onassis, de ce qui s'annonçait peut-être. Elle aurait eu besoin d'une amie, d'une confidente à qui avouer ses sentiments troublants, et regrettait amèrement l'absence d'Elsa Maxwell, même si cette langue de vipère n'aurait sans doute guère contribué à l'harmonie de la croisière.

Depuis une semaine, elle passait pratiquement toutes les nuits avec Onassis. En présence de divers chaperons, ils discutaient des heures durant, en grec, comme s'ils étaient seuls. Aristo se comportait en parfait gentleman et se gardait bien de la moindre allusion piquante, alors qu'il ne rechignait d'ordinaire pas aux plaisanteries salaces. Même s'ils respectaient toujours les convenances, ils n'avaient pas eu besoin que leurs mains se touchent, à Épidaure, pour prendre conscience de leur intimité croissante. Le regard de Tina, dans l'amphithéâtre, avait prouvé à Maria qu'elle se risquait sur un terrain dangereux, tel Ulysse dans ses errances. Elle aurait vraiment eu besoin des conseils d'une amie.

Le lendemain, Maria prenait le soleil sur une chaise longue, sur le pont, perdue dans ses pensées. À travers les verres noirs de ses lunettes de soleil, elle regardait Aristo jouer dans la piscine avec ses enfants. En maillot de bain, il affichait son corps puissant et agile, la toison sombre de sa poitrine. Près d'Alexandre et Christina, il devenait un autre, détendu, joyeux, presque un peu fou. Il se moquait d'avoir l'air d'un clown : c'était un père profondément aimant, et cela touchait Maria, car sa femme se montrait réservée, voire distante, avec ses enfants. La petite Christina, surtout, était souvent traitée injustement ou tout simplement ignorée par Tina aux moments où elle aurait eu besoin d'attention maternelle. *Une Grecque ne fait pas cela*, pensa Maria, *les Grecques sont de bonnes mères.* Puis elle comprit à quel point cette pensée se révélait fausse, un vrai cliché : sa propre mère le prouvait.

Une toux rauque retentit près d'elle.

Elle se tourna, surprise. Nonie se redressait sur la chaise longue voisine pour mieux respirer. En remarquant le coup d'œil de Maria, elle porta la main à sa gorge.

— J'ai pris froid hier, à cause du vent, coassa-t-elle. C'est pour ça que je ne suis pas allée à Fira aujourd'hui. C'est vraiment dommage, j'aurais bien voulu voir Anthony enfourcher un âne pour monter du port au village.

Maria aussi aurait aimé visiter Santorin, mais elle était restée à bord parce que Meneghini refusait de descendre. Cloué au lit, malade, il se lamentait sur son sort. La loyauté de Maria ne la poussa tout de même pas à le plaindre.

Elle essuya presque tendrement de son bras les éclaboussures qui venaient de s'y poser : Aristo apprenait à ses enfants à plonger. Elle crut y déceler un salut de sa part.

— Je suis sûre que votre mari s'en sort très bien.

Nonie se laissa retomber sur son siège en soupirant.

— Oui, il s'en sort toujours. (Elle agita les orteils.) J'aurais grand besoin d'une pédicure.

L'épouse du secrétaire privé de Winston Churchill n'avait que quelques années de moins qu'elle. Elle paraissait fiable et aimable, et Maria se dit que c'était exactement le genre de femme qu'elle aimerait avoir pour amie. Bien sûr, elle ne lui confierait pas ses sentiments pour Aristo, mais au moins, elle pourrait discuter avec elle. Et puis, Nonie n'avait rien d'une commère. Elle sourit.

— Je peux vous vernir les ongles, si vous voulez.

Nonie la dévisagea, surprise, puis hocha la tête.

— Merci. C'est très gentil de votre part.

* * *

Dès le lendemain, Maria s'aperçut qu'elle avait vraiment besoin d'une personne de confiance à bord.

Elle s'était demandé toute la journée pourquoi les autres passagers se montraient si froids envers elle. Au début, elle avait mis l'ambiance glaciale sur le compte des incessantes jérémiades de Meneghini. Son humeur s'était pourtant brusquement améliorée lorsqu'Aristo avait annoncé que des suites avaient été préparées pour ses amis dans le tout nouvel hôtel *Miramare* de Rhodes. Pour Meneghini, un lit d'hôtel représentait une bénédiction. Il se retira dans sa chambre et s'endormit sur-le-champ. Il pouvait passer un temps incroyable au lit. Battista ne fut pas le seul à ne pas participer aux excursions prévues : Maria préféra se détendre dans le jardin de l'hôtel, où se mêlaient les parfums des lauriers-roses, des bougainvillées et des hibiscus. De toute façon, les autres invités ne lui parlaient plus. Nonie était restée à bord, toujours souffrante, et Aristo lui-même ne jouait pas les guides charmeurs : il passait de nouveau la journée avec ses enfants. Maria savoura le calme qui l'entourait, mais finit par s'avouer que non seulement la compagnie de Nonie lui manquait, mais aussi celle d'Aristo.

Le soir, on servit le dîner dans le jardin exotique, et Onassis rejoignit ses invités. Sa sœur Artémis et sa demi-sœur Kalliroe, dont le mari était le propriétaire de l'hôtel, s'étaient jointes à eux. Ce fut une soirée festive, les hommes en smoking, les dames en robe de cocktail ; Maria assortit la sienne de bijoux en diamant. Elle discuta avec le beau-frère d'Onassis sans parvenir à se concentrer. L'attitude étrangement tendue des autres passagers envers elle n'avait pas changé, mais en cet instant, Aristo l'intéressait bien davantage que ce détail. Bien malgré elle, elle se sentait fascinée par lui. Elle ne cessait de l'observer, le regardait parler, rire, s'occuper avec autorité de ses invités. Leurs regards se croisaient parfois quand il se tournait dans sa direction – ce qu'il faisait sans doute aussi souvent qu'elle.

Plus tard, en dansant sous les palmiers avec l'époux de Kalliroe, Gerasimos Patronikolas, au son d'une musique douce, elle ne rêvait que d'une chose : être dans les bras d'un autre. Mais ce soir-là, Onassis était entouré de sa famille et n'eut pas même le temps du moindre bavardage avec Maria. Elle se retira bientôt dans sa suite avec Meneghini. Elle était touchée par la beauté du lieu et la somptuosité de la soirée, mais se sentait envahie d'un vide étrange.

Maria dormit si longtemps qu'elle manqua l'excursion dans la pittoresque petite ville de Lindos. Elle n'émergea sur la terrasse de l'hôtel que pour un petit-déjeuner très tardif. À sa grande surprise, elle y trouva Nonie Montague Browne, qui buvait en alternance du jus d'orange et du thé noir.

— Vous semblez aller mieux, dit Maria.

En effet, Nonie n'était plus si pâle, et elle ne vit ses yeux un peu rougis que lorsque l'Anglaise ôta ses lunettes noires.

— C'est vrai, confirma-t-elle d'une voix toujours rauque. Ce n'est pas encore parfait, mais ça va beaucoup mieux. Juste une inflammation de la gorge et une petite bronchite. Une fois que j'ai été remise du choc que m'ont causé trois médecins grecs en surgissant dans ma cabine pour se disputer sur mon état de santé, le traitement m'a fait du bien. Voulez-vous vous joindre à moi ?

Maria accepta avec reconnaissance. Meneghini était parti se promener dans la vieille ville et elle n'avait pas voulu l'accompagner. Elle se laissa aller contre le dossier de sa chaise et commanda un café, en priant pour que Nonie ne la prive pas de son amitié, ou se montre en tout cas assez discrète pour ne pas répéter leur conversation.

— Vous avez raté quelque chose, hier soir, commença Maria prudemment. Vos amis ont eu l'air de bien s'amuser.

— Oh ! (Nonie sembla aussitôt comprendre.) Pas vous ?

— Si, bien sûr. Mais en ce moment, on ne me parle que par politesse. J'ai l'impression qu'on m'évite…

Elle s'interrompit quand son café arriva et reprit, une fois le serveur parti :

— Savez-vous pourquoi, par hasard ?

Nonie déglutit, tourna la tête et examina les alentours d'un air pensif. Puis, elle se ressaisit et se tourna de nouveau vers Maria.

— Pourquoi vous mentirais-je ? Nous avons tous été un peu offusqués par votre comportement.

— Qu'ai-je donc fait ?

La main avec laquelle Maria portait sa tasse de café à ses lèvres se mit à trembler. Sa colère montait. Elle ignorait comment elle aurait pu vexer qui que ce soit. Elle se montrait même irréprochable à l'égard de son mari, alors qu'il lui tapait de plus en plus sur les nerfs.

— Ne pensiez-vous donc pas que votre dîner avec Ari, avant-hier, mettrait une mauvaise ambiance ? Il est très malséant de manger en tête-à-tête avec notre hôte. C'était tout à fait déplacé vis-à-vis de Sir Winston.

— Mais je…

Maria hoqueta. C'était donc ça.

* * *

Elle se souvenait dans les moindres détails de l'après-midi où le *Christina* avait jeté l'ancre devant Santorin. Nonie était retournée depuis longtemps dans sa cabine, Aristo avait joué dans l'eau avec ses enfants pendant des heures. Enfin, il sortit du bassin, tout dégoulinant.

— J'ai une faim de loup ! lança-t-il.

Il avança, les genoux flageolants, pour faire croire à Alexandre et Christina qu'il n'en pouvait vraiment plus. Puis il se tourna vers sa femme assise au bord de la piscine, les jambes ballantes.

— Tina, peux-tu dire au cuisinier qu'il nous compose de quoi grignoter ? Pendant ce temps-là, je vais me changer.

Tina bondit sur ses pieds sans un coup d'œil pour ses enfants, qui se chamaillaient pour une serviette.

— Bien sûr, je m'en occupe.

Onassis s'arrêta devant la chaise longue de Maria.

— Vous voulez manger aussi ?

— Oui, répondit-elle. Pourquoi pas ?

Elle n'avait pourtant pas faim. Elle était incapable de détacher les yeux des gouttes d'eau qui perlaient de ses cheveux, et dut faire un effort pour ne pas suivre leur ruissellement sur son torse.

— J'ai envie de manger grec. Un mezzé léger.

— C'est très tentant, reprit Maria.

Elle commentait moins la perspective d'une assiette de délices grecs que le rayonnement terriblement sensuel de son hôte.

— Je vais demander au cuisinier de vous préparer quelque chose et de le servir directement ici, résolut Tina.

Elle rajusta son étroit bikini et sourit à son mari. Il hocha la tête, satisfait, et elle se mit en route vers la cambuse.

— Vous devriez enfiler un peignoir, suggéra Maria à Onassis, vous risquez de vous enrhumer.

Vous risquez de m'inspirer des idées déplacées, pensait-elle en réalité.

Il rit.

— C'est bien mon intention.

Peu après, ils mangèrent ensemble à une table improvisée, devant un coucher de soleil spectaculaire. Des traînées jaunes et orangées se découpèrent dans le ciel avant de passer au rouge flamboyant, puis au lavande foncé. Les fontaines de la piscine bouillonnaient, l'eau glougloutait doucement, et les vagues formées par un bateau rentrant au port se brisaient sur la coque. À terre, les premières lumières apparurent, et le faisceau du phare balaya la mer presque noire. Les voix des pêcheurs leur parvenaient de loin, une corne de brume retentit. Le couple installé à la poupe attirait l'attention, et les occupants des autres bateaux agitaient la main vers eux. Apparemment, personne ne croisait le *Christina* sans un salut.

— Il semblerait que les gens d'ici vous aiment beaucoup, remarqua Maria, qui grignotait une feuille de vigne.

— Ils sont reconnaissants, c'est tout, répliqua Aristo en souriant.

— De quoi ?

— Bah, rien de bien important, prétendit-il.

Pourtant, il reprit après une petite pause :

— Il y a trois ans, un séisme sous-marin près de la côte nord de Santorin a provoqué de graves secousses secondaires sur l'île. Quand j'ai appris que l'approvisionnement en eau était coupé, j'ai fait remplir ma piscine d'eau potable et je suis venu aider. La station de traitement d'eau potable du yacht a servi aussi. Ce n'était pas grand-chose.

— Oh, je pense que si, objecta Maria.

Sa générosité l'impressionnait une fois de plus. Elle ne cessait de lui trouver de nouvelles qualités très attachantes.

En dînant ainsi à la vue de tous, il ne semblait plus accorder la moindre importance à leurs chaperons habituels. Même quand la nuit tomba après un crépuscule très bref, Aristo n'évoqua pas les autres passagers. Bien plus tard seulement, ils rentrèrent dans leurs cabines respectives, se changèrent et vinrent prendre les digestifs au bar. Juste à temps pour apprendre d'Anthony Montague Browne qu'aucun propriétaire de taverne de Santorin n'avait accepté le moindre argent de sa part parce qu'il était un ami d'Aristote Onassis.

* *

Maria regarda Nonie en secouant la tête.

— Nous avons pris seulement un en-cas, des spécialités grecques, dit-elle faiblement. Un mezzé. Vous devriez y goûter.

— Vous avez incité notre hôte à se tenir à l'écart de nous. Là d'où je viens, ce comportement est insultant.

Maria n'y comprenait rien. Elle saisissait juste que tous les reproches se concentraient sur elle.

— Moi ? fit-elle, incrédule. Qu'ai-je à voir avec ça ?

— Tout. Ne protestez pas, ce ne serait pas digne de vous. Tina nous a raconté que ce repas grec en tête-à-tête était votre idée.

— Tina prétend que j'ai tout organisé ? (Maria, effarée, dévisagea Nonie.) C'est un malentendu.

Nonie porta une main à sa gorge avec une grimace de douleur. Leur conversation semblait beaucoup lui coûter, mais elle s'efforça tout de même d'expliquer la situation de son propre point de vue. D'une voix encore plus basse, elle reprit :

— Tina nous a dit que vous aviez suggéré de manger des plats grecs pour le dîner. Ari était évidemment enchanté, mais vous lui avez signalé que la cuisine locale ne plairait sans doute pas à Sir Winston et Lady Clementine. Les plats n'ont donc été servis qu'à vous deux et pas à nous. Je ne vois pas du tout ce que ce dîner particulier a pu vous apporter. Votre pauvre mari paraissait tout perdu, seul avec nous, ce qui n'a guère amélioré l'ambiance. C'était très habile, Maria, je dois le reconnaître.

— C'est complètement faux, souffla Maria.

— Ah oui ? rétorqua Nonie. Pourquoi Tina nous mentirait-elle ?

Maria ne répondit pas. Elle regardait dans le vide, au-delà du laurier-rose qui glissait ses branches chargées de fleurs sous leur parasol. Tina avait inventé cette histoire pour lui nuire. Maria s'y connaissait en jalousie, surtout face à des femmes envieuses. Mais que lui enviait donc Tina, qui semblait tout avoir ? Un mari merveilleux, des enfants, la richesse, une haute position sociale, et même une collection d'amants séduisants. Pourquoi jalousait-elle Maria au point de broder une telle intrigue ?

Elle secoua la tête.

— Je n'ai rien fait de tel. C'est exactement l'inverse : tout était une idée de Tina. Vous êtes libre de me croire ou pas.

Elle avança le menton d'un air fier.

Nonie garda le silence un moment. Elle joua pensivement avec son verre, désormais vide, reprit une gorgée de thé, puis déclara enfin :

— Ça doit être à cause de toute cette attention.

Maria fronça les sourcils sans rien dire.

— Manifestement, elle est agacée par l'attention que vous porte Ari.

— Il…

— Ah non. Ne niez pas, Maria. Sur ce point, je sais que j'ai raison. Même un aveugle verrait à quel point il apprécie votre compagnie.

— Nous sommes grecs tous les deux, voilà tout, objecta-t-elle, désemparée.

Puis elle se rendit compte que Tina était grecque aussi. Elle n'avait toutefois pas grandi ici et vivait une existence cosmopolite avant tout. De plus, elle venait d'une famille richissime, son père était un des plus importants armateurs du pays, elle avait toujours vécu dans l'opulence. Onassis et Maria avaient des origines bien plus modestes. Leurs familles respectives se voulaient beaucoup plus distinguées qu'en réalité. Maria autant qu'Aristo avaient quant à eux, chacun à leur manière, acquis un statut social beaucoup plus important que leurs parents. Aristo avait de toute évidence bien plus de choses en commun avec elle qu'avec son épouse. Et c'était précisément ces similarités qui faisaient naître ce lien profond, cette familiarité presque magique qu'elle ressentait en sa présence.

— En effet, vous l'êtes.

Nonie hocha la tête, perdue dans ses pensées. Elle n'ajouta rien.

Le café de Maria avait refroidi depuis longtemps. Elle repoussa sa tasse avec dégoût, comme elle aurait voulu rejeter ces perfidies dont Tina semblait coutumière. Elle ne les connaissait que trop bien dans le monde de l'opéra et aurait aimé, au moins pendant ses vacances, ne pas les subir.

Chapitre 18
Izmir, 4 août 1959

Une seule ruelle, très étroite, menait du port d'Izmir au vieux quartier de Karataş, qui trônait sur la colline. Elle était bordée de passages étriqués, parfois uniquement constitués de marches d'escalier. Ces venelles encaissées entre des maisons anciennes et parfois délabrées, aux balcons en fer forgé, grouillaient de monde. Des marchands ambulants vendaient de tout, des bonbons aux tapis, des ouvriers et des femmes voilées côtoyaient des hommes d'affaires en costume, des enfants couraient partout, un vieil homme tentait de faire avancer sa charrette tirée par un âne, un autre menait une chèvre attachée à une corde. Malgré le tumulte, ce furent les odeurs qui étourdirent le plus Maria : les épices orientales, les parfums de jasmin et de feu de bois se mêlaient à ceux de tomate et de fromage de chèvre qui émanaient des cuisines. Le sel de la mer s'ajoutait à la puanteur d'huile, de poisson et de goudron, qui montait de l'embarcadère.

— Ici, on devine encore l'ancienne Smyrne, déclara Onassis.

Il devait presque crier pour se faire entendre par ses invités, mais l'enthousiasme que lui inspirait sa ville natale sautait aux yeux.

— Jadis, ce quartier était très cosmopolite, de nombreux Juifs y vivaient, mais aussi des Européens aisés, des Arméniens, et des Grecs, comme ma famille. En ce temps-là, presque la moitié des habitants de Smyrne étaient chrétiens.

Et revoilà le tourkosporos, songea Maria, partagée entre la curiosité et l'amusement. Elle était heureuse de découvrir la patrie d'Aristo, et constata avec étonnement que la vie d'ici ne paraissait guère différente de celle du quartier d'Athènes où elle avait passé sa jeunesse. À l'époque, dans les divers immeubles où elles avaient habité, sa mère, sa sœur et elle avaient souvent eu comme voisins des Arméniens ayant fui l'Anatolie. Les parfums omniprésents éveillaient des souvenirs, et les lieux lui parurent étrangement familiers.

— C'est surtout grâce aux habitants juifs de Karataş que le quartier est toujours là, poursuivit Aristo. Les Turcs qui incendièrent la moitié de la ville en septembre 1922 n'avaient rien contre eux. Ils attendirent que le vent souffle en direction du lotissement chrétien pour allumer le feu. Pas un seul immeuble des quartiers juifs et musulmans ne brûla pendant que le reste de la ville était réduit en cendres.

Maria fut surprise qu'il évoque ouvertement ces atrocités sur le lieu même où elles s'étaient produites, mais il le fit en anglais, une langue que la plupart des autochtones ne comprenaient sans doute pas.

Aristo s'arrêta devant une grande maison d'angle.

— C'était chez nous, dit-il d'une voix soudain étranglée. Regardez la grille en fer forgé, elle porte encore les initiales de mon père, Socrate Onassis.

Il avala péniblement sa salive et se détourna.

Maria observa ses compagnons de voyage. Ils profitaient depuis quinze jours de l'hospitalité d'Onassis, le connaissaient depuis plus longtemps qu'elle, et pourtant aucun d'entre eux ne semblait saisir à quel point il était bouleversé. Nonie, Lady Churchill, sa fille et sa petite-fille avaient l'air de regarder un monument historique quelconque, avec intérêt, mais sans émotion particulière. Elles ne pouvaient pas imaginer les hommes qui fumaient le narguilé, le soir, assis sur les marches, les femmes qui venaient leur servir l'ouzo et le moka, les amis et les voisins qui discutaient, jouaient de la musique et dansaient tandis que les femmes préparaient le dîner et mettaient les enfants au lit. Maria connaissait bien ce monde, celui de son propre passé, et sa perte la touchait autant qu'Aristo. Elle se tourna vers lui, et même s'ils portaient tous deux des lunettes de soleil, il lui sembla que leurs regards se croisaient et qu'ils communiquaient en silence, comme s'ils lisaient dans le cœur l'un de l'autre. Puis elle observa Tina, curieuse de la réaction de celle-ci face à la tristesse de son mari. L'épouse d'Aristo se tenait en retrait, l'air las et indifférent.

Quelle femme ignorante et stupide, pensa Maria. Telle était de toute façon son opinion définitive sur Tina depuis sa conversation de Rhodes avec Nonie.

— La puanteur est insupportable, pesta Meneghini en portant son mouchoir à son nez. Ça doit sentir la même chose dans les pires quartiers de Naples, que je ne connais évidemment pas. Je trouve scandaleux qu'il t'impose cela.

Maria hoqueta et serra les dents pour ne pas rabrouer son mari devant tout le monde. Avisant un marchand ambulant, elle siffla :

— Va m'acheter des pignons de pin, s'il te plaît. J'aime bien ça, et ça t'occupera.

— Quoi ? En Italie, tu n'en manges jamais. Tu ne les aimes pas. Je ne t'en achèterai pas.

— Alors prends-lui des raisins secs.

Sa pédanterie et son paternalisme la mettaient hors d'elle.

Meneghini lui jeta un coup d'œil surpris, mais ne bougea pas.

— N'importe quoi. Tu n'aimes pas non plus les raisins secs. Ils sont beaucoup trop sucrés et te donnent des crampes d'estomac.

Je vais craquer. Ce n'est plus supportable, se dit-elle.

— Venez, j'aimerais vous montrer le cimetière avant que la chaleur de midi ne nous assomme, lança Onassis, l'interrompant dans ses pensées.

Il s'était adressé à tout son petit groupe, pas seulement à Maria. Il indiqua la voie d'un mouvement de la main.

— Par ici, je vous prie.

Un flash jaillit. Les paparazzis s'étaient frayé un chemin à travers la foule de la ruelle. Les passants protestèrent avec énergie ; un vieux musulman chauve coiffé d'un fez rouge se montra particulièrement véhément. Il était accompagné d'une jeune femme qui, derrière son hidjab, jetait des coups d'œil inquiets autour d'elle. Le vieil homme semblait redouter que les reporters ne l'aient photographiée aussi. Onassis se tourna vers lui, lui adressa quelques mots en turc, plongea la main dans sa poche et en sortit un paquet de cigarettes. Maria le vit en offrir une au vieil homme et s'en allumer une aussi, puis elle suivit les autres dans la direction indiquée par Aristo.

Derrière elle, Meneghini pestait, hors d'haleine :

— Ça pue, c'est hideux, et il fait trop chaud. C'est un véritable scandale. Nous aurions dû être autorisés à prendre l'ascenseur qui mène en haut de la colline, avec Sir Winston et Montague Browne. L'air et la vue sont certainement bien meilleurs là-haut.

Maria garda le silence, peu désireuse de se disputer avec son mari. En fait, elle aurait voulu ne plus jamais lui parler. Son manque de respect envers leur hôte était aussi horripilant que son attitude face à elle. Elle rêvait de le planter là et d'errer seule dans les ruelles pour s'imprégner des parfums de l'Orient, mais elle se contenta de lui lancer un coup d'œil réprobateur, qu'il ne vit évidemment pas derrière ses lunettes noires. Elle se détourna, sentant en son for intérieur un volcan sur le point d'entrer en éruption.

Étonnamment, le cimetière chrétien orthodoxe n'avait été ni détruit ni profané pendant l'occupation de Smyrne. Des cyprès se dressaient en rangs serrés vers le ciel bleu, bordant des allées où s'alignaient des tombes recouvertes de plaques de marbre. De petits oliviers argentés tentaient de survivre entre les dalles de pierre. À part cela, c'était un lieu de sépulture grec typique, et Maria retint instinctivement son souffle. Quelques tombes étaient ornées de photographies, mais l'atmosphère qui pesait sur la dernière demeure des gens morts ici des décennies plus tôt était étouffante, figée et anonyme.

Aristo s'arrêta devant une sépulture sobre, dans l'ombre d'un demi-cercle de cyprès. Le marbre blanc était couvert d'une couche de mousse verdâtre, l'inscription sur la pierre à peine lisible : « Penelope Onassis ». Il resta un instant immobile, peut-être plongé dans une prière muette.

Ses compagnons de voyage se regroupèrent derrière lui. Churchill et Montague Browne avaient rejoint le groupe. Ils attendirent tous en silence que leur hôte reprenne la parole.

— Ma mère est partie bien trop tôt, lâcha-t-il enfin sans quitter la sépulture des yeux. Elle est morte dans de grandes souffrances, d'une infection contractée après une opération des reins. Je n'avais que six ans, ma sœur Artémis huit.

Il se détourna et s'approcha de Churchill.

— Sir Winston, vous m'avez dit un jour que vous étiez fort jeune, vous aussi, à la mort de votre père. Auriez-vous suivi le même chemin s'il avait vécu plus longtemps ?

— Je pense que oui, grommela le vieil homme. Mon père était membre fondateur du Parti conservateur, il avait de bonnes chances de devenir Premier ministre, était chancelier de l'Échiquier. Quand il est mort des suites d'une longue maladie, j'avais presque vingt ans et je m'étais déjà forgé mes propres opinions.

— Si ma mère n'était pas morte si jeune, je n'aurais peut-être pas travaillé aussi dur. (Onassis soupira.) Qui sait ? Il est sans doute inutile de se poser ce genre de question. Retournons à bord.

Maria songea à ses propres parents. Ils vivaient toujours, mais elle aussi avait couru d'un engagement à l'autre pour se libérer des contraintes imposées par sa mère.

Tandis qu'ils revenaient au port, Aristo raconta comment sa belle-mère et sa sœur s'étaient enfuies alors que son père avait été emprisonné par les troupes turques. Soudain livré à lui-même, le jeune Aristote avait vu un officier turc s'approprier la maison familiale. Malgré son âge, il était parvenu à échapper à tous les dangers, et le vice-consul américain avait fini par l'aider à fuir. Il décrivit avec force détails, et peut-être un peu théâtralement, comment il avait plongé dans le bassin portuaire sous une rafale de mitrailleuse turque pour nager jusqu'à un navire de guerre américain qui l'avait accepté à son bord. Des centaines de milliers de personnes appelaient au secours depuis le quai, désespérées, mais les navires étrangers n'étaient pas intervenus, ou n'en avaient aidé que très peu.

— C'était l'enfer de Dante, conclut Onassis.

* * *

Après avoir déjeuné sur le pont du yacht, les passagers se retirèrent dans leurs cabines pour la sieste tandis que l'équipage commençait les manœuvres de sortie du port. Maria était enivrée par les sensations qui l'avaient submergée au cours des quelques heures passées à terre. Debout devant sa coiffeuse, elle ouvrit le cabochon de verre d'un flacon et savoura l'odeur de lavande, d'iris, de rose, de bois de santal et de musc qui en montait. Elle déposa quelques gouttes de parfum sur son poignet et le porta à son nez pour inspirer encore plus profondément *Hammam Bouquet* de Penhaligon's. Elle avait découvert cette eau de toilette pour homme sur Luchino Visconti, son ancien metteur en scène de la Scala, et en était folle. Visconti avait eu l'idée de disposer partout en coulisses des mouchoirs imprégnés de ce parfum afin que Maria soit plus à l'aise sur scène. Cette odeur lui avait permis de se sentir en permanence proche de son metteur en scène et ami. Aujourd'hui, seulement, elle se rendait compte que l'odeur lui rappelait sa jeunesse, sans qu'elle en ait conscience. Cet arôme de l'Orient avait aussi été celui de l'ancienne Grèce ; il n'éveillait pas en elle les horreurs de ses années difficiles à Athènes, mais la confiance et l'amour que ses professeures de chant lui avaient témoignés. Elvira de Hidalgo, par exemple, du conservatoire d'Athènes, lui offrait aujourd'hui encore la tendresse que lui refusait sa propre mère. Même si elle ne connaissait pas encore Onassis à l'époque, elle portait depuis six ans sur sa peau les souvenirs distillés de sa patrie. Elle ne put retenir un léger sourire.

— Je ne comptais pas te l'annoncer si tôt, intervint Meneghini, mais une bonne surprise t'attend à la maison. J'ai pris des engagements merveilleux pour toi. Ton planning est complet jusqu'à la fin de l'année.

Ses paroles la percutèrent comme un coup de poing. S'il lui avait assené une gifle pour la ramener à la réalité, il ne l'aurait guère blessée davantage qu'en lui parlant sur ce ton à la fois mielleux, exigeant et artificiel. L'opéra s'était éloigné d'elle ; au cours des derniers jours à bord, elle avait à peine pensé à ses spectacles à venir. Pour la première fois de sa vie, elle était à l'aise en dehors de la scène. Elle sentait littéralement son corps se reposer et revenait de plus en plus à elle. Lui rappeler que ce moment en mer, avec tous ses agréments, prendrait bientôt fin était aussi dérangeant qu'inutile.

Elle se tourna brusquement vers Meneghini. Il était assis au bord du lit, l'air si content de lui qu'elle faillit lui jeter le lourd flacon à la tête. Elle s'en abstint pour ne pas gaspiller le précieux liquide.

— Qu'est-ce que ça veut dire ? siffla-t-elle.

— Je cherche à te contenter. Tu toucheras des gages très élevés, je les ai négociés en ton nom. J'ai...

— Ça ne m'intéresse pas, le coupa-t-elle.

— Sottise, répliqua-t-il, condescendant. Quand tu verras les chèques, tu seras enchantée. J'ai été dur en affaires, je peux te le dire. Obtenir de telles sommes n'a pas été simple, mais un Meneghini ne se laisse pas envoyer sur les roses. Je...

— Toi, toi, toi ! s'écria-t-elle. Demande-moi donc une fois, une seule, ce que je veux, moi !

Il la dévisagea avec stupéfaction ; pour elle, la coupe était pleine.

— Ton comportement est intolérable. Les intendants n'ont pas peur de toi, contrairement à ce que tu sembles croire, ils sont embarrassés par tes manières.

— Se sont-ils plaints auprès de toi ? C'est lamentable ! (Il se leva pour s'approcher d'elle.) Tout ce qu'ils veulent, c'est que les stars se produisent au prix des membres du chœur. Mais Meneghini n'accepte pas cela. Je...

— Moi non plus, je n'accepte plus cela.

— Évidemment. Je leur dirai à tous, en ton nom, de ne plus t'importuner avec des bagatelles de ce genre.

Elle grinça des dents.

— Tu ne parleras plus à personne en mon nom. Tu es renvoyé, Battista.

Il parut un instant sur le point d'éclater de rire, puis la dévisagea, bouche bée, et passa nerveusement une main dans ses cheveux épars.

— Qu'est-ce que tu veux dire ?

— À compter de cet instant, tu n'es plus mon manager. Je ne supporte plus ton attitude et tes exigences envers les grandes maisons. Personne ne se soucie de Battista Meneghini. Ce qu'ils veulent, c'est la Callas, et toi, tu te comportes avec un culot éhonté qui me fait beaucoup de tort. Je ne veux plus de ça. Tu as compris ? Maintenant, je m'occuperai moi-même de mes tournées et de mes gages.

Que venait-elle d'annoncer là ? Mon Dieu, elle ne pouvait même pas ouvrir de compte en banque à son propre nom.

Maria se retourna vers sa coiffeuse pour qu'il ne voie pas le doute assombrir son visage. Une seconde plus tard, elle prit conscience que sa réaction n'avait rien d'hystérique. Elle avait parlé posément, avec énergie et à voix haute, oui, mais sans perdre contenance. Elle était sérieuse. Elle reboucha le flacon de Penhaligon's d'une main assurée.

— Maria. (Il se rabattit sur les flatteries, aggravant son cas.) Il n'y a aucune raison de s'énerver comme ça. Les organisateurs ont fini par accepter toutes mes conditions. Je ne veux que le meilleur pour toi, tu le sais bien.

Elle fit de nouveau volte-face.

— Tu sembles refuser de comprendre : tu es renvoyé.

C'était dit, et ils étaient arrivés au cœur d'un conflit devenu inévitable. Quelle que soit la manière dont elle le lui expliquait, Meneghini ne saisissait pas que Maria ne voulait plus de son soutien. Elle ne tolérait plus son attitude sans gêne, son incapacité à parler la moindre langue étrangère, un handicap de taille dans le monde international de l'opéra, et était écœurée par son agressivité. Elle lui jeta tout cela à la figure, il rétorqua qu'elle n'était rien avant de le rencontrer et qu'il avait fait d'elle une star. Les attaques devinrent de plus en plus personnelles, ils élevèrent la voix. Maria finit par prendre conscience que la moitié du bateau devait entendre leur dispute.

À la fois gênée et folle de rage, elle se rua hors de la cabine et s'éloigna sans même refermer la porte. Ne retrouvant son calme qu'une fois dans l'escalier à vis qui menait au pont, elle se retourna, craignant d'entendre son mari lancé à sa poursuite. Rien. Le yacht avait largué les amarres ; peut-être la houle obligeait-elle Meneghini à rester couché, peut-être s'était-il allongé pour se remettre de leur querelle. Depuis le début du voyage, il passait de toute façon la majeure partie de son temps au lit. Maria s'en moquait bien, pourvu qu'il la laisse tranquille.

* * *

En arrivant sur le pont, elle se tourna vers le bastingage de poupe, c'était devenu une habitude. Comme toujours quand ils quittaient un port, Onassis se trouvait là, observant la terre ferme. Elle se dit une fois de plus qu'il avait l'air perdu, si seul et pensif. Les autres passagers s'étaient tous retirés dans leurs cabines, aucun de leurs chaperons habituels n'était en vue. Seul un steward débarrassait les tasses à café vides et les verres sales du guéridon posé entre les chaises longues. Il lui adressa un signe de tête poli auquel elle répondit en se dirigeant vers Aristo.

Il se pencha imperceptiblement vers elle, sans rien dire, pour signaler qu'il avait senti sa présence. Et comme toujours, elle savoura leur proximité, même silencieuse. Elle suivit son regard posé sur le bout de terre qui s'estompait dans la brume caniculaire de l'après-midi. Un haut massif, falaises grossières parcourues d'une maigre végétation, s'élevait dans le ciel sans nuages. La sérénité qui émanait d'Onassis la gagna. Elle sentit sa tempête intérieure s'apaiser et le calme revenir. C'était peut-être dû à sa présence, mais aussi à la vue, et à l'espace protégé qu'offrait le *Christina*.

— Voilà Lesbos, annonça-t-il enfin.

Sans se tourner vers elle, il parla dans le vent de la course du bateau, qui emporta ses paroles vers la mer.

— À l'époque, le croiseur américain m'avait déposé à Mytilène. Il y avait là d'immenses camps pour les réfugiés d'Anatolie. Dans le chaos général, il m'avait fallu des semaines pour retrouver ma belle-mère et ma sœur.

— Mais vous les avez retrouvées.

Il hocha la tête en silence, pensant peut-être aux membres de sa famille qu'il n'avait jamais revus. Pendant leur visite de la ville, il leur avait confié que plusieurs de ses oncles avaient été pendus par les Turcs.

— Pensez-vous vraiment que votre vie aurait été différente si votre mère n'était pas morte si tôt ? demanda-t-elle tout de go.

Elle venait de prendre conscience que cette question lui trottait dans la tête depuis leur départ du cimetière.

— La guerre n'avait rien à voir avec vous, poursuivit-elle. Votre famille l'a subie comme tant d'autres, mais vous n'en étiez pas responsable et ne pouviez rien y changer.

— En tout cas, j'ai appris très tôt la finitude de l'existence. Tout peut s'achever si vite. C'est pour cela que je savoure pleinement ce que la vie veut bien m'offrir.

Les négligences, pensa-t-elle soudain. *Les pertes et les négligences du passé déterminent notre présent.* Il en allait de même pour elle.

Onassis s'adossa au bastingage et la regarda.

— Pourtant, je n'arrive pas à me défaire de l'idée que, malgré tout le luxe qui m'entoure, malgré mon succès en affaires, il me manque une chose importante.

Encore un point commun.

Elle hocha la tête.

— J'ai la même sensation.

Il leva la main, sans doute pour toucher Maria, puis sembla soudain se souvenir de ce qui les séparait. Il se figea ; sa main gauche flotta un instant en l'air puis retomba.

Au bout d'un instant, il éclata de rire.

— Vous vous demandez sans doute quel amour j'ai bien pu recevoir après la mort de ma mère. Beaucoup, en fait. Ma sœur Artémis, malgré son jeune âge, est devenue une sorte de mère de substitution, et elle a aujourd'hui encore une certaine influence sur moi, bien que je ne l'avouerais évidemment jamais en sa présence.

À Rhodes, elle avait vu Tina rechercher la proximité d'Artémis, afin de tenir des messes basses avec elle. La femme d'Aristo se mettait-elle en quête d'une alliée pour affronter sa rivale en cas de besoin ? Maria prit conscience qu'elle venait pour la première fois de se considérer comme une concurrente de Tina Onassis. *Nous sommes juste amis*, se força-t-elle aussitôt à penser. *Rien de ce qui arrive dans son ménage ne me regarde*. Son propre mariage avec Meneghini avait été scellé chrétiennement : même si leurs vœux n'avaient été prononcés que devant l'état civil de Vérone, pour la loi italienne, ils étaient indissolubles. Ni ses problèmes ni le fait qu'elle souhaitait de tout cœur quitter son époux n'y changeaient quoi que ce soit.

Tandis qu'elle ruminait sur une possible séparation, Onassis reprit la conversation. Elle mit un moment à saisir qu'il évoquait une autre sorte d'amour, ses premières aventures érotiques. Personne ne lui avait jamais parlé aussi ouvertement de son désir sexuel. Elle l'écouta avec un mélange de curiosité et de dégoût, ébahie que l'amour physique puisse revêtir une telle importance pour quelqu'un.

— Mon premier grand amour, dit-il avec un sourire, était une jeune domestique de mes parents. Elle travaillait comme blanchisseuse. Malheureusement, ma belle-mère nous a surpris sur un tas de linge et notre histoire s'est arrêtée là. J'ai donc fait ma première vraie expérience avec une professeure de français que mon père avait engagée pour l'été. Elle avait un corps magnifique, avec de gros seins, et m'a ensorcelé.

Maria baissa machinalement les yeux vers sa propre poitrine, plutôt modeste. Elle se tourna de nouveau vers lui, rougissante.

— Et ensuite ?

— Je suis tombé terriblement amoureux d'une jeune fille juive du voisinage. J'avais quinze ans et j'étais tout fou.

Le vent rabattit ses cheveux sur son front ; ainsi ébouriffé, il avait l'air plus juvénile et presque irrésistible. Maria n'eut guère de mal à s'imaginer l'adolescent de jadis.

— Je chantais des sérénades sous sa fenêtre, je donnais du miel turc à son personnel pour qu'on le lui apporte, j'ai même tabassé un camarade de classe qui avait aussi des vues sur elle.

Elle sourit.

— Vous a-t-elle cédé ?

— Bien sûr que non. La fille respectable d'un Séfarade n'avait rien à faire avec un goy. Son père a fini par l'envoyer chez des parents en Amérique du Sud, sur quoi j'ai abandonné pour un moment l'idée de trouver l'âme sœur, et me suis consacré à l'exploration de l'amour physique.

Maria fut reconnaissante au vent de la course du navire de lui rafraîchir les joues.

Aristo se perdit un instant dans ses souvenirs sensuels avant de reprendre :

— Certaines des femmes que j'ai connues à cette époque m'ont affirmé que pour elles, l'argent et le sexe étaient indissociables.

Même si elle trouvait cette vision d'une union entre deux êtres humains quelque peu réductrice, elle confirma :

— En amour physique comme dans tant d'autres domaines, c'est un peu donnant-donnant.

Elle se mordit les lèvres. Jamais elle n'avait parlé de sujets aussi intimes avec un autre que Meneghini, et sa vie amoureuse conjugale méritait à peine ce qualificatif.

Onassis fronça les sourcils.

— C'est tout ? demanda-t-il d'un air grave. Vous voyez vraiment la sexualité comme cela ?

Elle évita son regard et fixa des yeux l'écume soulevée par l'hélice du yacht.

— Oui, chuchota-t-elle.

Chapitre 19
New York, 16 septembre 1968

Maria s'observait dans le haut miroir en cristal de sa suite du Sherry Netherland, un luxueux immeuble d'appartements de la Cinquième Avenue. Il donnait sur Central Park et abritait aussi un petit hôtel très élégant. Comme son amie Mary résidait quelques étages plus haut, chez une de ses tantes, elle avait choisi de s'installer là, plutôt que de retourner chez les Gatsos. Après son périple hasardeux à travers l'ouest et le sud des États-Unis et jusqu'au Mexique, le retour à Manhattan lui faisait du bien, comme si elle rentrait chez elle après une longue errance, la fin de son *Odyssée* personnelle. Elle avait accepté pour cela une invitation au Metropolitan Opera ce soir-là, comme un signal à elle-même, mais aussi au reste du monde – et surtout à Onassis.

Elle constata qu'elle avait très belle allure. Son chignon était parfait, sa robe du soir vert foncé à la coupe raffinée, sans manches et près du corps, lui allait à ravir, et la parure en émeraudes et diamants empruntée au joaillier Harry Winston, à deux pas de là, était spectaculaire : pendants d'oreilles gros comme des œufs de pigeon, large bracelet au poignet gauche et une bague énorme, presque dangereuse.

Son reflet le prouvait : la sublime Callas était de retour. L'âme meurtrie de Maria restait cachée au plus profond d'elle-même.

Alors qu'elle avait tant espéré pouvoir abandonner sa peine dans le désert du Nevada, ses pérégrinations n'avaient même pas vaguement adouci le chagrin de la rupture. Au lieu de se sentir libérée et capable de penser au retour en Europe et sur scène dont elle parlait à longueur d'interviews, elle était aussi triste ici, dans l'Upper East Side, qu'aux autres étapes de son voyage. Son cœur demeurait brisé. De Santa Fe, elle était allée en avion à Las Vegas avec son entourage. Puis, elle et Mary s'étaient rendues à Los Angeles en voiture, Larry ayant dû leur fausser compagnie, appelé par ses obligations. Elle ne s'était amusée nulle part, sauf à Disneyland. Pire encore : à San Francisco, elle avait parlé d'Onassis avec une journaliste et s'était mise dans une rage telle qu'elle avait fini par le qualifier de « rat », ce dont la reporter avait évidemment fait un gros titre. Depuis la Californie, elles étaient allées au Mexique, chez des amis de Mary, puis chez celle-ci à Dallas. Et justement en ce lieu où Maria avait espéré se sentir à l'abri et pouvoir pleurer au calme, elle s'était cassé plusieurs côtes. Embrumée par les somnifères sans lesquels elle ne parvenait plus à fermer l'œil, elle avait trébuché et était tombée dans la salle de bains. Pendant un temps, respirer la fit tant souffrir qu'elle crut presque en oublier la cause de ses tourments. Presque.

Durant toute cette période, pas un seul message ne lui parvint de Grèce. Aucun appel d'Aristo, bien qu'elle s'assurât d'être joignable en permanence. Les fleurs livrées à son lit d'hôpital de Dallas ne venaient pas de l'homme aimé, comme elle voulut d'abord le croire, mais du directeur commercial de celui-ci, à New York. Costa Gatsos était un ami fidèle pour Maria, il ne comprenait pas qu'Onassis puisse lui en préférer une autre. Elle était certaine qu'il l'avait dit à Aristo aussi, mais cela n'y changeait rien. En matière d'amour, un homme tel qu'Aristote Onassis n'écoutait évidemment pas les conseils d'un vieil ami.

Au bout du compte, ce fut une nouvelle fois Larry qui parvint à réconforter un tant soit peu Maria. Il l'emmena dîner avec quelques connaissances, et la conversation roula sur l'ouverture de la saison au Met. Un producteur de disques influent invita Maria à la soirée, et elle accepta, d'autant qu'elle pourrait convier ses meilleurs amis. D'abord effrayée et déconcertée par sa décision de reparaître en public, elle conclut après mûre réflexion que si elle voulait guérir de son chagrin d'amour, elle ne pouvait plus rester barricadée dans des chambres d'hôtel, à attendre près du téléphone.

— Je dois – je veux montrer – à tout le monde que la Callas n'a pas disparu, confia-t-elle à Mary pendant une tournée de shopping chez Bergdorf Goodman, le grand magasin le plus luxueux de Manhattan.

Et voilà que, dans sa belle robe et ses bijoux scintillants, prête pour le grand soir, elle se sentait vide. Larry lui avait assuré que le public lui rendrait hommage même si elle ne venait qu'en spectatrice à *Adriana Lecouvreur*, l'opéra de Francesco Cilea. La Callas réapparaissant enfin dans une salle majeure provoquerait un tonnerre d'applaudissements, qu'elle soit sur scène ou pas.

Surtout, on observerait à la loupe ses retrouvailles avec sa consœur Renata Tebaldi. Engagées toutes les deux à la Scala des années plus tôt, elles s'étaient mené une concurrence acharnée pour le titre de *diva assoluta*. La presse avait relaté plusieurs anecdotes peu glorieuses, que Maria ne considérait que comme l'expression de la tension subie sur scène. C'était finalement elle qui avait remporté le duel contre la Tebaldi, surnommée « La voix d'ange » – à juste titre, comme Maria l'admettait à présent. Sa rivale avait quitté Milan peu après, mais les échanges publics de méchancetés avaient longtemps perduré. Maria partageait désormais l'avis de Larry : l'heure était venue de se réconcilier, et la soirée mondaine qui suivrait la première au Met constituerait le cadre idéal. Non seulement l'apparition de Maria Callas ferait de l'ombre à la prestation de Renata Tebaldi, mais en plus, les photos qui seraient publiées partout dans le monde atteindraient sans nul doute Aristote Onassis. Elle voulait lui montrer ce qu'il ratait.

Le téléphone sonna et Maria tressaillit. Elle trottina sur ses escarpins jusqu'à l'appareil puis hésita un instant. Que ferait-elle si c'était Aristo ? On allait venir la chercher d'une minute à l'autre et elle ne pouvait pas se permettre le moindre délai : son apparition n'aurait aucun sens si elle arrivait en retard et devait se glisser discrètement jusqu'à sa place. Pourtant, elle voulait parler à Aristo. Elle donnerait tout pour entendre la voix de l'homme qu'elle aimait toujours de tout son cœur.

Elle décrocha d'une main tremblante.

— Oui ?

— C'est Mary, je t'attends dans le lobby. Descends, le chauffeur est là.

Toujours pas d'Aristo.

Pourquoi ne pouvait-elle pas s'empêcher d'attendre son appel ? Ne pas se libérer de lui, le laisser à l'autre ?

Maria ravala ses larmes. Elle n'était pas seulement une excellente soprano, mais aussi la meilleure comédienne jamais vue sur une scène d'opéra. Son rôle de ce soir semblait clair : la Callas entrerait au Met sous les acclamations de ses admirateurs, elle serait la générosité personnifiée et pardonnerait ses méchancetés à la Tebaldi. Tout comme elle pardonnerait ses aventures à Aristo s'il la suppliait un jour de lui revenir.

Elle releva la tête et se mit en route.

* * *

Les flashs crépitèrent, aveuglants. Pour la première fois depuis des années, elle apparaissait en public sans Aristo. La Callas était de retour.

En pénétrant au Metropolitan Opera House, dans le Lincoln Center, elle fut accueillie par la reconnaissance que lui avaient prédite ses amis. Elle sentait la présence de Mary derrière elle plus qu'elle ne la voyait, mais cela la rassurait. Si Maria combattait toujours son chagrin d'amour, la Callas, elle, se faisait à nouveau acclamer par son public. Alors qu'elle se rendait vers la loge de l'intendant, elle entendit non seulement des applaudissements, mais aussi des exclamations exigeant son retour sur scène. Elle traversa la foule avec majesté, la main sur le cœur, savourant l'admiration et l'amour des spectateurs de la première. Elle flottait sur un nuage de félicité qu'elle avait presque cru ne jamais retrouver.

— La Tebaldi est furieuse, en coulisses, chuchota quelqu'un derrière Maria.

L'arrivée de la Callas la plaçait au second plan.

Et c'est très bien ainsi, songea Maria. Elle sourit avec une profonde satisfaction, une sensation qu'elle n'avait plus éprouvée depuis longtemps.

Après la représentation, on l'accompagna dans les loges, où elle fêta sa réconciliation avec la Tebaldi. L'Italienne, son aînée de tout juste un an, n'eut d'autre choix que de sourire et de rendre à Maria son accolade très étudiée sous le feu des projecteurs. Les appareils photo cliquetaient sans relâche, et Maria savait que les clichés de la Callas orneraient bientôt les pages « culture » des journaux, voire leurs unes. Elle sourit avec assurance, prenant un certain plaisir à ce jeu de dupes.

Après la première, Mary et elle rentrèrent au Sherry Netherland d'excellente humeur. En traversant le lobby, Maria aperçut une pile de journaux sur un meuble. C'était sans doute le *New York Post* de la veille, qu'elle n'avait pas encore lu. Elle en prit un exemplaire au passage et dit à son amie :

— Voici ma lecture de ce soir, ça m'aidera à m'endormir.

Enivrées par leur soirée à l'opéra et tout le champagne qu'elles avaient bu, les deux femmes pénétrèrent dans l'ascenseur.

Une fois dans sa suite, Maria ôta ses chaussures, jeta le journal sur un fauteuil et s'assit à sa coiffeuse pour enlever ses bijoux. Le murmure de la rue new-yorkaise, du trafic qui ne s'arrêtait jamais, monta jusqu'à elle. Cela lui rappela Paris. Pour la première fois depuis son arrivée aux États-Unis, elle fut prise d'un vague mal du pays.

Sur le velours du vide-poche où elle les avait déposés, les bijoux scintillaient. Elle pensa un instant à acheter ces merveilles, puis se résolut à les rendre à Harry Winston comme prévu. Pas question de s'attacher à ce qui embellirait peut-être une autre femme le lendemain. Elle avait bien assez de ce genre de choses pour le moment.

Enfin démaquillée et en chemise de nuit, elle se mit au lit avec le *New York Post*. Son regard tomba sur une photographie, au bas de la première page, qu'elle n'avait d'abord pas vue. Elle rajusta ses lunettes, mais le doute n'était pas permis : Aristo, en smoking, souriait à l'objectif. À ses côtés, Jackie Kennedy rayonnait en robe du soir.

Maria s'affaissa lentement, les doigts crispés sur le journal. Au prix d'un certain effort, elle déchiffra la brève légende du cliché manifestement pris par un paparazzi. Elle était trop curieuse pour réussir à s'en empêcher.

L'ancienne première dame Jackie Kennedy et le multimillionnaire grec Aristote Onassis devant le club El Morocco *de Manhattan. Lisez l'interview exclusive de notre chroniqueur Earl Wilson.*

Aristo expose son trophée, pensa-t-elle aussitôt. *Et bien entendu, il le fait dans la boîte de nuit la plus à la mode de la ville.* Une fraction de seconde plus tard, elle prit conscience qu'il devait se trouver tout près d'elle. Ils étaient tous les deux à New York.

Maria feuilleta énergiquement le journal jusqu'à la rubrique mondaine, se coupant même le bout d'un doigt sur le papier. Elle se moquait bien de la douleur cuisante. Tremblante, elle trouva le texte qu'elle cherchait et le survola, le cœur battant à tout rompre, presque prise de nausée. Elle relut plusieurs fois un paragraphe précis jusqu'à le connaître par cœur :

> *Nous sommes en mesure d'affirmer avec quasi-certitude qu'Aristote Onassis n'a pas l'intention d'épouser Jackie Kennedy ni qui que ce soit d'autre…*

Une erreur. La pipelette de l'émission télévisée avait seulement cherché à se faire mousser. Une vague de soulagement submergea Maria. Aristo se lasserait vite de la veuve du président et lui reviendrait. Elle ne comprenait pas pourquoi il ne l'appelait pas pour mettre les choses au clair, mais cela n'avait aucune importance. Il ne voulait pas se marier. C'était tout ce qui comptait.

Incapable de rester assise, elle se leva d'un bond et envoya valser le journal. Elle commença à arpenter sa chambre avec nervosité, des hautes fenêtres du magnifique bâtiment Art déco, derrière lesquelles la nuit se changeait doucement en aube, à sa coiffeuse, où elle effleura les bijoux scintillants. Revenue à son lit, elle jeta un coup d'œil à la photo désormais froissée du couple célèbre. Maria ramassa la une du journal et tirailla sur le papier pour déchirer la photo pile entre Aristo et Jackie Kennedy.

Quand il était à New York, Aristo occupait toujours le même appartement de l'hôtel *The Pierre*, où il avait pour voisins Elizabeth Taylor et Richard Burton. Maria y était si souvent allée qu'elle connaissait le moindre détail de la suite. Retournant à la fenêtre obscure, elle eut l'impression d'y voir, non pas le reflet de sa propre chambre au Sherry Netherland, mais l'intérieur du *Pierre*, à un bloc de là. L'image était si saisissante qu'en se retournant, elle s'attendait presque à trouver Aristo dans son lit. Un mirage, évidemment.

Mais il était en ville. À tout juste une rue d'elle.

Et il n'épouserait pas Jackie Kennedy.

Maria se laissa tomber sur le bord de son lit et attrapa le téléphone. Elle demanda à la réception de la mettre en communication avec un numéro secret du *Pierre*, qu'elle avait tout autant gardé en mémoire que l'aménagement de la suite d'Onassis.

C'était le milieu de la nuit, mais il ne dormirait pas. Il ne dormait jamais à cette heure-là, elle le savait bien. Leur relation avait commencé en pleine nuit, à bord du *Christina*, durant leurs interminables conversations. Ils s'étaient raconté leurs vies, tissant des liens plus intimes que lors de bien des relations physiques passionnées, s'enlaçant avec leurs mots. Mary avait dit un jour à juste titre que Maria et Aristo ressemblaient aux deux moitiés d'un tout.

Après tout ce qui s'était passé entre eux, il fallait absolument qu'ils se parlent. Peu importe qui commencerait. S'il ne l'appelait pas, elle ferait le premier pas. Tous ces radotages sur la fierté étaient bons pour ceux qui ignoraient tout du véritable amour.

— Oui ?

Un seul mot, mais elle reconnut tout de suite sa voix qui lui avait tant manqué.

— C'est moi. Maria.

Silence au bout du fil.

— Je suis à New York.

— Je sais, répondit-il.

Il savait qu'elle se trouvait dans la même ville que lui et ne donnait pas signe de vie ? La boule qui lui bloquait la gorge grossit encore. Maria prit une profonde inspiration.

— Je trouve que nous devrions parler, souffla-t-elle.

— Non, Maria. Non. C'est fini. Tu m'as quitté. Tu l'as voulu. Il n'y a plus rien à dire.

Même si elle aurait voulu hurler qu'il se trompait, elle répliqua avec un tel calme qu'elle en parut presque penaude :

— Je ne suis pas une sainte. N'attends pas de moi que je me comporte comme telle. J'étais en colère quand tu m'as chassée du bateau, mais ce n'était pas une raison pour…

Il la coupa :

— Je t'ai dit ce que j'en pensais.

Elle entendit un claquement, sans doute son briquet ; il s'allumait une cigarette.

— Je m'en suis accommodé, reprit-il tout en soufflant la fumée. Pour moi, ce qui a existé entre nous est terminé.

Ça ne devait pas se finir ainsi. Ça ne devait pas se finir du tout.

— Mais pour moi, ce n'est pas terminé, s'exclama-t-elle, désespérée.

— Je suis navré, mais ça ne compte pas pour moi.

— Aristo, je…

Elle s'interrompit, porta la main à son cou. Elle étouffait.

— Je ne peux pas !

— Quoi ?

— Je ne peux pas vivre sans toi, murmura-t-elle.

— Eh bien, tu devras apprendre.

Il poussa un soupir, ou souffla une nouvelle fois la fumée de sa cigarette.

Que pouvait-elle ajouter ? Il était glacial, hostile. Pourtant, il ne raccrocha pas. Ce fut une lueur d'espoir. Tant qu'ils parlaient, rien n'était perdu. Les choses ne se finiraient pour de bon que s'il mettait fin à leur conversation.

Des larmes silencieuses coulaient sur les joues de Maria. *Garde contenance*, lui intima une voix intérieure. Elle déglutit, ravala ses sanglots. Un homme comme Aristo ne se laissait pas amadouer par des pleurs. Elle articula aussi dignement qu'elle le put, avec toute sa volonté :

— Tu t'es donné tant de mal pour m'avoir, pourquoi ne fais-tu aucun effort pour me garder ? Pourquoi, Aristo ? Pourquoi ?

Chapitre 20
Istanbul, début août 1959

— Comment osez-vous ? hurla Maria.

Elle se moquait complètement de la présence sur le pont des autres invités et du personnel, tout comme des nombreux bateaux qui entouraient le *Christina* dans le port de l'île de Büyükada. Du coin de l'œil, elle aperçut plusieurs photographes sur les canots à moteur les plus proches du yacht. Impossible de voir s'il s'agissait des paparazzis qui les suivaient depuis leur départ de Monte-Carlo, mais cela n'avait aucune importance. Les journalistes, ses compagnons de voyage et les membres de l'équipage pouvaient bien entendre ce qu'elle avait à dire à Aristo. Elle venait d'apprendre que, en plus de l'ambassadeur britannique, il avait aussi invité le Premier ministre turc à déjeuner à bord. Maria était folle de rage et très déçue par Onassis, qu'elle avait jusqu'ici considéré comme un patriote.

— Comment pouvez-vous inviter Adnan Menderes ? Il a du sang grec sur les mains !

Sans réagir à sa fureur, il observait l'animation qui régnait sur les eaux bleu cyan au-dessus desquelles s'étendait un ciel sans nuages, juste une nuance plus claire. Les maisons blanc et bleu pâle qui bordaient la promenade formaient un contraste lumineux avec ces tons foncés et avec les autres yachts, bateaux de plaisance et ferries qui encombraient le bassin portuaire.

— Regardez donc, dit-il sans se tourner vers elle, ce pilote intrépide, c'est mon Alexandre.

Sa voix débordait de fierté paternelle.

Maria avait remarqué depuis un moment le petit hors-bord que son fils de onze ans conduisait à vive allure entre les barques des reporters et des curieux. Il prenait des virages époustouflants, faisant voler l'écume et éprouvant manifestement un grand plaisir à éclabousser son public. Cela intéressait beaucoup moins Maria que la liste des invités. Elle secoua Onassis par le bras.

— Je vous parle !

Il la considéra enfin, un sourire amusé aux lèvres.

— Oui. Je vous entends. Mais que suis-je censé faire, selon vous ? Menderes souhaite présenter ses respects à Sir Winston. Dois-je refuser mon hospitalité au Premier ministre turc dans un port turc ?

— Vous pourriez afficher clairement vos positions, répliqua-t-elle sèchement.

— C'est bien mon intention en organisant cette rencontre. Il y va de la question chypriote, Maria. La situation diplomatique entre la Turquie, la Grèce et la Grande-Bretagne est critique. Je serais heureux d'apporter un peu de détente en ces temps de crise grâce à un modeste déjeuner.

Elle secoua la tête.

— Vous voulez faire de la grande politique, *tourkosporos*, voilà tout. Et pour vous, tous les moyens sont bons, même de trahir votre propre peuple.

— On appelle cela la diplomatie, rétorqua-t-il pour se justifier.

Étonnamment, il ne semblait pas s'offusquer des amers reproches de Maria. Il lui adressa même un sourire bienveillant en ajoutant :

— Rétablir la paix est la meilleure garantie pour mes affaires. Mes bateaux transportent des marchandises sur toutes les mers du globe, pas des armes.

— Mais Menderes est responsable de la quasi-disparition de la communauté grecque d'Istanbul. Sur ordre du gouvernement, la populace a pillé et incendié des milliers de magasins et de maisons grecs, détruit des écoles et des églises orthodoxes. Des centaines de milliers de Grecs ont dû fuir…

— Je sais tout cela, coupa-t-il. Bien que l'implication du Premier ministre dans ces affreux événements il y a quatre ans ne soit pas prouvée, j'aimerais ajouter quelque chose, entre nous…

Il s'interrompit.

— Quoi ? demanda-t-elle, impatiente.

Une corne de brume résonna quelque part, peut-être un avertissement à Alexandre Onassis. Des exclamations joyeuses leur parvinrent des autres embarcations.

— Depuis le pogrome, le patriarche œcuménique est dans une position délicate, reprit enfin Aristo. Les Turcs attendent la première occasion de chasser de leur territoire les représentants de l'Église orthodoxe grecque. Le patriarche Athénagoras est un bon ami. En organisant cette rencontre privée entre Menderes et Churchill, j'espère pouvoir consolider la position de Sa Sainteté. Si Sir Winston intervient en faveur de notre patriarche, le mien et le vôtre, le gouvernement turc n'osera guère lever la main sur lui.

Maria était impressionnée. Aristo ne cessait de la surprendre par sa bonté, son intelligence et son empathie envers les inquiétudes et la détresse de ses contemporains.

Elle hocha la tête, hésitante.

— Je comprends. Nous allons donc faire contre mauvaise fortune bon cœur ?

Il lui offrit son sourire le plus désarmant.

— Vous êtes une comédienne de génie, vous devriez y arriver.

Il éclata de rire. Ce rayonnement, cette expression de la joie de vivre la plus pure, étaient pour elle irrésistibles.

— D'ailleurs, Menderes adore les cantatrices. Je pense qu'il vous vénère.

— Je serai polie, convint-elle avec un soupir ostentatoire. Pas davantage.

— Le patriarche vous en remerciera en personne. Nous sommes attendus demain à une audience à la cathédrale Saint-Georges.

Maria écarquilla les yeux. Elle n'aurait jamais imaginé être un jour présentée au chef de l'Église grecque orthodoxe. La Callas avait déjà reçu les hommages de chefs de gouvernements et de têtes couronnées, mais pour elle qui était si croyante, rencontrer en personne le patriarche de Constantinople signifiait bien plus que des applaudissements. Quand Aristo avait prétendu être ami avec Athénagoras Ier, elle avait cru à une de ses exagérations coutumières. Ce n'était pourtant pas le cas, et en ce matin radieux, elle prit cela comme un signe du Ciel.

— Je serai aussi aimable que je le pourrai avec Menderes.

Que Dieu me vienne en aide, ajouta-t-elle en pensée.

* * *

Le lendemain, une photo de Maria Callas, Aristote Onassis, Winston Churchill et Adnan Menderes ornait la une des journaux turcs. À l'intérieur, on trouvait aussi un portrait de groupe où figuraient Lady Clementine, la fille et la petite-fille de Churchill, l'ambassadeur britannique, Tina, Artémis, les Montague Browne et Meneghini. Une compagnie de choix pour accueillir le Premier ministre turc à bord du *Christina*. Aristo avait confié à Maria que sa sœur aînée nourrissait la même réserve qu'elle envers leur invité ; elle trouva donc presque miraculeux qu'ils tiennent tous le coup jusqu'au bout, jusqu'au moment où les journalistes furent autorisés à monter à bord sous bonne garde. Pour la première fois, elle se sentit l'alliée d'Artémis, et cela constitua pour elle le point fort de ce déjeuner.

— C'est bon de savoir qu'on peut se fier aux gens qu'on aime, lui dit Onassis ce soir-là.

En compagnie de Nonie, ils admiraient la voûte étoilée qui s'étendait au-dessus de la mer de Marmara.

Maria hocha la tête, pensive.

— Enfant, j'étais moi aussi très proche de ma grande sœur. (Sa voix se durcit.) Maintenant, nous nous sommes éloignées. Iacinthy aussi voulait chanter, mais notre mère préférait ma voix à la sienne. Et puis Iacinthy était très jolie, pas comme moi. Nos chemins étaient donc tout tracés. J'ai bien peur qu'aujourd'hui, elle envie mon succès, alors que quand nous étions plus jeunes, je jalousais infiniment sa beauté.

— Je ne parlais pas juste d'Artémis, reprit Onassis d'une voix tendre.

Elle regarda Nonie, mais celle-ci souriait, très détendue, sans paraître le moins du monde remarquer la tempête sentimentale qui venait de se lever dans le cœur de Maria. Elle se tourna de nouveau vers Aristo, indécise. Bien qu'elle sache pertinemment de qui il voulait parler, elle n'en montra rien.

— Les Anglais voient sans doute les événements de Turquie d'une autre manière que les Grecs, même s'ils...

— Artémis n'est pas la seule Grecque à bord, objecta-t-il avec patience. Et ce n'est pas non plus à Tina que je pensais.

— Vous parliez d'amour, lâcha-t-elle.

Une fois de plus, elle venait de révéler sa pensée avant d'avoir pesé ses mots.

Son entêtement sembla amuser Onassis, qui éclata de rire.

— Ne me parlez pas de la confiance que je place dans mon équipage ! Je n'ai jamais demandé à mes hommes de pactiser avec le diable, mais je n'en exigerais pas moins d'eux en cas de besoin.

— Soumission inconditionnelle, marmonna-t-elle.

— Fiabilité, corrigea-t-il.

Elle hocha la tête en se gardant bien de répondre alors même qu'une multitude de questions sur ses affaires lui brûlaient les lèvres. Elle savait qu'il ne commenterait jamais leur légitimité, et ne souhaitait en fait rien savoir des origines de ses succès commerciaux. Vu sa fortune, il semblait impossible qu'il soit en permanence du côté du bien, même s'il s'était efforcé pendant toute la croisière de la convaincre de sa respectabilité. Indépendamment de ce qu'il voulait bien lui montrer, elle s'était forgé depuis longtemps sa propre opinion sur lui, un jugement beaucoup plus positif qu'elle ne s'y était attendue. Durant ces journées en mer, Aristo lui apparaissait comme un homme éminemment sympathique, très séduisant, mais aussi spirituel, chaleureux, et qui aimait ses enfants. C'était un homme dont elle aurait rêvé, et dont elle croyait depuis l'âge adulte qu'il n'existait pas.

— Maria…

Arrachée à ses pensées, elle le regarda, presque étonnée.

— Oui ?

— Vous savez que je vous désire depuis longtemps, et…

— Oui. Non.

Elle ne voulait pas qu'il poursuive, que, sous ce ciel nocturne où les étoiles scintillaient comme autant de diamants sur un tapis de velours, il dise quelque chose qui la touche au cœur, mais qui se révèle ensuite, aux premiers rayons du soleil, un mensonge bien intentionné. Ou l'expression de l'attirance passagère d'un homme qui pouvait tout s'acheter – tout, sauf l'amour d'une diva. Un amour qu'il possédait déjà, comme elle le comprenait désormais.

Elle regarda de nouveau Nonie. Celle-ci, l'air indifférent, ne semblait pas se douter de l'importance de leur conversation, menée en grec.

— Je suis honorée que vous me mettiez à la hauteur de votre sœur, reprit-elle.

Elle se sentait comme une jeune fille refusant sa première demande en mariage.

— Mais ne cherchez pas à me faire tourner la tête. Aucun de nous deux n'est libre. L'adultère est un péché, nous n'avons pas le droit.

— Dites-moi donc où commence l'infidélité. Ici ? l'interrogea-t-il en se frappant la poitrine. Dans mon cœur ? Ou seulement au lit, quand on touche enfin ce que l'on désire au point d'y penser jour et nuit ?

Elle avait les joues en feu. C'était la première fois qu'un homme lui exposait aussi ouvertement le désir qu'elle lui inspirait, et cela l'emplit d'une excitation sensuelle inattendue. Que pouvait-elle dire ? Que, si Meneghini ne dormait pas en dessous, dans leur cabine, elle offrirait sur-le-champ à Aristo ce qu'il lui demandait ? Elle ferma les yeux.

— Je devrais retourner auprès de mon mari.

— Ne ressentez-vous donc pas, vous aussi, ce qui est né entre nous ? Cet amour ?

Sur une scène d'opéra, elle aurait su comment achever ce dialogue. Mais ici, face à cet homme, elle était impuissante. En même temps, elle prit conscience qu'Aristo et elle étaient allés trop loin, et que de sa réponse dépendrait ce qu'ils deviendraient l'un pour l'autre à l'avenir. Peut-être que sa vie d'épouse de Battista Meneghini se jouait en cet instant. *Je vais le quitter*, pensa-t-elle une fois de plus. *Dès que nous serons de retour en Italie, je le quitterai.* La seconde d'après pourtant, elle fut terrifiée à l'idée de franchir ce pas.

— Je vais me coucher.

Elle se leva de sa place désormais attitrée. Ne manquait plus que son nom sur le dossier, comme sur la chaise d'un metteur en scène.

Aristo se leva lui aussi d'un bond.

— Bonne nuit, Maria. Vous ne pourrez hélas pas faire la grasse matinée. Nous devons partir tôt, demain matin, pour notre audience à la cathédrale Saint-Georges.

Elle hocha la tête en silence, soulagée de pouvoir se préparer à sa rencontre avec le patriarche avant de s'endormir sans devoir penser aux désirs ni aux sentiments d'Aristo. Sans le regarder, elle se tourna vers sa compagne de voyage.

— *Good night*, Nonie.

* * *

Onassis avait organisé une visite du palais de Topkapi pour ses invités britanniques, non orthodoxes. Tout comme Churchill, qui préféra rester à bord, Meneghini refusa d'y participer. L'époux de Maria insista pour visiter la cathédrale Saint-Georges. Elle n'y vit d'abord pas de mal, ayant elle-même visité à ses côtés des églises catholiques italiennes. Puis elle prit conscience qu'il voulait la contrôler. Loin de s'intéresser à la foi de sa femme, il éprouvait le besoin de la garder à l'œil. Quand elle le comprit, il était trop tard pour protester contre cette surveillance.

La cathédrale se trouvait à Fener, l'ancien quartier grec pillé quatre ans plus tôt. Dans la voiture qui les y conduisait, Maria s'efforça de ne pas regarder par la vitre, mais elle ne put s'empêcher d'apercevoir les fenêtres brisées, les murs brûlés et les toits effondrés. Quatre ans après la « nuit de cristal d'Istanbul », les dégâts n'avaient pas encore été tous réparés et de nombreux bâtiments restaient en ruines. Elle sentit renaître sa colère contre le Premier ministre turc et se demanda, désespérée, si un simple déjeuner avec Winston Churchill et une poignée de main de la Callas suffiraient à protéger le patriarche grec des nationalistes turcs.

Au premier coup d'œil, l'évêché faisait l'effet d'un simple pavillon de gardien auprès de la splendide Sainte-Sophie, bâtie mille cinq cents ans plus tôt comme église du couronnement de l'empereur byzantin et siège du patriarcat œcuménique. Maria et les autres avaient visité la veille le musée qu'elle abritait. Voilà donc la cathédrale Saint-Georges, avec cette façade ressemblant à celle d'une sorte de grand hôtel particulier. Elle descendit de voiture avec un profond soupir, rajusta le foulard qui couvrait sa tête et, au bras de Meneghini, suivit Onassis, Tina, Artémis et le capitaine du *Christina* dans la maison de Dieu. Pour une fois, elle prêta à peine attention à la foule regroupée devant les fenêtres à croisillons de l'entrée. Bien que les acclamations soient manifestement destinées à la Callas, celle-ci pénétra la tête basse dans le plus important lieu de culte de sa religion.

Un fort arôme d'encens l'accueillit et son odeur balsamique, à la fois douce et boisée, l'enveloppa. Des chœurs byzantins s'élevèrent du jubé, psalmodies antiques qui emplirent la haute salle d'une ambiance presque irréelle. Au fond, les images dorées de l'iconostase brillaient à la lueur des dizaines de cierges disposés dans des candélabres. Devant eux, le patriarche attendait ses invités. Athénagoras était un homme âgé, étonnamment grand, dont la barbe d'une blancheur de neige lui descendait jusqu'à la taille. Sous le *kamilavkion* noir, son visage sillonné de rides se montrait bienveillant, ses yeux globuleux très vifs. Il sembla à Maria que Sa Sainteté regardait droit dans son âme. Livrée à ces impressions intenses, elle se crut en transe.

— Maria, dit Aristo en la séparant de Meneghini avec douceur, mais fermeté, le patriarche aimerait vous remercier en personne de votre soutien.

Du coin de l'œil, elle vit son mari s'asseoir sur un des sièges en velours rouge disposés comme dans une église catholique. Il était inhabituel de voir autant de chaises dans un lieu de culte grec orthodoxe. Meneghini n'avait pas l'air ravi, mais elle fut soulagée qu'il se tienne en retrait sans protester.

Elle s'approcha de l'autel, tête basse, et s'agenouilla. Bouleversée par ce moment exceptionnel, elle en oublia les autres croyants, derrière elle, et se détacha complètement de la réalité. Seul le patriarche comptait, et Onassis incliné près d'elle.

Maria se concentra pour suivre la liturgie, récitée en grec d'un ton monocorde. Le phrasé suave souligné par les chants millénaires des prêtres lui fit l'effet d'un chœur d'anges et renforça la majesté de cet instant, le sentiment d'être éloignée de tout. Quand Athénagoras posa une main sur la tête de Maria et une sur celle d'Aristo, une vague de chaleur lui parcourut le corps, comme un charme qui prendrait possession d'elle. Elle ferma les yeux pour tout ressentir avec plus d'intensité et mieux écouter.

Athénagoras ajouta à sa bénédiction un hommage aux deux fidèles. Il qualifia Maria de « meilleure chanteuse du monde » et Onassis de « plus célèbre marin du monde moderne, nouvel Ulysse ».

Elle sourit instinctivement.

Le patriarche les remercia ensuite au nom du peuple grec, affirmant que Maria Callas et Aristote Onassis lui faisaient tous deux honneur. Puis il entama une prière.

— Mais elle est déjà mariée ! lança une voix en italien, à l'arrière-plan.

Maria rouvrit brusquement les yeux. Comment Meneghini osait-il interrompre ce moment d'éternité par une exclamation aussi ridicule ?

— Chut ! siffla quelqu'un, scandalisé.

Elle craignit un instant que son cœur s'arrête de battre. Supporter un tel éclat de son mari, qui ignorait tout du rite orthodoxe, était au-dessus de ses forces. Elle se sentit impuissante, et écœurée face à cet homme incapable de respecter sa foi.

— Ce n'est qu'une bénédiction, souffla le capitaine Anastasiades en italien.

Meneghini parut rassuré ; on n'entendit plus une plainte, plus une protestation.

Pourtant, Maria fut plus bouleversée que jamais. Elle regarda droit dans les yeux bienveillants du patriarche. Il lui rendit son regard en continuant sa prière, mais elle eut l'impression qu'en cet instant, il ne parlait qu'à elle.

Et soudain, elle sut avec une certitude absolue ce qu'elle avait à faire.

* * *

Maria garda d'abord le silence, s'efforçant de conserver le plus longtemps possible les sensations qui l'avaient submergée dans la cathédrale Saint-Georges. L'entrevue avec le patriarche n'était pas terminée : Aristo l'avait invité à déjeuner à bord, ce qu'Athénagoras avait accepté avec gratitude. Le repas se déroula toutefois dans une ambiance tendue. Au début, Churchill parut mal à l'aise en présence de l'ecclésiastique orthodoxe, puis Artémis but quelques verres de trop qui lui inspirèrent des réflexions déplacées. Meneghini bouda et Maria resta muette, sans tenter de l'égayer. Leur hôte était très tendu, s'efforçant de contenter tout le monde.

Après avoir pris congé d'Athénagoras, Onassis s'adressa aux journalistes attroupés sur le quai avec sa nonchalance habituelle :

— Je serais ravi de mettre mon yacht à la disposition des responsables politiques turcs et grecs pour une croisière, s'ils s'assurent que la démocratie règne à Chypre.

Puis il remercia les représentants de la presse et revint à bord du *Christina*.

Quand il remonta la passerelle, tournant le dos aux curieux, Maria vit sa mine tendue. Elle ne put s'empêcher d'admirer une fois de plus son habileté diplomatique. Il ne cessait de l'impressionner, même après une messe pareille, qui aurait dû suffire pour toute une vie.

Onassis se retira, perdu dans ses pensées, et Maria se demanda si cette journée l'avait autant bouleversé qu'elle.

Même si ses ambitions politiques exigeaient certainement toute son attention, elle refusait de croire que la bénédiction du patriarche l'avait laissé de marbre. Si Aristo ressentait en cet instant la même chose qu'elle, il faisait face lui aussi aux ruines de son mariage. Mais voulait-il vraiment quitter Tina ? Pour elle ? À bien y réfléchir, il n'avait jamais prononcé la moindre allusion dans ce sens. D'un autre côté, elle n'avait pas manqué une occasion de lui rappeler qu'elle considérait les vœux qui l'unissaient à Meneghini comme indissolubles. Mais n'avaient-ils pas ce matin même reçu la bénédiction pour un divorce ? Elle se souvenait parfaitement du regard du patriarche, elle y avait lu son autorisation tacite de suivre son cœur.

Sans prêter attention à la beauté de la mer bleu foncé, elle observait le port et le palais de Dolmabahçe derrière lequel des minarets s'élançaient vers le ciel. Il avait été le siège du gouvernement de Mustafa Kemal Atatürk avant qu'Ankara devienne la capitale de la Turquie. La première fois qu'elle avait vu ce château, il lui avait rappelé un *palazzo* de Venise. Même s'il était un peu plus grand que la plupart des bâtiments du Canal Grande, il avait été érigé dans le même style, un siècle plus tôt, pour un sultan ottoman dont elle avait oublié le nom. Aristo le connaissait, évidemment. Bien qu'il ait dû quitter l'école sans diplôme et n'ait jamais fréquenté d'université, il possédait une érudition impressionnante, un mot qui ne cessait de lui venir à l'esprit quand elle pensait à lui. Cet homme était véritablement *impressionnant*.

La migraine lui martela soudain le crâne. Toutes ces réflexions l'épuisaient. Pourquoi se perdait-elle en considérations aussi inutiles ? Elle avait pris sa décision devant l'autel. Il était temps d'en faire part aux personnes concernées.

Le bureau d'Onassis se trouvait dans sa suite de quatre pièces sur le pont. Maria n'y était entrée qu'une fois, quand il avait fièrement fait visiter le yacht à ses invités au début de la croisière. Aujourd'hui, elle fut accueillie par un steward qui frappa et l'annonça à son chef.

Quand elle entra, Aristo, derrière son bureau Louis XVI, s'apprêtait à décrocher un de ses trois téléphones. Il était torse nu. Cette tenue légère lui donnait l'air beaucoup plus décontracté, et il l'accueillit avec un sourire éclatant.

— Maria ! Quelle plaisante surprise !

Il tendit une main derrière lui pour attraper un vêtement sur le dossier de son siège. De l'autre, il lui indiqua le fauteuil destiné aux visiteurs, en face de lui.

— Vous n'avez pas besoin de vous rhabiller pour moi, dit-elle en s'asseyant.

Prenant conscience qu'ils étaient pour la première fois seuls dans une pièce fermée du yacht, elle ajouta :

— Je ne resterai pas longtemps.

— Et moi, je connais les convenances, répliqua-t-il, amusé.

Il valait vraiment mieux qu'il s'habille. Même si elle l'avait souvent vu en caleçon de bain sur le pont supérieur, en cet instant, le spectacle de son corps la troubla plus que jamais. Elle voulait sentir ses bras se refermer sur elle, enfouir son visage dans la toison foncée de son torse, poser les lèvres sur son épaule bronzée, inspirer son odeur. Jamais encore la vue d'un homme ne lui avait inspiré cela.

Embarrassée, elle se tourna vers le portrait aux couleurs éclatantes accroché derrière lui, celui d'une jeune femme brune au beau visage et aux yeux expressifs. Le tableau rayonnait sur la paroi en lambris sombres, mais elle ne s'en souvenait pas. Le jour de la visite du yacht, la peinture du Greco accrochée en face avait attiré toute son attention, une Vierge à l'Enfant avec sainte Martine et sainte Agnès. Ses tons rouges, rosés, verts, bleus, jaunes et orangés l'avaient ensorcelée, lui rappelant la petite image de la Vierge qui ne la quittait jamais. Cette fois-ci, le portrait de l'inconnue la fascina ; sa qualité était très inférieure à celle du tableau de la Renaissance, mais elle possédait une expressivité indéniable.

— Qui est-ce ?

Elle se mordit les lèvres, gênée, en se rendant compte de l'impertinence de sa question.

— Penelope Onassis, répondit-il tranquillement en boutonnant sa chemise. Ma mère. Je l'ai fait réaliser d'après une vieille photographie, la seule chose qui m'est restée de ma maison quand j'ai quitté Smyrne. Certains prétendent qu'il n'est pas très réussi. Il vous plaît ?

Ce qui lui plaisait surtout, c'était qu'il ait eu la délicatesse de commander ce portrait.

— Je trouve très beau que vous honoriez ainsi votre mère.

— C'est gentil, merci. (Son sourire devint moins personnel.) Que puis-je faire pour vous ? Vous n'êtes sûrement pas venue ici sans raison.

— Non. Bien sûr que non.

Elle chercha ses mots, indécise, et se tortilla nerveusement sur son siège. Comment lui avouer ce qui l'obsédait ?

— Je suis ici…

Elle s'interrompit, effarée par ce qu'elle était sur le point d'accomplir. C'était pourtant le seul moyen d'obéir à ses sentiments.

— Je suis ici pour vous annoncer que vous pouvez avoir ce que vous désirez.

Il garda le silence, la fixant d'un air impassible.

Elle s'était attendue à une tout autre réaction.

Peut-être qu'il ne comprend pas, lui souffla une voix intérieure.

Elle déglutit puis déclara du ton le plus solennel qu'elle pût :

— Je vais quitter mon mari. C'est terminé.

Il prit une profonde inspiration, mais resta muet.

— Notre mariage ne fonctionne plus, mais… C'est avant tout pour vous que je le fais. Je voudrais être libre pour vous, Aristo.

C'était dit. Quel effort ! Elle avait enfin exprimé ce qu'elle ressentait.

Enfin, enfin, il réagit.

— Vous faites de moi l'homme le plus heureux du monde, murmura-t-il, manifestement ému.

D'un seul coup, elle se sentit d'une légèreté infinie. Ses joues étaient écarlates, sa gorge desséchée par la nervosité, et une lueur intérieure prit possession d'elle, comme si quelqu'un venait d'allumer une lumière dans son âme. Elle le regarda et lui rendit son sourire, tout droit venu d'un lieu qu'elle brûlait d'explorer.

Sans la quitter des yeux, Aristo fit le tour de son bureau et la rejoignit. Il posa les mains sur son visage et se pencha vers elle.

— J'en ai envie depuis si longtemps, murmura-t-il.

Son souffle effleura ses joues, sa bouche toucha tendrement la sienne.

Le regard du patriarche restait gravé dans l'esprit de Maria. Elle repoussa doucement Aristo.

— Es-tu prêt à quitter Tina ?

— Oui. Oh oui.

Il lui ôta prudemment ses lunettes, les posa sur son bureau derrière lui, se pencha de nouveau vers elle et l'embrassa. Enfin.

C'est le destin qui le veut, pensa-t-elle.

Puis elle ne pensa plus rien.

* * *

Presque tous les librettos comportent au deuxième acte une grande scène qui se déroule en général pendant une fête. Maria avait souvent chanté de tels passages, elle connaissait bien, grâce à la scène, le tumulte et la fragilité du bonheur qui s'ensuivait. Quand Aristo décida d'organiser une fête sur le yacht ce soir-là, elle ne voulut penser ni au troisième acte, souvent difficile, ni aux problèmes qui l'attendraient en Italie après la croisière. Le *Christina* quitterait Istanbul dans la nuit pour retourner vers l'ouest. Elle ignorait si c'était la raison de cette petite fête. Peut-être voulait-il aussi célébrer la décision de Maria et son propre espoir de vivre un grand amour. Il ne le lui dit pas, et cela importait peu : jamais elle ne s'était sentie aussi insouciante que cette nuit-là.

Ils étaient convenus de ne pas dévoiler leurs sentiments mutuels, par égard pour les Churchill et les autres invités et surtout, bien sûr, par respect envers leurs conjoints respectifs et les enfants d'Aristo. Ils ne voulaient pas jouer les tourtereaux devant tout ce monde, sans compter les quarante-cinq membres d'équipage. Ils auraient toutefois du mal à s'en tenir à leurs rôles habituels, même si personne ne remarquait le tutoiement qu'ils employaient à présent.

Malgré tout, ce soir-là, Maria ne put pas s'empêcher de flotter sur un petit nuage. Elle débordait de vitalité et discutait avec une verve peu commune. Après le dîner, auquel assistèrent aussi l'ambassadeur britannique et son épouse, presque tous les passagers se retrouvèrent sur le pont pour boire du champagne et admirer la lune décroissante. Quelqu'un mit des disques de jazz, on dansa sur la piscine fermée. Maria fredonnait en cadence et Aristo, faisant fi de ses obligations d'hôte, il ne dansa qu'avec elle. Même s'ils devaient conserver une certaine distance, ils pouvaient ainsi être proches, se prendre par la main et se sourire. Comme s'ils voulaient retenir le bonheur qui commençait à se répandre en eux. Plus tard, il prit un malin plaisir à faire sursauter ses amis en jouant avec le mécanisme du couvercle de la piscine pour abaisser un peu la piste de danse. Tout le monde s'amusait, Maria n'avait jamais autant ri.

Elle rentra dans sa cabine bien après minuit, s'attendant à trouver Meneghini endormi. Il s'était retiré juste après le dessert, maussade, déclarant qu'il ne pouvait pas se divertir si elle refusait de traduire les conversations pour lui et ajoutant que la journée l'avait épuisé. Pourtant, quand elle entra, il était assis au bord du lit, l'air vexé.

— Où étais-tu ?

Elle se pencha pour défaire les sangles de ses chaussures, dissimulant ainsi son expression de pur bonheur.

— Sur le pont. Tu le sais bien, murmura-t-elle d'un ton qu'elle espérait neutre.

— Tu t'es laissée aller, je ne t'avais encore jamais vue ainsi. Je suis content que tu te distrais, après tout, tu es jeune. Mais n'oublie pas de rester convenable.

Il parlait comme une gouvernante, d'un ton affligé, réprobateur et vieux jeu.

Je ne tiendrai pas le coup jusqu'à la maison, pensa-t-elle.

Elle se redressa lentement et se planta face à lui, très droite, comme dans une scène de *La Traviata* : Violetta Valéry affrontant le père d'Alfredo quand celui-ci exige qu'elle rompe avec son fils.

— C'est fini, annonça-t-elle d'une voix ferme et calme. J'aime Ari Onassis.

— Ne sois pas ridicule, gronda son mari. Il est marié et se sert de toi. Ne crois rien de ce qu'il te dit. Cet homme ne cherche qu'à s'afficher avec toi. Son intérêt à ton égard ne va pas plus loin.

Ses mots la blessèrent, mais elle n'en montra rien. Elle commença tranquillement à se préparer pour la nuit.

— Dis ce que tu veux, lança-t-elle depuis la salle de bains. Cela ne changera rien à ma décision.

— Qu'es-tu donc, sans moi ? (Meneghini poussa un sanglot théâtral.) J'ai tout fait pour ta carrière. Comment espères-tu reprendre le chant sans que je négocie pour toi ? Tu vas te faire avoir, Maria ! Aucun opéra ne te paiera plus les gages que tu mérites !

Elle s'adossa au cadre de la porte, le visage blanc de crème démaquillante, et agita la serviette qu'elle tenait à la main.

— Tu te trompes, sur ce point comme sur tous les autres. Je ne veux plus chanter. On dirait que tu l'oublies tout le temps. J'ai besoin d'une pause, et quand tu cesseras de me dicter ma conduite, je pourrai enfin prendre cette liberté.

Les phrases volaient comme des projectiles, sans qu'ils haussent le ton. Maria ne criait pas, fatiguée de ces disputes. Lui usait tour à tour de bouderies et de lamentations avant de revenir aux insultes, qu'elle contrait avec une dureté implacable, mais aussi un sang-froid inspiré par la pensée d'Aristo. La nuit fut longue, une nuit qu'elle aurait mille fois préféré passer sur le pont, à discuter avec l'homme qu'elle aimait. Pourtant, elle savait que sa vie avec Meneghini touchait à sa fin. Elle tiendrait le coup. L'amour d'Aristo lui conférait une force inattendue.

Chapitre 21
Athènes, 9 août 1959

Trois jours après son départ d'Istanbul, et ayant fait escale à Mykonos, le *Christina* atteignit le dernier port avant son retour. Ces trois journées furent difficiles pour Maria. Bien qu'elle n'ait jamais cru cela possible, son aversion et sa rancœur envers Meneghini s'aggravèrent encore. Non content d'estimer avoir un droit de propriété sur l'artiste qu'elle était, il étendit encore sa surveillance : il ne la quittait presque plus des yeux, la suivant comme une ombre, préférant s'endormir à table devant les autres passagers que de se retirer dans leur cabine. Quand, sur une plage des Cyclades, elle nagea au loin dans la mer Égée, transparente comme du cristal, il la suivit en pédalo. Elle se jurait chaque matin de ne pas lui adresser la parole de la journée puis finissait par se disputer avec lui, espérant qu'il admette enfin que leur mariage était terminé et qu'il la laisse en paix. Mais il ne voulait rien savoir.

Évidemment, la tension entre les époux ne passa pas inaperçue à bord, pas plus que la froideur croissante qui régnait entre Maria et Tina et entre Meneghini et Aristo. Ce dernier essayait toujours d'incarner l'hôte parfait, une tâche désespérée. Surtout, il tenait beaucoup à ce que Sir Winston et son épouse ne se rendent pas compte que deux ménages se brisaient sous leurs yeux. Maria était émue par le dévouement filial avec lequel Aristo s'occupait du grand homme. Il venait souvent le voir, s'assurait qu'il ait toujours de la compagnie, jouait aux échecs et discutait de navigation avec lui ; il l'aidait même parfois à manger. Son attitude envers Churchill prouvait à Maria qu'Onassis était bien plus qu'un hôte charmant et généreux. C'était un homme plein de chaleur et d'empathie, et remarquablement intelligent. Elle ne l'en aimait que davantage chaque jour.

L'armateur se détendit un peu quand ils arrivèrent à Athènes. Artémis et son mari, le docteur Theopolos Garofalidis, recevaient pour le dîner dans leur villa d'une plage de Glyfáda, et pour cette soirée au moins, Onassis se sentit délivré de ses obligations d'hôte. Quand son beau-frère vint chercher ses invités dans sa propre voiture pour les emmener à l'Acropole, Aristo prit patiemment congé d'eux sur le pont, l'un après l'autre. Maria descendit la dernière, s'assurant que Meneghini emprunterait la passerelle avant elle. Elle put ainsi se rapprocher d'Aristo un bref instant.

Leurs mains s'effleurèrent comme par inadvertance.

— Je ne peux pas venir, déclara-t-il avec un regret évident. Le travail m'appelle, des coups de fil, des lettres. Le courrier des deux dernières semaines m'attend chez moi. Je suis pour ainsi dire le voisin d'Artémis et Theopolos.

Maria rêvait qu'il l'invite chez lui, mais c'était impossible. Sa maison était aussi celle de Tina et de leurs enfants. Pourtant, elle aurait aimé voir comment il vivait à terre, prendre part aux moindres détails de sa vie.

— Je descends avec les autres uniquement parce que je ne peux pas rester à bord sans toi, je deviendrais folle, répondit-elle à voix basse. Je n'ai pas très envie de rafraîchir mes souvenirs d'Athènes, ma dernière visite ici a été désastreuse.

Il sourit.

— Je m'assurerai qu'à l'avenir, tu voies cet endroit d'un tout autre œil.

Elle haussa les sourcils, amusée.

— Qu'est-ce que tu mijotes ?

— Tu verras. À ce soir, *antio sas*[1] !

La patience n'était pas le fort de Maria, et elle n'aimait pas du tout les surprises, mais elle n'avait guère le choix. Pendant la visite de la ville, qu'elle trouva assommante, elle ne cessa de penser à Aristo sur le pont, rayonnant en pantalon et chemise blancs et cravate club à rayures bleues. Pourrait-il se relaxer un peu dans sa villa, après la tension des derniers jours ? Annoncerait-il à Tina, une fois de retour dans leur maison de Glyfáda, qu'il voulait se séparer d'elle ? Dans quelle ambiance se passeraient la soirée et le reste de leur voyage une fois qu'il aurait avoué à sa femme qu'il en aimait une autre ? Maria était certaine que Tina, comme les autres passagers, devinait qu'Aristo et elle étaient devenus proches, mais pour le moment, seul Meneghini savait jusqu'où allaient leurs sentiments et les conséquences qu'ils auraient.

Ces pensées occupaient toujours Maria quand elle s'assit avec les Anglaises sur la plage de sable fin et blanc, à l'ombre d'un parasol. Meneghini avait choisi la terrasse d'un café de la promenade comme poste de surveillance, de là, il avait vue sur toute la baie. Maria participa à contrecœur à la conversation de ses compagnes, oubliant chaque phrase à la seconde où elle la prononçait. Elles nagèrent ensemble dans l'eau tiède d'un bleu lumineux. En plongeant dans les vagues, elle abandonna tout l'espace d'un instant : l'œil acéré de Meneghini et l'avenir avec Aristo, ses engagements artistiques pris avant le voyage et qu'elle comptait assurer, ses problèmes de voix et sa crainte de ne pas en venir à bout.

1. « Au revoir », en grec.

Elle s'éloigna de la rive en crawl puis fit la planche, les yeux fermés. Ignorant les bruits de la plage, elle ne perçut plus que le silence, les clapotis de l'eau contre son corps, une mouette qui criait au-dessus d'elle. Elle regarda le ciel et se sentit intimement liée aux éléments, telle Thétis, la plus belle des néréides.

— Houhou, Maria !

La voix de Nonie brisa l'illusion. Sa compagne de voyage lui faisait signe, il était l'heure de rentrer. Maria lui rendit son geste.

Tout en nageant vers la plage, elle remerciait en pensée sa prévoyante gouvernante, Bruna, qui lui avait recommandé d'emporter une perruque pour le cas où elle n'aurait pas le temps de se recoiffer après une baignade. Grâce à cela, Maria pourrait ce soir assurer son rôle de diva, visuellement du moins. Son cœur, lui, savait qu'elle n'aspirait qu'à être la femme aux côtés d'Aristote Onassis, et à ne plaire qu'à lui.

* * *

Durant la soirée, Maria se demanda à plusieurs reprises si Artémis et son mari cherchaient à faire de l'ombre à Aristo. Ils habitaient un bungalow moderne, en haut d'une colline avec vue sur la mer, entouré de pins, cyprès, lauriers-roses, glycines, jasmins et rosiers au parfum envoûtant. La piscine ne pouvait certes pas être recouverte, et était entourée d'innombrables bougies au lieu des fontaines colorées du *Christina*, mais l'effet n'en demeurait pas moins enchanteur. Des lampions luisaient dans les arbres et la pelouse accueillait la haute société de Glyfáda, la banlieue la plus chic d'Athènes. D'autres invités étaient venus du monde entier, dont Spyros Skouras, un petit septuagénaire aimable, ventru et dégarni, l'un des grands patrons de Hollywood. Il mit le grappin sur Maria et chercha à la convaincre, dans un mélange de grec et d'anglais dont il semblait coutumier, de jouer dans un film de sa compagnie, la 20th Century Fox. Le trouvant drôle et intéressant, elle se laissa courtiser bien qu'elle n'ait jusque-là jamais songé à troquer la scène contre une place devant la caméra.

— Puis-je vous enlever madame ?

Onassis venait de surgir devant les fauteuils de jardin où Skouras et Maria s'étaient retirés avec divers digestifs et du champagne. Même Meneghini, en comprenant qu'ils parlaient d'une éventuelle carrière cinématographique pour son épouse, s'était abstenu de les interrompre, sur quoi Maria, ravie, s'était laissée aller à un bavardage plus enthousiaste qu'elle n'en avait eu l'intention.

— Non, Ari, non, protesta le producteur. Maria Callas n'a encore rien signé.

— Et je lui déconseillerais vivement de le faire !

Aristo sourit, dévoilant des dents d'une blancheur éclatante tandis que ses yeux restaient cachés derrière ses lunettes noires. Il ajouta avec une amabilité teintée d'une pointe d'impatience :

— Je suis son conseiller financier et je dois donc absolument lui parler avant toute décision. Elle revient tout de suite, Spyros. (Il tendit la main à Maria.) Voudriez-vous m'accompagner un instant ?

— Allez-y, Maria, allez-y, lança joyeusement Skouras. Mais je ne bougerai pas d'ici sans connaître la date précise de votre arrivée à Hollywood.

— Je serai de retour dans un instant, répondit-elle en souriant.

Elle se leva, les genoux flageolants. Que voulait donc Aristo, si tard dans la nuit ? S'agissait-il de la surprise qu'il avait évoquée le matin ? Ils avaient à peine échangé quelques mots au cours de la soirée, et Maria croyait presque qu'il n'y pensait plus.

Il l'entraîna dans les fourrés. Le moment semblait bien choisi : Meneghini, après avoir admis qu'il ne pourrait pas surveiller la conversation de Maria avec Skouras, avait disparu. En quelques secondes, ils atteignirent un sentier de sable et de gravier qui descendait en pente raide le long du jardin. Un coup d'œil en arrière lui révéla l'impossibilité de les voir depuis la villa.

— Où sommes-nous ?

Aristo l'attira à lui.

— En sûreté. (Il porta la main de Maria à ses lèvres pour l'embrasser.) Viens, je voudrais te montrer quelque chose.

Elle se félicita de ne porter que des chaussures plates, ayant renoncé aux talons hauts à cause de la petite taille d'Aristo. Jamais elle n'avait fait preuve d'autant de tact à l'égard de Meneghini. Ce soir-là, son choix se révéla particulièrement judicieux : le sol cahoteux et pentu aurait ruiné des escarpins, sans compter qu'elle aurait risqué de se briser une cheville.

Ils arrivèrent enfin à une cabane aux murs de pierre, sans fenêtre. L'unique vitre était enchâssée dans la porte en bois bleu. Aristo sortit de sa poche une clé rouillée et ouvrit le battant, qui grinça sur ses gonds. De l'autre main, il alluma son briquet.

Maria entra à la lueur de la petite flamme. Aristo enflamma quelques bougies tandis qu'elle regardait autour d'elle, stupéfaite. Des outils de jardin étaient alignés contre un mur, dans un coin s'empilaient des caisses de bouteilles de vin et du matériel de pêche, une chaise bancale était posée, retournée, sur une petite table. Son regard fut attiré par des couvertures de laine empilées sur un matelas pneumatique bien gonflé. Tout paraissait très propre ; autant qu'elle puisse en juger à la lumière chiche, quelqu'un avait mis de l'ordre ici très récemment.

— Où sommes-nous ? répéta-t-elle, ébahie.

— Dans le cabanon de jardin de mon beau-frère. Personne d'autre que Theo ne vient jamais ici, et ce soir, il est pris par ses obligations mondaines. Nous sommes enfin seuls, Maria.

S'ils restaient trop longtemps absents de la fête, on les chercherait, on finirait par se rendre compte qu'Onassis avait disparu. *Mais d'ici là*, pensa-t-elle, *je peux faire absolument ce que je veux.* Aristo était enfin avec elle. Depuis combien de temps se languissait-elle d'une telle intimité ?

Elle s'assit doucement sur le matelas, qui céda un peu sous son poids. Soudain, cette cachette improvisée lui parut idéale : ici, ils n'étaient plus la Callas et Onassis, mais juste Maria et Aristo, des amants anonymes. Son cœur battait à tout rompre.

Il s'agenouilla près d'elle sans cesser de murmurer son prénom.

* * *

La couleur d'encre du ciel devint peu à peu lavande pâle où la ligne côtière se dessinait, presque noire. À l'est, on aurait dit qu'un peintre invisible traçait un trait violet, qui se changea en rose intense puis en orange doré. Les nuances se reflétaient sur l'immense miroir de la mer. Les dernières étoiles argentées pâlissaient, laissant la lune suspendue là, incertaine.

— Il n'y a rien de plus beau qu'un lever de soleil sur la mer Égée, dit Aristo.

Maria, debout près de lui à la poupe, regardait tour à tour le port de plaisance encore endormi de Glyfáda, dont ils s'éloignaient, et la direction dans laquelle le capitaine dirigeait le *Christina*. Un bateau de pêche les croisa, ses occupants lancèrent « *Kaliméra sas*[1] », avant de poursuivre

1. « Bonjour à vous », en grec.

leur route. À part cela, tout était calme. Ils n'entendaient qu'Anthony Montague Browne, derrière eux, souffler de temps à autre la fumée de sa cigarette.

Elle ne touchait jamais Aristo en présence d'un de leurs chaperons, mais elle était plus consciente que jamais de sa présence. La plupart des autres passagers étaient allés se coucher dès leur retour de la soirée chez Artémis ; Meneghini non plus ne tenait plus debout. Pourtant, bien qu'il soit déjà quatre heures du matin passées, Maria n'avait aucune envie de dormir. Elle était beaucoup trop fébrile pour cela, tous ses sens encore chamboulés. Ce qu'elle avait vécu quelques heures auparavant résonnait en elle comme une mélodie. Les mains et les lèvres d'Aristo avaient fait vibrer des cordes de son corps dont elle ignorait jusqu'à l'existence. Jamais elle n'aurait cru cela possible. Jusque-là, l'amour physique n'avait représenté pour elle que l'accomplissement de son devoir conjugal. L'expérience de son propre orgasme lui avait coûté plus de force et de souffle que les grands airs d'opéra, tout en la comblant bien davantage. Le cabanon de jardin du docteur Garofalidis lui avait semblé un coin de paradis, le matelas et les couvertures un lit à baldaquin.

— Le voilà, dit Aristo en tendant le bras vers l'est.

Peu à peu, une boule de lumière jaune s'éleva dans le ciel, comme tirée par une main invisible.

La sienne, peut-être, songea Maria. *C'est un magicien.*

Chapitre 22
Au-dessus des nuages, septembre 1968

L'appareil d'Olympic Airways volait depuis un bon moment, et la plupart des passagers de première classe avaient incliné leurs sièges pour prendre un peu de repos pendant le vol de nuit de New York à Paris. Les hôtesses se déplaçaient sur la pointe des pieds, l'éclairage était réduit au minimum, d'épais rideaux séparaient les passagers les plus aisés du brouhaha de l'arrière.

Maria regardait droit devant elle, dans le vide. Ses souvenirs la tenaient éveillée. L'énorme bouquet de roses posé sur le siège réservé seulement à cet effet à côté du sien quand elle était partie à Londres pour chanter la *Tosca* dans la nouvelle mise en scène de Franco Zeffirelli. Onassis qui lui lisait *Le Banquet* de Platon : « S'il arrive que l'amant rencontre son autre moitié, alors ils seront saisis de merveilleux sentiments d'amitié, de confiance, et de désir d'amour, et ne voudront plus se quitter un seul instant. » La dispute avec le maire de Lefkada, l'île voisine de Skorpios, à propos des droits sur l'eau potable : Onassis avait fini par promettre que Maria Callas chanterait sur la place du marché, en échange de quoi il serait autorisé à acheminer l'eau sur la terre qu'il venait d'acquérir et qui était devenue leur foyer. Son premier appartement de l'avenue Foch, à un jet de pierre du sien... Tant de petites et de grandes choses traversaient ses pensées tandis que l'avion l'emmenait par-dessus l'Atlantique, l'éloignant toujours plus de lui.

Elle avait pleuré deux jours durant, terrassée par le chagrin. Après toutes ces semaines passées à se languir d'Aristo, à espérer le revoir, ce qu'il lui avait dit au téléphone l'avait profondément blessée. Pourtant, leur conversation lui avait permis de comprendre que c'était fini. N'ayant d'autre choix que d'entamer une nouvelle vie, elle l'avait accepté. Sa conviction d'une possible réconciliation s'était révélée une perte de temps. À présent, Aristo et elle n'étaient plus liés que par la colère. Il avait évidemment lu l'interview dans laquelle elle le qualifiait de « rat » et ne s'était pas privé de l'en informer, en insistant sur le fait que c'était elle qui avait quitté le yacht prématurément. Il inversait les rôles et se présentait comme une victime, une victime qui se consolait avec la célèbre veuve de président. La pensée de Jackie Kennedy faisait toujours osciller Maria entre haine et chagrin, épuisement et néant.

Le destin qui les avait un jour si étroitement liés, Aristo et elle, devait aussi être responsable de son aventure avec Jackie. Depuis que le vice-consul des États-Unis l'avait aidé à fuir Smyrne, Aristo vénérait tout ce qui venait d'Amérique ; c'en était devenu une véritable obsession, qui durait encore à ce jour. Pour lui, les États-Unis représentaient la terre de toutes les promesses, et il était miné à l'idée que tout l'argent du monde ne pourrait jamais lui acheter le passeport dont il rêvait. Tina avait accouché d'Alexandre et de Christina à New York pour que leurs enfants, au moins, aient la nationalité tant désirée. Ses intérêts économiques avaient en outre incité Onassis à tenter d'entrer en contact avec le président américain. Mais tandis qu'il négociait habilement avec les présidents grecs successifs des affaires dont les deux partis sortaient gagnants, suivant toujours les courants politiques alors très mouvants, Washington faisait la sourde oreille. C'était pour cela qu'il avait invité sur son yacht l'épouse de John Fitzgerald Kennedy, quelques mois avant l'assassinat de celui-ci. Mme Kennedy se remettait alors d'une fausse couche. Bien qu'Aristo eût alors qualifié cette invitation de purement professionnelle, Maria en avait été blessée. Non par jalousie, un sentiment qu'elle n'avait à l'époque aucune raison de ressentir, mais parce que l'incident lui avait rappelé un épisode très douloureux de sa propre histoire.

Elle serra les poings. Encore un souvenir dont elle se passerait bien…

Pourtant, elle ne pouvait pas effacer ce qu'elle gardait en elle depuis huit ans. Tristesse, déception et colère se muèrent en pur désespoir : Aristo aurait-il ajouté cet autre trophée à sa collection s'ils avaient eu un enfant ensemble ?

Avaient eu.

Ils n'avaient pas eu d'enfant. Il n'avait pas vécu.

Enfoncée dans son fauteuil de première classe, Maria se sentit plus esseulée que jamais.

Aristo, lui, n'était pas seul. Pendant qu'elle s'étiolait, il jouissait d'une excellente compagnie.

Dans son esprit troublé et meurtri se dessina soudain un scénario, une manière de le blesser à son tour. Elle savait comment lui infliger une peine similaire à la sienne. Si l'histoire du rat l'avait touché, il ignorait de quoi elle était encore capable. Une rumeur pouvait suffire à blesser profondément quelqu'un. Peu importe qu'elle soit fausse, il en restait toujours une trace dans la mémoire de ceux qui l'entendaient.

Meneghini s'était brillamment servi des ragots pour monter l'opinion publique contre son épouse qui l'avait quitté et trompé. À bien y réfléchir, Maria pouvait à présent s'en inspirer. Elle ne se lamenterait pas comme Battista à l'époque, mais, comme lui, elle sèmerait quelques histoires qui anéantiraient Aristo.

Pour la première fois elle vit un rapport entre son rôle le plus célèbre et sa situation actuelle, elle se sentit telle Médée qui sacrifie ses propres enfants pour accomplir sa vengeance. Dans la pénombre de l'avion, elle imagina une campagne qui risquait de la rompre elle-même. Mais qu'avait-elle donc à craindre ? Son âme était déjà brisée.

Un appel à Mary Mead et à Anastasia Gatsos suffirait à déclencher l'avalanche de médisances. Elle n'aurait pas de mal à présenter Aristote Onassis comme un tueur d'enfant.

Chapitre 23
Milan, début septembre 1959

— C'est de la folie ! s'écria Maria, outrée. De la folie pure et simple. Ces journalistes ne peuvent-ils donc pas me laisser en paix ?

— Je trouve tout cela plutôt amusant, objecta Peter Diamand, un sourire ironique aux lèvres.

Il inspectait la pile de journaux que Maria avait fait apporter dans sa loge de la Scala. Le directeur du Holland Festival était venu d'Amsterdam pour assister aux enregistrements de *La Gioconda*, qui se déroulaient dans l'acoustique exceptionnelle de la salle milanaise. Depuis quelques jours, cependant, il jouait avant tout les gardes du corps pour Maria. Le matin même, à l'entrée des artistes, il avait littéralement dû se jeter entre elle et les paparazzis pour la protéger.

L'imprésario ouvrit un quotidien et le brandit.

— Je n'aurais jamais cru cela possible : ce reporter a réellement cru que j'étais votre coiffeur égyptien. Regardez cette interview avec votre soi-disant artiste capillaire du Caire.

Il survola le texte et éclata de rire.

— Il a écrit toutes les âneries que je lui ai racontées : vos cheveux deviennent doux et lisses quand vous chantez Violetta dans *La Traviata*...

— De la folie, répéta Maria en portant machinalement une main à sa tête.

Elle ne trouvait rien de drôle à la manière dont la presse du monde entier s'était précipitée dès l'apparition des rumeurs sur une romance entre elle et Onassis, sans doute lancées par Meneghini.

— Tout cela n'a aucun sens !

— Vous ne savez pas le mieux, poursuivit Diamand, toujours souriant. Il paraît que votre coiffeur égyptien a révélé dans cet entretien exclusif que quand vous jouez Médée, vos cheveux sont ébouriffés et tout raides.

Elle roula des yeux, agacée.

— Je dois avouer que ce fameux coiffeur a bel et bien dit quelque chose dans ce genre. Je me demande toutefois quels fous croient à de telles histoires, et les impriment.

— Vous le voyez, maintenant, répliqua Maria, furieuse.

Elle arpentait la petite pièce en se tordant les mains, les sourcils froncés.

— Puisque ni Aristo ni moi n'avons fait de déclaration, la presse se sert de tout ce qu'elle trouve.

Le rôle le plus difficile lui revenait : celui de la briseuse de ménage cupide. Même Elsa Maxwell s'était rangée aux côtés de Tina. La vieille amie qui lui avait présenté Aristo deux ans plus tôt lui lançait maintenant des piques dans sa chronique. C'était effarant ; la déception et les accusations la minaient, mais le pire restait cette impression que presque personne ne lui accordait le droit de vivre le grand amour.

* * *

Depuis que Maria était revenue à Monte-Carlo, le 13 août, après une croisière de trois semaines, il lui semblait devoir se justifier en permanence d'être aussi heureuse. D'abord face à son mari, bien sûr, avec qui elle était rentrée à Milan dans un silence de plomb. Meneghini se comportait comme si elle ne lui avait pas annoncé à bord du *Christina* qu'elle le quittait. Comme il refusait de voir la réalité en face, elle lui avait demandé très ouvertement de bien vouloir s'installer à Sirmione tandis qu'elle demeurerait à Milan, Via Buonarroti. Il était parti dès le lendemain matin, sur quoi Aristo s'était envolé pour l'aéroport de Linate, ne supportant pas d'être séparé plus longtemps de Maria.

Il ne s'installa évidemment pas chez elle, pas même dans la chambre d'amis, mais prit une suite au palace *Principe di Savoia*. Étonnamment, ce soir-là, Onassis resta un homme d'affaires parmi tant d'autres, à qui la presse ne s'intéressait pas. Même leur dîner en tête à tête dans un petit restaurant proche de chez elle ne fut pas rendu public. Quel bonheur d'être pour la première fois un couple d'amoureux, de passer du temps ensemble sans être observés par un conjoint ou un ami !

À la lumière des bougies, en dégustant un excellent Barbera d'Alba du Piémont, ils parlèrent de tout et de rien et se chuchotèrent des mots doux d'une valeur pour eux inestimable. La conversation finit par dévier sur la séparation de leurs conjoints respectifs.

— Je veux parler à ton mari, déclara Aristo, dire à Meneghini qu'il devra désormais se passer de toi.

Maria fut touchée – Aristo lui offrait une tendresse inédite, une forme de sécurité que Battista n'avait même pas essayé d'atteindre. Son mari avait protégé sa voix d'artiste, mais jamais elle, la femme. Là résidait toute la différence.

Après le repas, elle parvint à se glisser incognito dans la suite d'Aristo, dont elle repartit tout aussi discrètement à l'aube. C'était la première fois qu'ils couchaient ensemble dans un vrai lit, sans craindre d'être découverts. Maria, transportée, comprit enfin ce que signifiait l'expression

« faire l'amour ». Aristo lui offrait peut-être même plus que l'affection et la passion : il l'éveillait à une vie nouvelle.

Comme convenu, elle demanda à Meneghini de venir la voir le lendemain soir Via Buonarroti. Elle savait qu'il supposerait qu'elle cherchait à se réconcilier. Il ignorait son désir de le quitter de la même manière qu'il avait toujours négligé ses besoins personnels. Évidemment, laisser son mari croire qu'elle avait changé d'avis n'était pas juste, mais Maria soupçonnait qu'il ne ferait pas le voyage depuis Sirmione si elle lui annonçait la vérité au téléphone. Elle se contenta donc de lui dire d'un ton aimable qu'elle avait plusieurs questions à discuter avec lui. Elle n'avait pas menti.

Ce fut le début d'un va-et-vient qui sembla ne jamais finir.

Meneghini se comporta comme si de rien n'était, tel qu'elle l'avait prédit. Il se mit à table, dévora le repas servi par Bruna, la gouvernante, et ne se donna même pas la peine de réprimer ses bâillements.

Maria se contenta de picorer, comme à son habitude. Elle observa son mari un moment, puis lâcha :

— Tu ne changeras jamais. Ton appétit et ton besoin de sommeil sont inébranlables.

Il ne leva même pas les yeux et elle ajouta, acerbe :

— Voilà des caractéristiques qui elles, au moins, te restent fidèles.

Meneghini lâcha ses couverts qui cliquetèrent sur son assiette puis il repoussa le tout, sans répondre.

Essayer de le ménager n'aurait eu aucun sens. Une simple tentative serait vaine. *Ce sera donc la manière forte*, se dit-elle. Elle alla fermer la porte, pour que le personnel ne les dérange pas et n'entende rien, puis rejoignit sa chaise en déclarant froidement :

— C'est terminé, Battista. Entre nous, tout est fini.

Il la dévisagea, immobile et muet. Il semblait sourire, mais elle savait par expérience que ce n'était qu'une façade.

— Ari Onassis et moi sommes faits l'un pour l'autre. (Sa voix s'adoucit.) Nous n'y pouvons rien. Nous n'avons pas mal agi, nous avons respecté les règles et n'avons franchi aucune limite à bord. Je t'en donne ma parole.

— En quoi ça me concerne, s'il me vole ma femme ? rétorqua Meneghini. Sa ruse t'aveugle, Maria. Ouvre les yeux.

— Je sais ce que je fais, répliqua-t-elle.

C'est de toi et de ton mépris que j'aurais dû me méfier, songea-t-elle. *Je t'aurais quitté depuis longtemps.* Elle reprit :

— Je ne peux plus vivre sans lui, ni lui sans moi. C'est pour cela qu'il est ici, à Milan. Il voudrait te parler.

Meneghini refusa catégoriquement de rencontrer son rival, mais ce fut au tour de Maria de l'ignorer. Elle savait qu'Aristo n'abandonnerait pas avant d'avoir pu parler à son mari face à face.

Quand Aristo entra enfin dans la salle à manger, elle éclata de rire. Il portait un bleu de travail et une casquette de matelot en faux cuir enfoncée bas sur le front.

Il s'excusa auprès d'elle :

— Je suis désolé, c'est la seule tenue appropriée que j'ai trouvée si vite. Je ne voulais pas qu'on me reconnaisse dans la rue.

— Tu es très attentionné, murmura-t-elle en gloussant.

— Mon Dieu, quelle niaiserie, gronda Battista.

Elle fut reconnaissante à Aristo d'afficher respect et politesse face à Meneghini. Celui-ci, en revanche, perdit peu à peu son sang-froid. Peut-être que les vêtements d'ouvrier l'incitèrent à littéralement hurler sur Onassis. Sans doute serait-il mieux parvenu à se contrôler avec un interlocuteur en costume sur mesure et cravate de soie. Il employa des expressions que Maria n'avait jamais entendues chez lui, jura et se déchaîna. Ses attaques verbales ne firent pourtant que ricocher sur Onassis, qu'elle n'aima que plus encore.

— Je ne renoncerai jamais à Maria, déclara son amant avec un calme provocateur. S'il le faut, je l'enlèverai à tout le monde, absolument tout le monde, et je me battrai pour elle par tous les moyens. Rien ni personne ne m'arrêtera, pas un contrat, pas une convention. Nous nous aimons. Acceptez-le. Ces choses-là arrivent, dans la vie.

— Parasite ! siffla Meneghini.

Maria retint son souffle. Ils se trouvaient tous trois assis autour de la table basse, mais elle avait l'impression d'assister à un duel. Comme dans *Eugène Onéguine* de Tchaïkovski, à la différence qu'elle n'était pas Tatiana et qu'elle aurait préféré mourir que de rester auprès de son mari.

— Que voulez-vous ? demanda Onassis. À combien estimez-vous cette rupture ? Combien de millions voulez-vous pour Maria ?

— C'est de très mauvais goût, tonna Meneghini.

Non, pensa Maria. *Il se souvient juste de ce que je lui ai dit à propos de notre situation financière.*

Aristo persévéra.

— Combien voulez-vous pour la laisser partir ? Cinq millions de dollars ? Dix ?

Meneghini secoua la tête, maussade. Il consulta sa montre-bracelet et Maria regarda machinalement la pendulette de la cheminée ; il était minuit passé.

— Je refuse d'en entendre davantage. Ceci est ma maison et je vais me coucher.

Il s'extirpa de son fauteuil, mais Aristo fut plus rapide.

— Serrons-nous la main, dit-il en joignant le geste à la parole.

Meneghini lui jeta un coup d'œil sinistre, puis secoua encore une fois la tête.

— Je ne serre pas la main d'un homme comme vous, Onassis. Vous m'invitez sur votre saleté de yacht avant de me poignarder dans le dos. Allez donc au diable !

Il traversa lentement le salon, le tapis d'Orient avalant le bruit de ses pas. Une fois à la porte, il se retourna.

— Je vous maudis !

Maria eut un hoquet de terreur.

— Puissiez-vous ne jamais trouver la paix jusqu'à la fin de vos jours !

Sur cette tirade théâtrale, Meneghini sortit de la pièce. Aristo serra le poing et abaissa enfin son bras resté tendu.

— Quelle mise en scène, dit-il au bout d'un moment.

Il s'approcha de Maria et lui caressa les cheveux.

— Ne t'inquiète pas, il finira par se calmer.

Elle rejeta la tête en arrière.

— Je m'en moque bien, tant que nous pouvons être ensemble.

— Tu n'as aucun doute à avoir là-dessus.

Il la regardait d'un air plein de confiance, mais elle crut voir une ombre passer dans ses yeux. Aristo se révélait aussi superstitieux qu'elle – il n'était pas artiste, mais grec, et tous deux partageaient une croyance en la magie. Meneghini possédait-il assez de pouvoir sur elle pour que sa malédiction se transforme en vengeance ? Elle leva une main et la posa sur les doigts d'Aristo, toujours sur sa tête.

— Tu devrais te faire couper les cheveux, murmura-t-il, perdu dans ses pensées.

* * *

— Nous ne pouvions bien sûr pas nous cacher éternellement, confia Maria à Peter Diamand deux semaines plus tard dans sa loge de la Scala.

Elle s'était assise dans son fauteuil pivotant, face au miroir, de manière à pouvoir le regarder en parlant. Il continuait à feuilleter les quotidiens du jour.

— La presse nous a surpris pour la première fois à Coni, une petite ville entre Alba et Imperia. (Elle soupira.) Aristo et moi étions en route pour Monaco, fuyant les disputes avec mon mari, et nous avons fait halte là. Je ne sais pas pourquoi nous avons pris la voiture et pas son avion privé. Quoi qu'il en soit, *La Stampa* a rapporté qu'on nous avait vus ensemble.

— Mon Dieu, Maria, mais qu'espériez-vous donc ? Vous êtes la femme et l'homme les plus célèbres du monde. Votre couple crée une véritable sensation.

C'est vrai, pensa-t-elle. *Mais dans un tout autre sens. Nous sommes une unité, nous sommes faits l'un pour l'autre.*

Tel fut son ressenti lors de leur premier week-end commun, à l'*Hermitage* de Monte-Carlo. Ce séjour aurait été parfait si Meneghini n'avait pas découvert où se trouvait sa femme. Il avait appelé toutes les demi-heures, voire plus. Quand elle avait fini par décrocher, vaincue par son insistance, il s'était répandu en lamentations sur l'inviolabilité du sacrement du mariage et le péché qu'elle avait commis. Il ne parlait d'ailleurs pas que de l'adultère. « Tu as détruit ma vie », répétait-il. Sur ce, elle avait débranché le téléphone. Meneghini avait continué à appeler, et la centrale de l'hôtel était tombée en panne.

— Meneghini est devenu complètement fou, raconta-t-elle à son ami. Il voulait porter plainte contre moi pour adultère. En Italie, c'est illégal, et même passible de prison. Mais comme je suis citoyenne américaine, il ne peut rien contre moi.

— Quel scandale !

— Regardez donc les journaux. Meneghini s'assure que tout soit étalé en public, toutes les pires bassesses.

Il y avait aussi eu des moments merveilleux. Elle avait passé presque tous les week-ends à Monte-Carlo avec Onassis, deux amoureux unis envers et contre tout. Ce furent les plus beaux jours de sa vie. Le *Christina* était amarré dans le port, visible depuis leur chambre d'hôtel, et Tina et les enfants y savouraient les derniers jours de l'été. Maria n'avait rien contre le fait qu'Aristo quitte leur suite pour assurer ses rendez-vous d'affaires, et rien non plus bien sûr contre ses visites à ses enfants sur le yacht. À cette période, c'était à Monte-Carlo qu'elle se sentait le plus à l'abri. Onassis lui avoua enfin, pendant le dernier week-end d'août, que sa femme comptait prendre la mer avec des amis pour assister au festival de Venise, et qu'en hôte digne de ce nom, il souhaitait accompagner le groupe.

Maria se montra compréhensive. Elle devait rentrer à Milan pour commencer des enregistrements prévus de longue date et n'aurait donc pas pu rester plus longtemps à Monaco. Il avait ses obligations, et elle les siennes. Mais peu après minuit, on frappa soudain à la porte de sa suite. Quand elle ouvrit, Aristo était là, en smoking blanc, un peu ébouriffé, mais rayonnant comme un gamin qui vient chercher sa récompense après une blague réussie.

— J'ai sauté à terre quand ils ont remonté la passerelle. Je ne pouvais pas partir en te sachant ici. Tina va devoir s'habituer à voyager sans moi.

Le reste de la nuit ne fut qu'une fête.

En regardant Peter Diamand, Maria sentit le rouge lui monter aux joues. Elle n'arrivait pas à refouler le souvenir des moments de tendresse intime et de passion partagés avec Aristo. Leurs corps aussi s'étaient trouvés, formant une union joueuse et pleine de légèreté. Une nausée la prit, comme souvent ces derniers temps. Elle avait consulté son cardiologue qui l'avait rassurée, la trouvant même en meilleure santé qu'avant la croisière. Elle supposa donc que son inconfort était dû à sa nervosité : la situation lui tordait littéralement les tripes. Le week-end où Aristo s'était définitivement décidé pour elle avait marqué le début d'une véritable traque. Dès son retour à Milan, elle fut assiégée par les paparazzis. On surveillait le moindre de ses pas pour le décrire en détail dans les journaux du monde entier. Des journalistes se postèrent même devant l'hôtel *Principe di Savoia* pour voir si elle en repartait, la nuit, après y être entrée le soir au bras d'Onassis. Elle s'en abstenait, par amour pour lui, ou, sinon, par bravade.

— Vous devriez organiser une conférence de presse, suggéra Peter Diamand. Il est inadmissible que votre entourage soit harcelé par les journalistes et que des spéculations sur votre coiffure remplissent les magazines. (Il tapota du doigt l'interview du prétendu coiffeur égyptien.) Osez donc la fuite vers l'avant, Maria. Dites aux gens ce qu'ils ont envie d'entendre.

Elle sursauta comme s'il l'avait arrachée à un rêve.

— Quoi ? Déclarer au monde entier que j'aime Aristote Onassis ?

— Non, mais au moins mettre un point final à votre mariage avant que quelqu'un se mette à laver votre linge sale en public. Vous pourriez annoncer publiquement votre séparation, ça éviterait bon nombre de rumeurs.

Elle hocha la tête, pensive. Elle ne pouvait plus décider seule de la manière dont elle apparaissait en public, mais elle discuterait de cette suggestion avec Aristo. À ses côtés, elle se sentait forte.

* * *

Une cohue digne d'une soirée de première régnait ce matin-là dans le hall de la Scala. Pourtant, pas un seul amateur d'opéra parmi les hommes qui se pressaient derrière un cordon rouge. Les caméras tournaient, les appareils photo étaient prêts, les micros dirigés vers la porte d'où allait surgir la Callas pour donner la conférence de presse annoncée. Des dizaines de mains serraient bloc-notes et crayons. Un brouhaha surexcité parcourait la meute des journalistes.

Maria, qui observait la scène à travers l'entrebâillement d'une porte, pensa à la scène finale de *Vacances romaines*. Elle avait vu ce film au cinéma des années auparavant et décidé qu'elle voulait ressembler à Audrey Hepburn. Elle y était parvenue. Il lui restait à tenir sa conférence de presse avec la même souveraineté que la princesse Ann du film, pour qui ce moment représentait une césure – comme pour elle à présent.

Ce n'est qu'un rôle, se répéta-t-elle pour se rassurer. *Un rôle comme tant d'autres*. Mais, comme pour tous ses rôles, elle fut saisie d'un trac affreux. Elle eut de nouveau un haut-le-cœur. Dès que l'enregistrement du disque serait terminé, elle retournerait chez le médecin.

Elle prit une profonde inspiration et se força à se calmer. Son regard croisa celui de l'imprésario. Elle hocha imperceptiblement la tête puis ôta ses lunettes.

Maria parut devant la presse sous un tonnerre d'applaudissements. Pour la première fois, elle se réjouit d'aussi mal distinguer les visages qui la scrutaient. Les regards avides de sensationnalisme des reporters restaient ainsi dans le brouillard, elle ne voyait qu'une masse floue et mouvante. Les flashs crépitèrent, aveuglants.

Elle inclina majestueusement la tête en un salut discret, toute à son rôle de la Callas qui comptait mettre les choses au point en quelques phrases. Elle inspira de nouveau profondément puis déclara d'une voix claire :

— Je souhaite confirmer que la séparation entre mon mari et moi-même est définitive. Elle s'annonçait depuis longtemps, et sa concrétisation au moment de notre croisière sur le *Christina* est un pur hasard.

— Y a-t-il une liaison romantique entre vous et le signor Onassis ? lança un jeune homme.

— Le signor Onassis et moi sommes amis intimes depuis longtemps, et également partenaires d'affaires. Rien de plus.

Que Dieu m'aide à surmonter tout cela, pensa-t-elle.

— Quel type d'affaires vous lie au signor Onassis ?

— Le signor Meneghini restera-t-il votre manager ?

— Quels sont vos projets immédiats ?

— Y a-t-il plus que de l'amitié entre vous et le signor Onassis ?

— Il semble que le signor Meneghini ait consulté un cabinet d'avocats de Turin. Pouvez-vous nous dire quelque chose à ce sujet ?

Pluie de questions, éclairs des flashs : c'était une véritable tempête. Dans d'autres circonstances, elle aurait sans doute trouvé cette comparaison amusante, mais en cet instant elle se sentait prisonnière, comme livrée en pâture à la foule de reporters. Elle leva la main pour les interrompre.

— Aristote Onassis est simplement un bon ami qui me soutient dans cette période difficile, déclara-t-elle avec fermeté. Pour le moment, je me concentre sur ma carrière : j'étudie une proposition de l'opéra de Monte-Carlo et on m'a offert un rôle dans un film à Hollywood.

Les reporters insistèrent pour en savoir plus sur ces projets sans pour autant cesser de lui poser des questions, toujours les mêmes, sur sa relation avec Aristo. Elle aurait tant voulu hurler la vérité à la face du monde. Pourtant, les deux amants avaient décidé de rester aussi discrets que possible tant que leurs situations respectives ne seraient pas tirées au clair. Au cours des derniers jours, Meneghini avait donné plusieurs interviews dont le ton n'avait pas étonné Maria. Il accusait l'armateur d'uniquement chercher à récupérer la gloire d'une artiste célèbre, et prétendait qu'Onassis était « un fou, comme Hitler ». Maria se garderait bien de jeter de l'huile sur un feu pareil.

Elle serra les dents, adressa un dernier signe de tête très digne à la presse puis repartit comme elle était venue, poursuivie par les protestations bruyantes des journalistes qui n'avaient pas obtenu les réponses escomptées.

* * *

— C'était horrible ! souffla-t-elle.

Étendue sur son lit, elle pressait le combiné contre son oreille et sa bouche. Elle aurait tant voulu qu'Aristo soit près d'elle. Tandis qu'elle affrontait sa conférence de presse, il était parti en avion à Venise pour discuter des détails de son divorce avec Tina. Maria lui raconta tout ce qui s'était passé dans le hall de la Scala, précisant qu'elle avait nié leur amour et donné des réponses évasives qui n'avaient finalement trompé personne.

— Ce n'est pas mieux ici, dit-il. Cet après-midi, les paparazzis m'ont surpris au *Harry's Bar*. J'avais déjà prévu le coup : c'est le festival de Venise, on ne peut guère espérer échapper à la presse.

Il parlait d'une voix chargée, comme s'il avait bu plusieurs verres dans le célèbre établissement.

— Que leur as-tu dit ?

— « Mes amis me décrivent comme un marin, et normalement, les marins ne s'intéressent guère aux sopranos. » (Il gloussa.) « Mais je serais très flatté qu'une femme de la classe de Maria Callas tombe amoureuse de moi. » Ça te plaît ?

— C'est la vérité. Elle est amoureuse de toi.

— Et j'espère qu'elle le sera encore longtemps.

Elle sourit.

— Très longtemps. Pour toujours.

Chapitre 24
Milan, mi-octobre 1959

Les premiers mois de sa relation avec Aristo furent pour Maria de véritables montagnes russes émotionnelles. Jamais elle n'avait perçu à ce point combien le bonheur et la colère pouvaient être proches. Il lui semblait être prisonnière d'un tourbillon de sentiments qui tournait de plus en plus vite et ne s'arrêtait jamais. Tandis qu'aux côtés d'Aristo, elle vivait mille joies qui n'avaient jusque-là trouvé presque aucune place dans sa vie – amour, tendresse, confiance, passion, humour et aventure –, par ailleurs, un raz-de-marée de méchancetés se déversait sur elle, déclenché par Meneghini et alimenté par Tina. Comme si cela ne suffisait pas, à New York, sa mère se répandait en médisances sur son ingrate de fille, et sa sœur Evangelia annonça la sortie d'un livre de révélations sur la Callas. Elsa Maxwell, tel un mauvais esprit flottant au-dessus de tout cela, n'était pas en reste, la qualifiant dans sa chronique de « déception humaine de sa vie ». Ces attaques ne laissèrent pas Maria indemne.

Pour couronner le tout, son état de santé incertain l'inquiétait beaucoup ; elle souffrait d'une faiblesse inhabituelle et ses nerfs étaient plus sensibles que jamais. Sa voix avait de plus en plus de mal à assurer les grands airs. Lors d'un concert à Bilbao, elle atteignit à peine le *do* moyen, sans même parler des tons plus aigus, à l'amère déception de son public. Pourtant, quelques semaines plus tard à Londres, elle revint à ses hauteurs coutumières et obtint un nouveau triomphe.

Quoi qu'il arrive, Aristo la soutenait, la consolait, l'aimait. Malgré l'énorme pression qu'il subissait depuis sa séparation, il s'efforçait d'affronter la situation avec autant de calme et de dignité que possible. En plus de ses obligations professionnelles, il ne cessait d'aller et venir entre ses avocats, le père de Tina, Tina elle-même, ses divers logements, et bien sûr Maria à Milan. Les amants ne trouvaient la paix qu'à bord du *Christina*, où Maria se rendait le plus souvent possible. Journées volées, les dernières peut-être – elle devenait très sujette au mal de mer, même par temps calme, ce qui ôtait toute sérénité à leurs séjours sur le yacht. Que ferait son marin si elle ne pouvait plus l'accompagner en mer ?

Enfin, elle dut traverser l'Atlantique pour aller chanter *Lucia di Lammermoor* et *Médée* à Kansas City et Dallas. Trois des cinq journaux qu'on lui fournit pendant le vol contenaient de prétendues nouveautés sur son drame conjugal.

On rapportait que Meneghini avait fait valoir ses droits de propriétaire de la maison de Milan, ce qui était vrai. Puis on le citait : « Mon épouse et Onassis ne sont qu'amis. Le problème, c'est que ma femme est prête à tout pour se faire de la publicité », ce qui était faux.

Un chroniqueur écrivait : « Je suis prêt à parier qu'Ari et Tina resteront ensemble, et que l'ambitieuse Maria Callas ne chantera plus qu'un triste solo. » Une insinuation insolente.

« Battista Meneghini a demandé la séparation légale d'avec Maria Meneghini-Callas devant un tribunal italien, relatait le *New York Times*. Il s'agit d'une cessation de vie conjugale, et de facto d'un conflit financier. Les époux n'ont pas le droit de se remarier, le divorce juridique connu dans d'autres pays n'est pas possible en Italie. Le jugement est attendu pour mi-novembre. »

Elle essaya de dormir, mais les gros titres la poursuivirent jusque dans ses rêves. Sa conférence de presse de début septembre ne l'avait guère apaisée. Et s'il se passait quelques jours sans que l'on parle d'elle, Meneghini surgissait pour relancer les rumeurs. Cela durait depuis des semaines.

Bien qu'elle ait surélevé ses jambes, ses chevilles gonflèrent pendant le vol. Elle alternait entre bouffées de chaleur et frissons ; elle se couvrait de son étole de vison puis la repoussait, et l'hôtesse dut se baisser plusieurs fois pour la ramasser. Maria était incapable de se détendre. Elle se sentait même trop mal en point pour attraper les cachets dans son sac à main. Quand l'appareil se posa à l'aéroport Idlewild à New York, elle était exténuée et très irritée.

— Une voiture vous attend sur le tarmac pour vous emmener à La Guardia, lui glissa à voix basse la cheffe de cabine, penchée vers elle. Vous y prendrez votre correspondance pour Kansas City. Nous sommes tout à fait dans les temps, mais on vient d'annoncer au pilote par radio qu'un grand nombre de journalistes vous attend sur la piste.

— Oh mon Dieu ! s'exclama Maria. Ne peut-on rien faire contre ces gens ?

La jeune femme la regarda avec compassion.

— Je crains que, maintenant qu'ils sont là, seule la police puisse les éloigner.

Il n'y a donc rien à faire, conclut Maria. Quand les paparazzis cesseraient-ils enfin de la poursuivre ? Chez elle, à Milan, elle en était venue à éviter ses amis pour ne pas leur imposer l'embarras d'affronter les reporters. Elle s'était terrée Via Buonarroti jusqu'à ce que Meneghini, au mépris de leur accord, surgisse pour la chasser de la maison. Perdant toute contenance, elle avait fini par le menacer au téléphone : « Fais attention, Battista ! Un jour, je viendrai chez toi avec un revolver pour te tuer ! » Sa réponse n'avait pas été moins terrifiante : « N'hésite pas. Je t'attendrai avec une mitraillette. » Il avait tout de même fini par repartir sans que personne ne sorte les armes. Les avocats d'Onassis, qui représentaient aussi Maria, avaient apparemment trouvé un arrangement moins martial.

Depuis son départ, Maria espérait que les journalistes américains se montreraient moins agressifs que les Italiens. Quelle erreur ! *J'aurais dû m'en douter*, se morigéna-t-elle. Elle se leva et tenta de détendre ses muscles contractés. *Je suis une folle, et une idiote !*

Les flashs crépitèrent dès qu'elle parut à la porte du quadrimoteur Lockheed L-1649 Starliner. Le personnel de sécurité eut toutes les peines du monde à empêcher la meute de se ruer sur la passerelle.

Elle devait être belle dans son tailleur clair au col rond souligné de vison, son étole de fourrure sur le bras, mais elle détestait être photographiée en contre-plongée, cela ne mettait pas ses jambes en valeur. Maria aurait pu avoir confiance en elle, mais elle fut incapable de se glisser dans son personnage habituel de diva.

Elle sentit plus qu'elle n'entendit les déclencheurs d'appareils photo cliqueter et les caméras ronronner. Les premières questions fusèrent : « Est-il vrai que M. Onassis ne souhaite pas divorcer ? Quelle est votre relation avec Aristote Onassis ? N'êtes-vous toujours pas plus que des amis ? Avez-vous cherché à parler à votre mari et à annuler la séparation ? Que pense M. Onassis de votre procès conjugal en Italie ? Votre mari affirme que M. Onassis et lui sont de vieux amis, est-ce vrai ? »

Maria fut saisie de panique. Elle descendit lentement la passerelle, cramponnée à la rampe, ses yeux myopes braqués sur ses pieds. Craignant de tomber, elle s'arrêta un instant. Les photographes crurent peut-être qu'elle prenait la pause, alors qu'elle essayait de se ressaisir. La foule l'écrasait. Personne n'était là pour l'accompagner et la réconforter. Aristo se trouvait à Paris avec ses avocats et le père de Tina pour négocier les conditions financières du divorce et ses droits de visite aux enfants. Il fallait qu'elle rejoigne seule la limousine qui l'attendait, une perspective qu'elle trouva soudain terrifiante.

Le vacarme empira quand un autre avion roula sur le tarmac vers sa place de parking. Les voix enflèrent, se transformèrent en une cacophonie assourdissante.

Je ne tomberai pas, se répétait Maria intérieurement. *Je ne m'évanouirai pas.*

Tu es une gosse de Washington Heights, lui lança soudain une voix intérieure. *Quand on vient de là, on ne se laisse pas impressionner si facilement.*

En posant le pied sur la dernière marche, elle faillit trébucher sur un câble qui reliait une caméra à une batterie électrique.

— Enlevez ça de là tout de suite ! ordonna-t-elle au caméraman.

Abandonnant son ton habituel, posé et calme, elle avait repris l'intonation et l'accent des rues malfamées où elle avait grandi.

— Ça suffit ! Vous avez compris ?

Le chauffeur sauta de la limousine et se précipita. Il dut jouer des coudes pour parvenir jusqu'à elle tandis que le personnel de sécurité faisait enfin, à grand-peine, reculer les paparazzis.

Un étroit sentier de béton s'ouvrit alors devant elle, et Maria franchit à la hâte les quelques pas qui la séparaient de la voiture. Son cœur tambourinait douloureusement et elle respirait beaucoup trop vite, incapable de contrôler son souffle. Les questions pleuvaient, les flashs illuminaient cette grise journée. Elle tenta de refouler ses impressions et se réfugia sur la banquette arrière de la Cadillac.

Je n'affronterai plus jamais un tel stress, une telle foule, songea-t-elle. *Je ne le supporte plus*. Elle allait devoir appeler son ami et imprésario Larry Kelly depuis l'aéroport de La Guardia pour lui demander d'annuler la représentation de Kansas City.

Le chauffeur traversa lentement la foule, klaxonnant et freinant pour n'écraser personne. Derrière les vitres, les objectifs scrutaient Maria tels les yeux de monstres avides.

Chapitre 25

Dallas, Texas, début novembre 1959

Larry refusa d'annuler le concert. Après tout, Mary et lui étaient venus à Kansas City dans l'unique but d'y assister.

— Nous t'aiderons autant que nous le pourrons, lui promit-il. Monte sur scène et chante. Autant que je sache, l'ancien président Harry Truman s'est annoncé. Il n'apparaît presque plus en public, c'est un grand honneur qu'il veuille t'écouter. Rien que pour ça, tu ne peux pas annuler.

Sa peur de la foule s'aggravait, mais Maria accepta de revenir sur sa décision. Elle le regretta amèrement juste avant le début de la représentation : le Loew's Midland Theater dut être évacué à cause d'une alerte à la bombe. Truman aussi dut sortir un moment du magnifique bâtiment Art déco. Maria entra donc en scène avec un retard important, et le tonnerre d'applaudissements qui l'accueillit fit s'envoler sa panique. En chantant, elle se sentit enfin de retour chez elle, en sûreté. Elle maîtrisa les passages les plus techniques, atteignit toutes les notes, et à la fin, les trois mille deux cents spectateurs applaudirent à tout rompre et tapèrent des pieds à en faire trembler le parquet. Ce succès lui fit oublier son arrivée de mauvais augure sur le sol américain, et c'est sur un petit nuage qu'elle repartit pour Dallas.

En compagnie de ses amis, Maria se sentait protégée ; elle fut toutefois étonnée du petit nombre de journalistes qui l'attendait à son arrivée au Texas, tout comme à son départ du Missouri. Manifestement, au far west, on s'intéressait davantage aux cow-boys et aux magnats du pétrole qu'à la vie amoureuse d'une soprano célèbre. Maria trouva cette relative indifférence beaucoup plus agréable que l'hystérie habituelle, et parvint à se détendre jusqu'à ce qu'une lettre de son avocat arrive pour elle chez Mary, où elle faisait suivre son courrier.

Elle ouvrit l'enveloppe à la hâte, puis se laissa tomber dans un des fauteuils de satin beige du salon.

— Mauvaises nouvelles ? s'enquit son amie, inquiète.

— Plus ou moins, répondit Maria.

Elle relut la missive.

— L'audience au tribunal pour la cessation de vie conjugale a été fixée au 14 novembre.

— Eh bien, tout cela va enfin s'achever…

— Ma présence est exigée. Je dois rentrer à Milan. Cela m'oblige à annuler mon rôle dans *Le Barbier de Séville*. (Elle laissa aller sa tête contre le dossier en soupirant.) Tout cela est tellement pénible…

— Ton public s'en remettra si tu reviens dans la foulée pour chanter *Médée* au music-hall.

Quatre jours séparaient le procès et la représentation. La perspective d'accomplir deux vols transatlantiques en si peu de temps ne la réjouissait guère.

— Ces vols interminables m'épuisent, objecta Maria, elle-même un peu étonnée par cette constatation. Avant, ça ne me dérangeait pas. Mais tout le cinéma entraîné par ma rupture avec Battista me pèse beaucoup. Je ne vais pas très bien, Mary.

— Je devrais peut-être te prendre un rendez-vous avec mon médecin.

Maria secoua la tête.

— J'ai consulté mon généraliste il y a deux mois. Il dit que je n'ai rien, tous mes résultats d'examens sont excellents.

— Mais tu te sens mal depuis longtemps, pas seulement depuis ton dernier voyage en avion, n'est-ce pas ?

Maria appelait Mary et lui écrivait régulièrement, lui faisant part de son état de santé comme de tout ce qui se passait dans sa vie. Elle s'aperçut que son amie avait raison. Elle avait commencé à se sentir mal en septembre, en rentrant d'une nouvelle croisière en Grèce sur le *Christina*. Ces journées à deux lui avaient fait l'effet d'une lune de miel : Aristo et elle étaient les seuls passagers du *Christina*. De retour à terre, elle avait d'abord considéré son malaise comme une réaction physique à la séparation d'avec son amant, puis aux ennuis et au stress qui l'avaient accueillie en Italie. Elle passa toutes les éventualités en revue, mais aucune ne lui sembla digne qu'on s'y appesantisse. Elle ne voulait pas se soucier de maladie, tout en étant bien consciente qu'elle y serait un jour ou l'autre obligée.

Elle glissa les doigts sous ses lunettes et se frotta les yeux.

— Nous en reparlerons plus tard. Je voudrais me concentrer sur mon rôle de Lucia. Après, on verra.

* * *

La scène du music-hall de Fair Park était presque aussi immense que la salle de trois mille cinq cents places. Maria, debout sur une galerie d'où descendait un escalier à volutes, sa robe de mariée blanche rougie de sang – artificiel, évidemment –, tenait à la main un poignard de théâtre dont la lame étincelait dangereusement à la lumière des projecteurs. C'était la scène clé du troisième acte, avec un air qui exigeait puissance et concentration. Pendant presque dix-sept minutes, elle se livrerait à une sorte de duo avec la flûte, faisant appel à toute son expérience et à sa virtuosité. Elle écouta les notes qui montaient vers elle depuis la fosse de l'orchestre et se lança :

— « *Spargi d'amaro pianto...* » (Parsemer de larmes amères...)

Maria maltraita ses cordes vocales pour reproduire à la perfection la colorature du bel canto. *Lucia di Lammermoor* de Donizetti, et en particulier le passage dit « air de la folie », était une des œuvres les plus exigeantes du genre, pour laquelle une soprano devait démontrer la souplesse de sa voix dans les registres les plus élevés. Avec fierté et un grand soulagement, Maria atteignit sans peine les *si* bémols aigus puis le *do* aigu. Bien qu'elle eût le souffle bizarrement court, les notes coulèrent de ses lèvres en toute clarté. Le contre *mi* bémol final était encore à venir, mais elle savait que sa volonté lui permettrait de dompter l'étrange impression qui pesait sur sa voix.

Elle avait presque fini, sans commettre une seule erreur. Ne manquait que le contre *mi* bémol, cette note dont tant de sopranos rêvaient. Le public savait que la Callas, elle, le maîtrisait.

Le chœur lui permit de se reprendre un peu. Peu après, le chef leva les bras pour faire repartir l'orchestre ; elle allait devoir tenir le contre *mi* bémol au-delà de la finale. Les cordes, les vents, un long accord final. Le moment était venu pour elle de toucher la limite de l'humainement possible. Maria inspira...

La note vibra en elle.

Sa voix ne l'atteignit pas.

Elle perçut les regards ébahis du chœur et de la basse qui chantait Raimondo. Sa sensibilité à la réaction du public déclencha une alarme en elle.

Sa voix s'arrêta deux octaves en dessous du contre *mi* bémol.

Quand Lucia s'enfonça dans la poitrine la lame avec laquelle elle venait de poignarder son mari, Maria souhaita que ce couteau soit authentique.

* * *

Elle retourna hébétée dans sa loge. Les petites mains habituelles des coulisses, le régisseur, l'habilleuse, les collègues de Maria, les musiciens, tout était flou. Tous ici savaient qu'elle avait échoué, et le public le savait aussi. Elle n'avait satisfait les attentes de personne, et surtout pas les siennes.

Maria n'y comprenait rien. Le ton avait pourtant été là, très clair dans sa tête. Sa volonté aurait dû lui permettre d'atteindre le contre *mi* bémol, et elle avait échoué. Pourquoi n'était-elle pas parvenue à chanter cette note, la plus haute et la plus belle de toutes ? Son léger malaise l'avait-il déconcentrée au point de lui faire perdre sa maîtrise technique ? Impossible. Ce genre de choses n'arrivait pas à la Callas.

Elle fixa son reflet dans le miroir, ouvrit la bouche par réflexe, et les notes s'envolèrent, claires et pures. Elle atteignit sans peine tous les registres, y compris le contre *mi* bémol. Comme sa voix lui paraissait merveilleuse !

Sans doute n'était-ce là qu'un malheureux hasard, venu lui rappeler ce dont elle était capable, mais qu'elle ne pouvait accomplir au moment crucial. Elle réessaya une fois, deux, trois. Le contre *mi* bémol jaillit de sa gorge, cristallin. Comme prise d'une folie obsessionnelle, elle testa encore et encore sa voix, qui lui obéit, pas comme sur scène.

Elle observa son visage grimaçant, vit le maquillage couler avec ses larmes. Elle ne s'était même pas aperçue qu'elle pleurait. Soudain, toutes ses forces l'abandonnèrent.

Chaque représentation devenait un combat ; assurer jusqu'au bout un rôle d'opéra n'était pas moins épuisant que terminer un marathon. Elle s'effondra sur sa chaise, exténuée. En cet instant, Maria sut qu'elle ne voulait plus se battre.

Elle avait subi tant d'échecs ces derniers temps, été forcée d'annuler des concerts, s'attirant les foudres de tant de monde. Pourtant, cela n'avait été dû qu'à de petits problèmes de santé, des inflammations de la gorge ou des sinus. Jamais encore elle n'avait subi une défaillance telle que ce soir. Sans doute était-ce lié à sa rupture avec son mari. Sa bataille se menait maintenant sur un autre front que celui de la scène ; l'ambition de la perfection musicale ne la motivait plus, mais le désir d'être heureuse dans sa vie. Était-il donc impossible d'atteindre l'accomplissement à la fois en art et en amour ? Elle l'ignorait. Mais ce qu'elle souhaitait réellement en cet instant, c'était être la femme aux côtés d'Aristote Onassis. Pas la diva.

Le flot de ses larmes ne tarissait pas. Ses traits s'adoucirent, elle fit silencieusement ses adieux à l'opéra. Des adieux progressifs, elle en était consciente, mais définitifs. Une nouvelle vie l'appelait. Une vie pour laquelle il valait autant la peine de se battre que pour le contre *mi* bémol, mais dont la récompense serait tout autre.

Maria était prête à accepter son destin, elle l'avait même appelé de ses vœux. Alors pourquoi ne pouvait-elle pas s'arrêter de pleurer ?

* * *

Mary Mead fit directement venir le médecin chez elle. Maria avait sangloté toute la nuit, et elle ne supportait plus de la voir dans cet état. Elle demanda au docteur de lui prescrire une piqûre de calmants, des cachets, de tout mettre en œuvre pour que Maria aille mieux. Une autre représentation l'attendait le lendemain. Mary traita son amie avec la sévérité maternelle qu'elle témoignait à sa propre fille, et Maria accepta l'examen. Elle n'avait même plus la force de se défendre.

Le docteur Hartley était un vieux monsieur aimable qui, avec ses lunettes rondes, lui rappela un peu l'ancien président Truman, auquel elle avait été présentée deux jours plus tôt. Il s'assit au chevet de Maria. Une fois la maîtresse de maison sortie et la porte refermée, il dit :

— Avant de vous examiner, j'aimerais vous poser quelques questions.

— Allez-y.

Maria ôta les lunettes qu'elle avait chaussées pour mieux voir son visiteur et frotta ses yeux humides.

Après des questions de routine sur son âge et ses antécédents médicaux, il s'enquit des médicaments qu'elle avait l'habitude de prendre. Elle les énuméra sagement.

— Vous a-t-on prescrit d'autres remèdes au cours des mois passés, ou même l'année dernière ? Certains produits ont un effet plus durable qu'on ne le pense, d'où ma question. Réfléchissez, cela pourrait être important.

Maria hésita. Elle avait presque oublié les piqûres. Quelle femme pensait à une ménopause précoce quand elle découvrait enfin l'extase de l'amour physique ? Elle se redressa et rajusta un coussin dans son dos pour masquer son embarras. Même face à un médecin, elle avait du mal à parler de ses problèmes gynécologiques.

— On m'a fait des piqûres d'hormones pendant environ un an et demi, avoua-t-elle enfin. Mon gynécologue de Milan voulait essayer de retarder la ménopause.

— Vous n'avez pas tout à fait trente-six ans, c'est en effet un peu jeune, confirma le docteur Hartley. Pourquoi le traitement a-t-il été interrompu ? Il a marché ?

— Pour être honnête, je l'ignore. J'ai eu tant à faire que j'ai complètement oublié de m'en occuper.

Je suis partie en croisière et j'en suis revenue en pleine forme, sans médicaments, songea-t-elle. Elle ajouta :

— Maintenant que j'y pense, les piqûres n'ont pas dû fonctionner. Il y a des mois que je n'ai pas eu mes règles.

Le silence du médecin l'inquiéta, son sourire la troubla.

— Vous êtes mariée, n'est-ce pas ?

Ne lit-il donc pas les journaux ?

Maria se contenta de hocher la tête. Il rajusta ses lunettes avant d'expliquer :

— Un traitement hormonal ne repousse pas seulement le début de la ménopause, il stimule aussi la fertilité. Si vous n'avez pas eu vos règles des mois après l'arrêt de ces piqûres, cela peut aussi s'expliquer par une très bonne nouvelle, madame Callas.

— Un enfant ? (Elle le dévisagea.) Vous voulez dire que je suis peut-être enceinte ?

— Oui. C'est exactement ce que je veux dire, ma chère. Je vais vous examiner, nous en saurons davantage.

Les pensées s'entrechoquèrent dans l'esprit de Maria. Désirs, espoirs et envies la submergèrent. Elle s'imagina tel un Sisyphe au féminin, forcée de pousser un rocher en haut d'une pente raide. Ce rocher si lourd, c'était son manque d'enfant. Avait-elle réussi l'épreuve, se sentait-elle prête à avoir un fils ou une fille ? Impossible. C'était forcément une erreur.

— Je suis mariée depuis dix ans, murmura-t-elle, troublée. Mon mari et moi n'avons pas…

Elle s'interrompit en prenant conscience que Meneghini ne comptait pas. Aristo, avec sa délicatesse, son amour, son don pour éveiller son désir, était le seul père possible. Il avait déjà deux enfants.

Elle hoqueta.

— Vous pensez vraiment que je pourrais attendre un enfant ?

— Nous allons bientôt le savoir, répondit le médecin d'un ton apaisant. Auriez-vous l'amabilité de vous déshabiller ? Je vais d'abord examiner votre ventre.

Chapitre 26
Brescia, 14 novembre 1959

On se pressait devant le *palazzo* Martinengo Colleoni, un bâtiment de trois étages datant du XVIe siècle. Les *carabinieri* avaient le plus grand mal à tenir dégagée l'entrée au-dessus de laquelle pendouillait le drapeau italien, trempé par la bruine. À l'avant des badauds, les reporters jouaient des coudes. La foule ondoyait quand une voiture s'arrêtait, on tentait d'en apercevoir les occupants, on reculait quand il ne s'agissait ni de la Callas ni de son mari. Par hasard, tous deux arrivèrent presque en même temps. Meneghini descendit le premier.

Depuis la banquette arrière de son taxi, Maria le vit s'extirper avec lourdeur de la Lancia Aurelia qu'il avait louée pour l'occasion. *À mes frais*, se dit-elle, amère. Meneghini, jadis prospère entrepreneur en bâtiment, semblait avoir perdu tout sens des affaires et de l'argent. Non seulement l'état précaire de son compte en banque inquiétait Maria, mais elle avait en plus découvert que bon nombre des bijoux qu'il lui avait « offerts » n'étaient pas encore payés. Un acte du dossier précisait que plusieurs factures de Buccellati, Bulgari et Cartier attendaient toujours leur règlement. Sa gestion financière avait été désastreuse, au détriment de Maria. Ce simple fait suffisait à la conforter dans sa certitude que leur rupture était juste.

La foule applaudit.

Maria constata avec stupéfaction que ce n'était pas son arrivée qui soulevait l'enthousiasme : on acclamait son mari.

Elle observa sa silhouette trapue, le regarda adresser des signes de tête aux spectateurs, un sourire artificiel aux lèvres. Meneghini, qui n'avait jamais fait preuve d'une élégance particulière sur les tapis rouges, défila entre les rangées de curieux comme sur un podium puis s'engouffra dans le tribunal. Il paraissait savourer son rôle de cocu le plus célèbre au monde. Deux hommes le suivaient, sans doute ses avocats.

La panique submergea Maria. Elle fut prise d'un vertige, et sa nausée matinale, un temps moins violente, revint à la charge. Elle posa instinctivement les mains sur son ventre pour protéger son bébé de cette populace, puis se rappela qu'elle n'était pas seule, qu'elle ne le serait plus jamais.

Maria n'avait demandé qu'à une amie de l'accompagner au tribunal ; ses avocats se trouvaient sûrement déjà dans le prétoire. La jolie *contessa* Carla Nani Mocenigo affichait l'assurance que lui offraient ses origines vénitiennes séculaires et ses belles boucles blondes. Maria avait espéré que la présence de Carla détournerait un peu l'attention du public, mais à présent, elle se demandait si elle n'aurait pas mieux fait d'engager des gardes du corps. Carla ne pouvait guère la protéger de la foule.

Elle n'aurait pas dû venir seule dans cette jolie ville antique, chef-lieu de la Lombardie. Les cris du public le lui confirmèrent. Pour ces gens, Meneghini n'était pas le manager qui exigeait des gages astronomiques et se comportait comme un goujat face aux plus grands directeurs d'opéras, pas l'homme qui gaspillait les honoraires de Maria dans des investissements hasardeux. Il représentait l'époux vieillissant dont la femme de vingt-sept ans sa cadette se montrait non seulement ingrate, mais agissait en plus au mépris de toutes les convenances. Il était aussi le compatriote de tous ces curieux, un Italien, un Lombard, même, tandis qu'elle n'était qu'une étrangère.

Une fois qu'elle aurait surmonté ce procès, elle serait libre. Elle vivrait calmement sa grossesse, en commençant par l'annoncer à Aristo. N'étant rentrée de Dallas que la veille, elle n'avait pas trouvé le temps de lui dire quelle merveille grandissait dans son corps. Ils ne s'étaient même pas vus. En fait, Maria avait toujours du mal à saisir ce qui lui arrivait, et à y croire. Cela semblait irréel, un rêve flottant sur elle à son réveil comme un voile, et qui finirait par se dissoudre – ce qu'elle redoutait. Peut-être tout cela n'était-il que le fruit de son imagination, une simple erreur ! Elle se sentait perdue ; à part le docteur Hartley et le gynécologue chez qui il l'avait envoyée, personne ne le savait. Elle avait même menti à Mary. Évidemment. Elle devait d'abord informer le futur père.

— Allons-y, déclara-t-elle.

Elle ôta ses lunettes et les rangea dans son sac à main, puis dit à Carla avec un pâle sourire :

— Ma myopie a parfois des avantages. Je ne verrai ni les journalistes ni les partisans de Meneghini, et même lui ne sera qu'une forme floue. Il n'est d'ailleurs rien de plus pour moi, à présent.

Le chauffeur du taxi fit le tour de la voiture pour ouvrir la portière à Maria.

La réaction de la foule à l'arrivée de la Callas fut partagée. Les flashs habituels l'éblouirent, mais les questions des journalistes disparurent sous les huées de nombreux spectateurs et les applaudissements des autres. Maria regarda droit devant elle. Un policier lui ouvrit la porte du tribunal et elle y pénétra la tête haute, aussi fière que Norma entrant dans la forêt sacrée des druides.

Sauf que cela n'est pas le premier acte, songea-t-elle. *C'est le dernier.*

Chapitre 27

Dix heures plus tard, Milan, 14 novembre 1959

Peu avant minuit, seuls quelques journalistes montaient encore la garde devant chez Maria. La plupart des paparazzis avaient abandonné l'espoir d'obtenir un dernier cliché ou même une déclaration de la diva. Cachée derrière un rideau de sa salle de musique plongée dans l'ombre, elle jeta un coup d'œil à la Via Buonarroti ; à travers les branches dénudées par l'automne, elle n'aperçut qu'un petit groupe, reconnaissable aux appareils photos. Trois ou quatre jeunes hommes échangeaient des cigarettes et se donnaient du feu. Ils ne supporteraient sans doute plus très longtemps l'air nocturne humide et froid. Le soulagement envahit Maria. Elle allait enfin pouvoir se reposer.

Tel un écho à son espoir, des voix indistinctes lui parvinrent du couloir. Des pas claquèrent sur le sol de marbre ; de toute évidence, son majordome Ferruccio n'était pas seul.

Se doutant de quelque chose, elle se demanda pourquoi elle n'avait pas vu le visiteur à l'entrée du bâtiment. Elle se détourna de son poste d'observation et porta les mains à sa tête pour rajuster sa nouvelle coupe courte. Enfin, elle se dirigea vers la porte, doucement d'abord, puis en courant.

Sur la marche supérieure de la galerie, elle se jeta dans les bras de l'homme en tenue de jardinier qui venait vers elle. Plusieurs roses se détachèrent du bouquet qu'il portait et atterrirent aux pieds du couple enlacé, les encerclant de pétales et de feuilles.

— C'est toujours comme ça que tu accueilles les livreurs de fleurs ? demanda enfin Aristo en souriant.

Elle éclata de rire.

— Oui, quand ils passent par la grande porte.

— Mais j'ai pris celle de derrière, par sûreté.

— Oh !

Il enjamba les fleurs et lui attrapa la main.

— Comment ça s'est passé ? interrogea-t-il, soudain grave.

— Bien. Je suis libre. Nous sommes libres. C'est tout ce qui compte. (Elle posa son autre main sur le ventre.) Ferruccio ou Bruna s'occuperont des fleurs. Viens, j'ai quelque chose à te dire.

Tout en la suivant vers sa salle de musique, il reprit :

— J'ai entendu à la radio que le tribunal avait confirmé la séparation. Ce n'était qu'une formalité, en fait.

— Bien sûr. Je ne comprends pas pourquoi les juges ont eu besoin de six heures de négociations pour rendre ce jugement. Mais…

Elle lâcha la main de son amant pour allumer toutes les lampes de son refuge. À présent, elle se moquait bien que la lueur traverse les rideaux et soit visible de la rue ; les paparazzis ne distingueraient que des ombres.

— Meneghini s'est battu jusqu'à la dernière des maudites boucles d'oreilles qu'il m'a soi-disant offertes et payées avec mon argent, à part celles que je dois encore régler.

Aristo ôta sa veste en coutil vert et s'installa confortablement dans un fauteuil.

— Qu'est-il autorisé à garder ?

Maria s'assit sur le divan voisin.

— Les biens patrimoniaux ont été répartis à peu près équitablement. On m'a accordé cette maison, comme je le voulais, et lui conserve celle de Sirmione.

— C'est très bien ainsi. Je n'ai jamais compris comment il pouvait avoir le culot d'enfermer une femme telle que toi au bord de cette flaque qu'ils appellent un lac.

Il reprit sa veste pour en sortir son paquet de cigarettes et son briquet Dunhill en or. Même s'il se comportait comme s'il était chez lui, Maria se rappela soudain ses devoirs d'hôtesse :

— Veux-tu boire quelque chose ?

Il agita vaguement sa cigarette en l'air, souriant.

— J'ai déjà demandé une bière à Ferruccio, pour aller avec mon costume.

Oui, il était bien chez lui, ici. Elle sentit son cœur fondre.

— Il t'apportera aussi quelque chose.

— Je n'en doute pas.

— Et alors ?

— Et alors quoi ?

Elle avait perdu le fil.

— Quoi d'autre ? Tu as la maison de Milan et lui celle du lac de Garde, mais ce n'est pas tout.

— Meneghini conserve toutes les autres propriétés foncières. Nous nous partageons les objets de valeur : les meubles, les tableaux, ce genre de choses. En fait, les maisons restent en l'état. Il peut garder une partie de mes bijoux, mais pas autant que je l'avais craint après ses exigences scandaleuses.

On frappa à la porte et le majordome entra avec un plateau où trônaient un seau à glace en argent et deux verres différents. La capsule d'une bouteille de bière et le col d'une petite carafe en cristal dépassaient de la montagne de glaçons.

— Signora, je vous ai apporté du vin blanc. Cela vous convient-il ?

— Oui, merci, Ferruccio.

Il posa le tout sur la table avec une courbette.

— Bruna a mis les roses dans un vase. Où doit-elle le poser ?

— Au salon, je vous prie. Et maintenant, allez vous coucher. Nous nous servirons.

— Bien sûr. Bonne nuit, signora Callas. Bonne nuit, signor Onassis.

— *Buona notte*, répondit Aristo.

Il avait déjà saisi le décapsuleur apporté par Ferruccio.

Maria attendit avec impatience que le majordome ait refermé la porte. Elle regarda en silence les gestes d'Aristo, sa main qu'un peu de mousse venait d'éclabousser. Il lui servit un verre de vin auquel elle ne toucha pas. Le moment qu'elle avait tant attendu depuis l'examen de Dallas était enfin venu. Il n'y avait plus rien à dire sur sa séparation ; un sujet bien plus important l'occupait désormais. Pourtant, elle ne trouva pas les mots ni la meilleure manière pour annoncer à Aristo qu'il allait de nouveau être père.

Il se rendit aussitôt compte de son changement d'attitude.

— Que se passe-t-il ? Tu as encore un malaise ?

Il semblait inquiet. Avant qu'elle puisse répondre, il ajouta :

— Tu devrais vraiment retourner voir un médecin. Je te recommande l'Hôpital américain de Paris, peut-être que les médecins italiens sont…

Elle le coupa :

— J'ai été auscultée à Dallas. Mary a fait venir son généraliste, qui m'a envoyée chez un gynécologue pour confirmer son diagnostic.

Il la dévisagea avec stupeur, sa main suspendue au-dessus de son verre de bière. Sans quitter Maria des yeux, il prit une profonde bouffée de sa cigarette. Il avait l'air de se douter de ce qu'elle allait lui annoncer sans toutefois s'en réjouir. Cela la troubla.

— Je suis enceinte, Aristo.

Il en resta muet, comme paralysé. Les yeux toujours fixés sur Maria, il fuma nerveusement sa cigarette jusqu'au filtre. Sa bière s'éventait.

Maria s'attendait à ce qu'il explose de joie, tombe à genoux devant elle et lui jure son amour éternel. Jamais elle n'aurait imaginé une telle réaction, même dans ses pires cauchemars. N'était-il pas heureux à l'idée d'un avenir à trois ? Le fait de ne pas pouvoir l'épouser, en tout cas pas selon la loi italienne, le dérangeait-il tant ? Qu'est-ce qui l'empêchait de se réjouir de tout son cœur ?

— Aristo… murmura-t-elle.

Elle se pencha pour lui saisir les mains. Il recula.

— Maria, lâcha-t-il enfin. Ça ne va pas. Tu ne peux pas avoir d'enfant de moi. Je ne le veux pas.

— Pardon ?

Elle ne comprenait pas ce qu'il suggérait.

— J'ai déjà deux enfants, ça me suffit. (Il se leva et se mit à arpenter la pièce.) En fait, je voulais juste un fils. Un seul, tu comprends ? Quand Tina est tombée une seconde fois enceinte, ça n'a pas été une bonne nouvelle pour moi. Je ne voulais pas d'autre enfant. Ça a changé depuis, j'aime ma fille, bien sûr, mais j'ai assez d'enfants. Je n'en veux pas un troisième.

Un cauchemar, songea-t-elle. *Je dois être en plein cauchemar*. Elle secoua la tête pour s'éclaircir les idées, dans l'espoir de se réveiller. En vain. Elle entendait sa voix, mais ne parvenait pas à croire ce qu'il disait.

— Je trouverai les meilleurs médecins. Nous irons en Suisse, ils sont plus libéraux, là-bas. Il ne t'arrivera rien, Maria. L'intervention se déroulera dans les meilleures…

— Tu es fou ? (Elle se leva d'un bond.) Comment oses-tu me proposer d'avorter ? Cela ne correspond ni à ma foi ni à mon caractère. Et j'ai toujours désiré un enfant. Je veux le garder !

— S'il te plaît, sois raisonnable…

— Je suis bien plus raisonnable que toi ! hurla-t-elle, furieuse.

— Comprends-moi : j'ai presque soixante ans. Je serai grand-père quand ton enfant aura l'âge qu'ont les miens aujourd'hui.

— *Mon* enfant ? (Elle s'étrangla presque.) C'est *notre* enfant. Le nôtre !

Derrière ses lunettes, les yeux de Maria flamboyaient tels de véritables charbons ardents. Elle ne comprenait pas que l'homme qu'elle savait aussi chaleureux et tendre puisse en cet instant se montrer si froid. Sa bienveillance paternelle était-elle donc limitée ? Suffisait-elle juste à un après-midi dans la piscine avec Alexandre et Christina ? N'était-ce que la façade d'un hâbleur égoïste et méchant ? Maria ignorait ce qui la bouleversait le plus : son rejet de leur enfant, sa proposition d'avorter, ou la découverte de sa véritable personnalité.

Elle croisa les mains sur son ventre. Elle était certaine d'une chose : elle mettrait son bébé au monde. Peu importe ce qu'Aristo exigerait d'elle. Elle ne dépendait pas de lui, pas financièrement, en tout cas. Quant au reste, s'il n'était plus à ses côtés, elle devrait s'en remettre à de plus puissantes instances. La Sainte Mère de Dieu dont elle portait le nom s'assurerait qu'il n'arrive rien à Maria Callas.

Chapitre 28
Paris, 17 octobre 1968

Après la rupture avec Meneghini, Maria s'était barricadée dans sa maison de Milan ; depuis le fiasco avec Aristo, au contraire, elle cherchait la proximité de ses amis, d'abord à travers les États-Unis, puis maintenant, de retour à Paris. Elle envoya d'innombrables lettres à ses proches partout dans le monde, parlant de son désir d'accepter son sort et de continuer à vivre, annonçant à qui voulait la lire qu'elle allait aussi bien que possible. Elle remercia aussi de tout son cœur ses compagnons de voyage.

Peu à peu, elle se défit de la douleur la plus cuisante, aidée en cela par son art, qui exigeait de nouveau toute son attention. On aurait dit que metteurs en scène, producteurs et imprésarios avaient attendu qu'elle se sépare d'Onassis et soit à nouveau libre de satisfaire les besoins de son public. Sa boîte aux lettres débordait de messages venus du monde de l'opéra, son téléphone sonnait sans relâche, même l'Opéra de Paris voulait l'engager pour une nouvelle mise en scène de *La Traviata*. Elle recevait aussi des offres de rôles de cinéma. Cette avalanche facilitait les journées de Maria et même ses nuits, quand elle les passait à examiner les multiples projets et demandes. Pier Paolo Pasolini lui avait envoyé le synopsis d'un film qu'il voulait tourner sur le mythe de Médée. Une fois de plus, il lui sembla que les deux grandes passions de sa vie, l'art et l'amour, ne puissent coexister ; Aristo évincé, la musique prenait la relève. Elle doutait toutefois encore d'être vraiment prête pour ce nouveau départ.

Un coup de fil de Mary changea tout.

Son amie lui annonça, vaguement essoufflée :

— Je suis à New York, c'est le matin, ici. Je viens de lire quelque chose dans le *Boston Herald Traveler*. Il vaut mieux que je te le dise tout de suite, pour que tu ne tombes pas des nues en trouvant une meute de paparazzis devant chez toi.

Maria jeta machinalement un coup d'œil à la pendulette de sa salle de musique. Elle venait de se lever après avoir passé une bonne partie de la nuit à étudier un scénario. En Europe, il était midi, et chez Mary, un peu plus de six heures du matin. Elle demanda, inquiète :

— Que se passe-t-il ?

— S'il te plaît, assieds-toi et garde ton calme.

Mary soupira, à l'arrière-plan, Maria entendit le froissement de pages de journal. Son amie reprit :

— Le journal annonce en gros titre, soi-disant de source sûre, qu'Ari épousera Jackie Kennedy avant la fin du mois, et en tout cas avant Noël.

Un voile noir s'abattit devant les yeux de Maria. De sa main libre, elle s'agrippa à l'accoudoir de son fauteuil.

— Des spéculations, marmonna-t-elle, embarrassée par sa voix brisée. De stupides spéculations.

— Je suis vraiment désolée, répondit Mary avec douceur. Je voudrais bien être près de toi et te prendre dans mes bras.

Maria continua à se cramponner à l'espoir d'un canular.

— Le *Boston Herald* n'est qu'une feuille de chou pleine de ragots racoleurs et mensongers.

— Une feuille de chou dont on prétend qu'elle a de très bons contacts avec Ted Kennedy.

— Aristo a toujours démenti ces rumeurs, objecta Maria. Peut-être est-ce faux cette fois aussi.

Tout en parlant, elle prit conscience que ses propos n'avaient aucun sens. Il avait toujours affirmé que lui et Jackie n'étaient qu'amis, évidemment. Combien de fois l'avait-elle entendu le dire ! Il avait toujours rejeté les questions sur un éventuel mariage, arguant qu'il était déjà marié. Mais personne ne savait mieux que Maria que c'était inexact, et personne ne connaissait ses faux-fuyants mieux qu'elle.

Tina avait demandé le divorce en octobre 1959 ; Aristo et elle auraient tous deux été en droit de se remarier, conformément à la loi. À la surprise générale, Tina n'avait pas épousé son amant Reinaldo, mais un noble britannique, deux ans plus tard. Ce fut une grande déception pour ses enfants, qui n'avaient jamais abandonné l'espoir que leurs parents se retrouvent un jour. Alexandre et Christina firent la vie dure à leur « belle-mère ». Sa relation avec Onassis ne permettait pas à Maria d'avoir la vraie famille dont elle avait toujours rêvé, et elle en souffrait, mais elle savait qu'il n'y avait pas de paradis sans serpent. Pire, elle ne s'était jamais débarrassée du soupçon qu'il ne lui avait pas demandé sa main à cause d'une menace proférée par Alexandre lors d'une dispute : « Si tu te maries avec la chanteuse, tu ne me reverras jamais. » Sans doute Aristo avait-il pris cette menace au sérieux, tout comme elle.

Les éternelles questions des journalistes sur la date de ses noces avec la Callas énervaient tant Onassis qu'il avait fini par rétorquer : « Nous sommes déjà mariés. » C'était vrai : ils vivaient en couple, même sans certificat de mariage. De son côté, Meneghini s'efforçait toujours de torpiller le bonheur de son ex-femme. Un an et demi après le jugement de Brescia, il fit appel et exigea l'annulation de la séparation.

Elle n'avait jamais réussi à se débarrasser complètement de son ex-mari, mais il était hors de question qu'elle soit ramenée de force dans le cadre légal d'un mariage avec lui. Elle ne parvint à faire entériner l'annulation de leur mariage que grâce à une manigance juridique qui lui coûta des années et lui fit perdre sa nationalité américaine, qu'elle dut abandonner pour redevenir grecque. Après cela, Aristo et elle auraient pu se remarier, d'autant que l'Église orthodoxe l'autorisait expressément, mais le vœu de Maria ne fut jamais exaucé. Alexandre et Christina, désormais adolescents, lui menaient une guerre ouverte. Comme leur mère ne quitta pas le duc de Marlborough, ils savaient que leurs parents ne se réconcilieraient pas, mais pour eux, la coupable était toute trouvée.

— Maria...

La voix de Mary l'arracha à ses pensées.

— Maria, s'il te plaît, prépare-toi : ce mariage va se faire. Je ne t'aurais pas appelée si je ne prenais pas cela au sérieux.

Toujours plongée dans ses souvenirs, et aussi blessée que bouleversée par la nouvelle, Maria était comme en transe, angoissée et paniquée.

— Je vais m'en remettre, dit-elle d'une voix faible.

— Ma chérie, je m'inquiète pour toi. Tiens le coup !

C'est alors que la Callas resurgit en Maria, sa force, son endurance, son entêtement. Elle était bien sûr honnête avec Mary, une des rares personnes à qui elle pouvait vraiment ouvrir son cœur. Mais elle voulait aussi se prouver à quel point la Callas était forte. Elle répondit :

— J'ai été libérée d'un cauchemar appelé amour, destructeur en tout point. Maintenant, je prends la vie comme elle vient. C'est mon destin.

— Hmm.

Mary la perça à jour bien plus vite qu'elle ne l'avait espéré. Maria changea de sujet en réussissant à adopter un ton enjoué :

— Comment vont tes enfants ?

* * *

Après ce coup de téléphone, Maria tourna en rond dans sa salle de musique, indécise. Elle finit par prendre un disque au hasard pour le poser sur la platine. C'était un enregistrement des années 1950, l'opéra *La Sonnambula* de Bellini, dirigé par Leonard Bernstein et dont elle interprétait le rôle-titre d'Amina. Une histoire d'amour, de jalousie, de trahison et de mariage, mais un des rares opéras qui se terminaient sans meurtre ni massacre. L'air « *Ah ! non credea mirarti !* » était une des plus belles déclarations d'amour que Maria ait entonnées sur scène. À ce moment pourtant, elle ne se trouvait pas en état de chanter. Des larmes silencieuses coulaient sur son visage. Elle était à la fois émue par la musique et consciente qu'elle ne vivrait pas le même happy end qu'Amina. Dans sa réalité, l'homme aimé en épousait une autre, et elle ne pouvait rien y faire.

Quand elle alluma la télévision pour regarder le journal du soir, elle avait le cœur brisé et les paupières rougies et gonflées par les larmes ; même les câlins de son caniche ne l'égayèrent pas. Dans son état, seuls le vin rouge et les calmants l'aideraient. Elle n'avait rien mangé de la journée et pouvait donc s'accorder un verre de plus que d'habitude sans craindre de prendre du poids. Elle se rendit soudain compte qu'elle se moquait bien de devenir un tonneau. Onassis ne la verrait plus jamais nue, ne suivrait plus les contours de son corps du bout des lèvres pour constater que, grâce à sa pratique intensive du chant, elle avait les muscles du ventre durs comme l'acier. D'ailleurs, il ne la reverrait plus habillée non plus.

L'image en noir et blanc de la première chaîne emplit l'écran, le son était très bas, un simple murmure. Elle se résolut à boire un verre de vin avant de regarder les nouvelles. Les images de la guerre du Vietnam n'amélioreraient pas son humeur, mais elle les supporterait mieux avec un bon bordeaux.

On frappa. Elle leva la tête, surprise. Bruna et Ferruccio lisaient-ils dans ses pensées ?

— Oui ?

Son fidèle majordome apparut à la porte.

— Je vous prie de m'excuser, signora, on vous appelle d'Amérique. Un journaliste du *New York Times* voudrait une déclaration de votre part à propos du… (Il déglutit.) Il demande une déclaration de votre part à propos du mariage de M. Onassis et de Mme Kennedy, reprit-il.

Elle avait déjà vécu jadis une journée dont elle avait cru qu'elle resterait la plus horrible de sa vie. Jamais elle n'aurait imaginé que le pire était encore à venir.

Elle prit une profonde inspiration.

— Pas de commentaire. Je ne fais pas de commentaire sur les mariages des autres. Veuillez répondre cela, Ferruccio. Et apportez-moi une bouteille de vin rouge.

Un verre ne suffirait pas à perdre conscience, à ne plus rien entendre, ne plus rien ressentir.

— Très bien, signora. Sachez aussi que des reporters attendent dans la rue. Il semble qu'ils fassent le siège de l'immeuble.

— Merci. Je ne sortirai certainement plus aujourd'hui.

À cet instant, deux photos apparurent à l'écran, l'une de Jackie Kennedy, l'autre d'Ari Onassis. Maria bondit plus qu'elle ne marcha jusqu'au téléviseur. Elle monta le volume au maximum, comme un ingénieur du son s'apprêtant à contrôler un nouvel enregistrement. Les paroles du présentateur résonnèrent :

— Nous venons de recevoir de New York un communiqué de presse de Nancy Tuckerman, la secrétaire particulière de Jacqueline Bouvier Kennedy. Elle confirme les fiançailles de la veuve du président américain avec l'armateur grec Aristote Onassis. Le lieu et la date du mariage ne sont pas encore établis, mais la cérémonie doit se dérouler dans les semaines à venir.

S'ensuivit un extrait de conférence de presse tenue par l'éloquente secrétaire, qui annonçait de manière désuète, en parlant au nom de la mère de la mariée, l'union prochaine.

C'est ridicule ! pensa Maria. *Vieux jeu et ridicule !*

Onassis n'avait rien d'un jeune fiancé et Jackie Kennedy avait déjà deux enfants. La prononciation des fiançailles faite au nom de la mère de la mariée, comme le voulait la tradition pour les jeunes gens de bonne famille, lui parut artificielle et sans la moindre élégance. Le reportage évoqua les enfants Kennedy : Caroline avait onze ans et John Jr. tout juste huit ans. *Étrange*, se dit-elle. Les orphelins ont le même âge qu'Alexandre et Christina au moment où elle était elle-même entrée dans la vie d'Aristo. Jouerait-il les pères de substitution ? Elle se demanda involontairement ce que les enfants Onassis pensaient de sa nouvelle femme. Rien de bon, sans doute. Alexandre, qui avait maintenant vingt ans, serait sûrement furieux ; sa sœur réagissait en général avec plus de retenue, mais pas plus aimablement. Ou leur suffisait-il que la chanteuse qu'ils tenaient pour responsable du divorce de leurs parents appartienne à l'histoire ancienne ? Allaient-ils tolérer Jackie et ses jeunes enfants ?

Les enfants sont un immense bonheur, songea Maria. *Le plus grand de tous. Mais Aristo a soixante-cinq ans, il pourrait être le grand-père de Caroline et John Jr. Quelle farce !*

Chapitre 29

Paris, 18 octobre 1968

Maria se réveilla avec une migraine cuisante et la nausée. *Trop de vin rouge*, pensa-t-elle. Elle ôta le masque de soie qu'elle portait pour dormir, en essayant de ne pas penser à tous les cachets qu'elle avait pris. Cela relevait presque du miracle qu'elle soit dans son lit, encore en vie, et pas à l'Hôpital américain après un lavage d'estomac.

Elle se tourna lourdement sur le côté et tira sur le cordon qui pendait au-dessus de sa table de chevet. Elle était incapable de se lever pour appeler Bruna, mais sa gouvernante répondrait vite à la sonnerie.

Se sentirait-elle mieux après un bain ? Pourquoi ne pas se noyer ? Elle eut un rire amer. Elle qui avait supporté toutes les tempêtes essuyées par le *Christina* sans le moindre mal de mer ne se noierait sûrement pas, en tout cas pas dans sa baignoire. Une vraie femme de marin. Quand elle prit conscience que ce statut était désormais celui d'une autre, elle serra les dents jusqu'à ce qu'elles grincent, sans parvenir à retenir un gémissement d'animal blessé.

Quand Bruna entra, Maria lui demanda du café.

— Et apportez-moi tous les journaux que vous trouverez, y compris les éditions internationales. *Surtout* les éditions internationales.

Lire ce que disait la presse du mariage de Jackie Kennedy et Onassis était une bêtise, bien sûr, mais les mauvaises nouvelles l'attiraient avec une force irrésistible. Et puis, elle voulait savoir ce qu'on racontait pour se préparer aux questions des paparazzis qui finiraient immanquablement par l'atteindre. Elle ne pouvait pas rester enfermée chez elle pour toujours.

Un bon moment après que Bruna lui eut apporté son café, Ferruccio entra avec une pile de journaux achetés au kiosque du Trocadéro, où l'on trouvait toutes les publications américaines, italiennes et grecques. L'air chagrin, il empila le tout près du lit comme le lui demanda Maria, puis se retira en silence.

Maria se pencha pour prendre le premier journal du tas et comprit aussitôt son erreur. Sa tête se mit à bourdonner, elle eut le tournis, et tout devint flou devant ses yeux alors qu'elle portait ses lunettes. Malgré tout, elle ne reconnut que trop bien les deux personnes qui lui souriaient en couverture. Le mariage annoncé faisait la une de la presse internationale.

Elle se ressaisit et prit un journal après l'autre. Les articles disaient tous la même chose. Ils citaient le communiqué de presse de Nancy Tuckerman et une déclaration d'Onassis, que les journalistes avaient traqué dans le hall de l'hôtel *Grande-Bretagne* d'Athènes. Aristo confirmait son intention d'épouser la veuve du président et ajoutait qu'elle avait accepté sa demande, formulée au téléphone.

Maria eut un rire sardonique. Malgré toutes ses fautes, Onassis s'était toujours montré romantique, émotif et sensible au cours de leur relation. Et cet homme venait de faire une demande en mariage *par téléphone* ? Comme c'était… minable.

— Oui, minable, s'exclama-t-elle.

Elle se félicita d'avoir trouvé un terme aussi adéquat pour qualifier cette pitoyable mise en scène.

Elle lut dans le *New York Times* : « Miss Callas, depuis Paris où elle vit désormais, a refusé hier soir de commenter l'annonce de ce mariage. »

Bien, très bien, pensa-t-elle, enfin satisfaite.

Le journal grec *Naftemporiki*, un quotidien économique maritime d'Athènes, publiait une déclaration de la sœur aînée d'Aristo. Artémis avait annoncé la veille depuis Glyfáda, en fin d'après-midi ou en début de soirée, que le mariage aurait lieu sur l'île de Skorpios et que la famille Onassis se réjouissait de cette union.

Kokoromiali, jura aussitôt Maria en son for intérieur. Grosse vache.

Artémis ne l'avait jamais vraiment acceptée, elle ne s'étonna donc pas qu'elle prenne ouvertement parti pour sa nouvelle belle-sœur. Tina, originaire d'une grande famille d'armateurs, convenait aux attentes sociales d'Artémis, et c'était aussi le cas d'une veuve de président américain issue de la meilleure famille de Boston. Une chanteuse, en revanche, même la plus célèbre du monde, n'était jamais qu'une artiste, une femme qui se produisait sur scène pour distraire les gens. Artémis n'y voyait aucun prestige mondain.

Pour la première fois depuis son retour de New York, Maria repensa à son idée de se venger d'Aristo et de toute sa famille. Ou au moins des hérauts de la bienséance tels qu'Artémis, dont le charmant époux courait pourtant après toutes les femmes du voisinage. Elle avait fait partie de ce clan assez longtemps pour en connaître toutes les bassesses.

Le téléphone de sa table de nuit sonna. Si Ferruccio lui passait l'appel, cela devait être personnel. Elle décrocha.

— Oui ?

Elle entendit des craquements sur la ligne, puis une voix grave et familière :

— Maria, c'est Ari. J'ai besoin de ton aide !

La pièce se mit à tourner autour d'elle. Elle ouvrit la bouche puis la referma, ébahie.

— Oui ? parvint-elle enfin à articuler, les lèvres soudain sèches.

— Viens tout de suite à Athènes, s'il te plaît. Il faut que tu me sauves !

Elle était absolument incapable de comprendre ce qu'il lui voulait, mais le son de sa voix la transperça.

Comme elle ne répondait pas, il se hâta d'ajouter :

— Ne raccroche pas, s'il te plaît !

— Non, dit-elle à sa propre surprise.

Elle savait qu'elle aurait dû mettre fin sur-le-champ à cette conversation. Sa raison le lui dictait, mais son cœur désirait continuer à parler avec Aristo et ne plus jamais s'arrêter.

Enfin, elle retrouva sa voix :

— Non. Je ne raccroche pas. Je t'écoute.

— J'ai commis une erreur, siffla Aristo. Tu le savais, mais je ne t'ai pas écoutée. Je me suis fait avoir…

Malgré elle, Maria éclata de rire. Elle avait peine à s'imaginer qu'un homme d'affaires aussi expérimenté qu'Aristote Onassis se fasse rouler. C'était la meilleure !

Il ignora son hilarité et poursuivit :

— Toute la famille Kennedy me harcelait, y compris leurs avocats new-yorkais. Costa Gatsos te le confirmera. Je me retrouve comme un poisson pris dans le filet que Jackie a tendu, aidée par Ted. Ils sont allés trop loin. Les Kennedy ont informé les journaux avant que Jackie m'en parle. Que suis-je censé faire de ce mariage dont parle le monde entier ? Je n'en veux pas !

Était-il en train de s'apitoyer sur son sort ou de s'excuser pour son comportement ? Les deux, peut-être. Maria fit un bref calcul. Elle avait attendu pendant presque trois mois qu'il ouvre les yeux. C'était long. Elle souffrait toujours de leur rupture, mais s'était plus ou moins remise du choc initial. Pouvait-elle vraiment tout recommencer ? Oui, oui, oui !

Bien qu'elle ait mille autres choses à lui dire, elle lâcha :

— Tu ne crois pas que c'est à Mme Kennedy que tu devrais en parler ? Je ne peux pas annuler ton mariage.

— Je voudrais la ménager, Maria. Elle est mère de deux jeunes enfants. Il ne faut pas que Caroline et John-John subissent le scandale que j'ai imposé à mes propres enfants. Je ne peux pas faire ça.

— Mais que veux-tu, alors ?

— Que tu viennes à Athènes tout de suite. En te voyant ici, Jackie sera furieuse et rentrera sur-le-champ en Amérique. Les fiançailles seront rompues.

Alors qu'il avait jusque-là parlé avec nervosité, il retrouvait soudain le ton assuré et dominateur qu'elle connaissait de ses négociations professionnelles. Il semblait enchanté de sa manigance.

Maria se rendit compte qu'il ne parlait pas du tout de renouer avec elle. Il avait besoin d'elle pour établir un *fait accompli**, sans lui présenter la moindre excuse ni s'inquiéter de ce qu'il lui avait infligé. Il ne pensait qu'à la réputation des Kennedy et à l'innocence de deux âmes enfantines. Il abusait de la patience qu'elle avait pour lui. Comment osait-il lui faire cela, en plus de tout le reste ?

— Je suis censée jouer le cheval de Troie pour toi ? (La voix de Maria monta dans les aigus.) C'est hors de question. Tu t'es fourré tout seul dans cette situation, débrouille-toi sans moi !

Avant qu'il puisse répondre, elle enfonça de la main la fourchette du téléphone. Elle aurait mis trop de temps à se redresser pour raccrocher, et aurait sans doute changé d'avis si elle avait parlé avec lui ne serait-ce qu'une minute de plus. Pourtant, elle ne ressentit pas le moindre triomphe à l'avoir rembarré, juste de la colère et une infinie tristesse.

Maria mobilisa ses dernières forces pour sauter de son lit, le crâne comme transpercé de dizaines de lames. Sa colère lui donnait la puissance d'une furie, celle qu'elle avait si souvent jouée sur scène avec Médée et laissée éclater en coulisses quand elle perdait patience. Elle attrapa le téléphone et tira dessus pour arracher le fil de la prise. Il lui fallut un moment : le câble était intégré au mur. Elle se moquait bien de provoquer un court-circuit ou de prendre une décharge électrique, et il ne se produisit d'ailleurs rien de tel. Elle balança le téléphone à travers la pièce et il alla s'écraser dans un coin.

Après quoi elle retourna au lit. Sans pleurer, à sa grande surprise.

* * *

Elle ignorait depuis combien de temps elle gisait là à s'efforcer en vain de ne penser à rien. Les souvenirs déferlaient, et la sollicitude d'Aristo à l'égard de la situation de la Kennedy, mère de deux enfants, la bouleversait plus que le reste. La vénération de Marie, mère de Dieu, était un des fondements de l'Église grecque orthodoxe, ce qui pouvait expliquer son attitude. De plus, Aristo avait perdu sa propre mère très tôt et était lui-même un père qui, depuis qu'il était séparé de Tina, avait affronté de durs conflits avec ses propres enfants. Et puis, lui aussi avait subi la mort d'un petit garçon, que Maria n'oublierait jamais.

On frappa à sa porte.

— Signora Callas, lança le majordome, un appel pour vous. Je ne sais pas pourquoi, mais je n'arrive pas à vous le passer. Votre ligne est tout le temps occupée. M. Burton appelle pour la troisième fois de l'hôtel *Plaza Athénée*.

Elle porta la main à son front douloureux. Ses doigts étaient glacés sur sa peau bouillante. Elle se massa les tempes sans parvenir à s'éclaircir les idées.

— Burton ? Quel M. Burton ?

— M. Richard Burton. L'acteur.

Elle le connaissait, bien sûr. Richard Burton et son épouse, Elizabeth Taylor, n'étaient pas seulement les voisins d'Aristo au *Pierre* de New York, ils avaient aussi été ses invités à bord du *Christina* à l'époque où Maria vivait avec lui. Elle avait toujours bien aimé Burton et son charme très britannique.

— Dites-lui que j'arrive, lança-t-elle.

Comment, avec sa tête qui bourdonnait toujours, parviendrait-elle à se lever pour aller décrocher le téléphone de sa salle de musique ?

Elle y arriva au premier essai. Après avoir jeté sa robe de chambre sur ses épaules, elle se dirigea vers son étude et lança un bref coup d'œil dans un miroir au passage. Son apparence l'effraya. La nausée revint, due à son reflet ou à son état. Elle saisit avec hésitation le combiné que Ferruccio lui tendait.

— Ici Maria Callas.

— C'est Richard, lança la voix à l'autre bout du fil. J'appelle parce que j'ai pensé que tu avais sûrement besoin d'un peu de réconfort.

Il avait lu les journaux, peut-être aussi regardé le journal télévisé. Pourquoi pas ? Le monde entier devait maintenant savoir qu'Aristote Onassis allait épouser la Kennedy et pas la Callas. Ses haut-le-cœur empirèrent. Il lui fallait un calmant, de toute urgence.

— Ah, j'ai beaucoup à faire, souffla-t-elle.

— Mais tu pourrais quand même te libérer demain soir. J'ai demandé à Rex Harrison de t'inviter à la première de son nouveau film. Un coursier t'apportera le carton tout à l'heure. C'est l'adaptation de la pièce *La Puce à l'oreille*, une jolie comédie, ce sera très amusant. Après ça, il y aura la soirée de première habituelle, et puis nous irons tous chez *Maxim's*. Qu'en dis-tu ?

La proposition de Richard Burton était alléchante, mais Maria ne se sentait pas prête à assister à un tel événement. Pas seule, pas sans l'homme qu'elle avait tant aimé. Pas alors que le monde entier savait qui Aristo allait épouser.

Puis elle se dit qu'il ne pouvait pas y avoir de femme plus célèbre que la *diva assoluta*.

— Oui, je…

Burton l'interrompit d'un ton joyeux :

— Fais-toi chic ! Demain soir, tu auras même le droit de surpasser Liz. Lumpy n'a rien contre.

Maria eut un petit rire, moins à cause du surnom affectueux d'Elizabeth Taylor (« la dodue ») que par soulagement. Il y avait donc des gens qui refusaient de suivre Mme Kennedy. Quelle que soit la décision que prendrait Aristo, que le mariage ait lieu ou non, Maria avait des amis célèbres qui la soutenaient. Des gens qui lui voulaient du bien. Il était temps que le monde l'apprenne, temps de montrer à Aristo tout ce qu'il avait abandonné à la légère.

Chapitre 30
Paris, 20 octobre 1968

La Callas était de retour. Belle, rayonnante, souveraine et vénérée. Elle flottait sur un petit nuage.

Maria n'avait pas eu trop de vingt-quatre heures pour retrouver sa forme physique. Elle ne pouvait pas en dire autant de son cœur brisé et de son âme en miettes, mais elle n'était pas comédienne pour rien. C'est ainsi qu'elle joua le rôle de sa vie au théâtre Marigny, sur les Champs-Élysées, puis chez *Maxim's*. À la première de *La Puce à l'oreille*, elle incarna ce que les Anglo-Saxons appellent « l'éléphant dans la pièce ». Aucun des invités ne lui parla du mariage imminent, bien que tout le monde soit évidemment au courant. Et Maria but, dansa et fit la fête comme si de rien n'était, ce qui lui coûta presque autant de force que chanter un opéra entier.

La meute journalistique se rua sur elle. Sur le tapis rouge brillamment éclairé, les flashs lui parurent moins violents qu'ailleurs, mais elle dut tout de même fermer les yeux tant ils l'éblouissaient. Les reporters l'assaillirent de questions sur le mariage, mais elle avait préparé ses réponses et appris son texte. D'une voix posée, elle déclara en souriant :

— Je suis au courant depuis un certain temps, Onassis m'en avait parlé. Quant à moi, je suis heureuse, je me réjouis toujours du bonheur des autres.

Dans l'obscurité de la salle de cinéma, elle parvint enfin à se détendre.

Elle ne croyait plus à ce mariage. Au téléphone, Aristo avait paru à la fois si désespéré et si résolu qu'elle était certaine qu'il trouverait le moyen d'annuler les noces. Pendant les quatre-vingt-dix minutes de calme que lui offrit la projection, elle se demanda comment elle réagirait s'il la rappelait. Elle connaissait pourtant la réponse depuis longtemps, malgré tout ce qui s'était passé. Elle l'aimait. Elle lui pardonnerait. Et plus elle y pensait, plus son espoir grandissait.

Le reste de la soirée fut pour la Callas une fête échevelée, sans qu'elle n'ait besoin de fournir d'effort particulier.

Le surlendemain, des photos d'elle firent le tour du monde. Et un jour plus tard parurent des clichés sensationnels de Jackie Kennedy et Aristote Onassis sortant de la chapelle de Skorpios, tout juste mariés.

Le pire est toujours à venir, pensa Maria.

Chapitre 31
Milan, 30 mars 1960

Elle rêvait de sa mère.

Leur dernière rencontre remontait à dix ans. Maria chantait Aïda *à Mexico et avait invité Evangelia. Elle avait bien sûr payé le vol depuis New York et la chambre d'hôtel, prête à dépenser ce qu'il faudrait pour prouver son succès à sa mère. La Callas avait été acclamée pendant sa tournée en Amérique du Sud ; elle voulait qu'Evangelia assiste à ce triomphe et soit enfin fière de Maria, enfin satisfaite de ce qu'accomplissait sa cadette. Pourtant, de même que Maria ne pouvait pas se libérer de son désir de reconnaissance maternelle, Evangelia était prisonnière de son amour excessif pour Iacinthy. Rien n'avait changé : Maria avait beau tout entreprendre, cela ne suffisait jamais. Même quand les critiques se montraient élogieuses, Evangelia trouvait à redire. Elle tint à échanger le manteau de fourrure offert par Maria contre deux étoles en vison, pour que sa fille aînée ait aussi un cadeau. Elle exigea que Maria lui donne une de ses bagues en diamant pour sa sœur : après tout, Meneghini lui en avait offert deux, elle n'en avait pas besoin d'autant.*

Elle n'était jamais à l'abri d'Evangelia. Sa mère la traqua jusque dans la maison en Suisse qu'elle voulait acheter avec Aristo. Leur « projet suisse », comme ils l'appelaient : une maison dans une région de lacs de montagne, qui deviendrait le foyer de leur future famille. Aristo lui avait dit que la Suisse était un endroit très sûr pour un enfant. Leur enfant. Mais sa mère surgissait alors, la grand-mère, et détruisait tout…

— Maria !

Bien qu'elle ne lui ait pas parlé depuis dix ans, elle sut tout de suite que ce n'était pas la voix de sa mère. Le ton ne correspondait pas aux images qu'elle avait en tête, mais il lui parut familier.

— Signora Lengrini, réveillez-vous, s'il vous plaît !

Le nom étranger ramena Maria à la réalité. Le souvenir de sa mère n'avait été qu'un rêve. Un rêve affreux, bien trop réel, provoqué par l'anesthésie. Les paupières lourdes, elle se sentait abattue et somnolente. Puis elle se souvint d'un coup où elle se trouvait, et pourquoi.

Malgré ses lèvres douloureuses et sa gorge desséchée, elle parvint à poser la seule question qui comptait en cet instant :

— Comment va mon bébé ?

— Le docteur Palmieri arrive tout de suite, répondit la voix de femme qui l'avait appelée par son pseudonyme.

Évidemment, le médecin traitant voulait lui annoncer la bonne nouvelle en personne, pas en laisser le soin à une infirmière qui ne connaissait pas officiellement sa véritable identité. Même si elle l'avait sans doute reconnue, elle s'en tenait aux règles et ne l'appelait que par son pseudonyme.

Elle s'était inscrite à la clinique privée Dezza sous le nom de « Maria Lengrini », une mesure de précaution pour ne pas attirer l'attention. Elle voulait éviter que la presse ait vent de son accouchement et aussi tenir Meneghini à l'écart de sa grossesse, redoutant qu'il revendique des droits sur cet enfant qui n'était pas le sien. Par ailleurs, le divorce d'Aristo n'était pas encore définitif, il valait donc mieux que Tina n'apprenne rien non plus.

Maria avait bien gardé son secret. Elle n'avait pas pu ni voulu cacher à Bruna et Ferruccio les transformations de son corps, mais à part Aristo et ses deux employés de maison, personne n'avait été autorisé à participer à la plus grande joie de sa vie. Depuis l'automne précédent, elle évitait les apparitions publiques et n'était pas remontée sur scène ; personne n'avait donc vu qu'un enfant grandissait en elle. Elle refusa de chanter *Médée* à Paris, à Covent Garden et à la Scala. Exceptionnellement, elle voulait se concentrer sur sa vie privée, n'être qu'une femme et une mère.

Aristo avait fini par se remettre du choc et à bâtir avec elle des projets pour leur enfant. Il avait clairement expliqué à Maria qu'Alexandre resterait son unique héritier, mais comme pour sa fille, il assurerait la sécurité financière de son troisième enfant. Il promit même à Maria de participer à son éducation et lui proposa d'acheter une maison en Suisse où l'enfant grandirait. Leur fils. Maria était convaincue qu'elle donnerait un fils à Aristo. Ils avaient choisi son nom ensemble : Homère, comme l'oncle d'Aristo. Alexandre aussi portait le prénom d'un oncle. Ce prénom pouvait d'ailleurs aisément se traduire en italien, même s'il était assez inhabituel.

Elle repensa à leurs projets d'avenir. Son avenir. En l'espace d'un an, sa vie avait changé à une vitesse extraordinaire, comme un allegro dans un morceau de musique, rapide et gai. Au souvenir des derniers mois, une sensation de bien-être la submergea. Puis l'épuisement la terrassa. Elle voulait dormir, dormir…

— Signora Callas !

Cette fois, c'était bien le docteur Palmieri. Elle ne l'avait pas entendu venir, perdue dans ses pensées. À moins qu'elle ne rêve de nouveau, il se tenait debout près de son lit. Elle ouvrit les yeux, mais, sans ses lunettes, ne put interpréter l'expression de son visage.

— Comment va mon bébé ?

Chaque mot lui déchirait la gorge.

— Je suis au regret de vous dire…

Le docteur Palmieri s'interrompit, hésita, puis reprit :

— Signora Callas, je suis vraiment navré. Votre fils est mort. Il n'a vécu que deux heures. Ses poumons ne fonctionnaient pas.

Le cauchemar. Elle avait encore l'esprit brouillé par l'anesthésie. Sa peur d'un accouchement naturel, qui l'avait poussée à demander une césarienne, était aussi forte que son idée de prendre le pseudonyme Lengrini. La date programmée de la naissance, choisie en concertation avec le médecin pour le courant du huitième mois de grossesse, paraissait pratique. Elle pourrait ainsi surprendre Aristo en lui présentant son fils nouveau-né quand il rentrerait de sa croisière aux îles Canaries avec Winston Churchill. Elle avait tout prévu…

— Signora Callas, m'avez-vous entendu ?

Elle remua doucement et une douleur cuisante lui traversa le bas-ventre. Puis des doigts puissants se refermèrent sur les siens. Elle ne s'était pas rendu compte qu'elle avait les mains croisées sur le drap, comme celles d'une mourante.

— Je suis profondément désolé, reprit le docteur Palmieri. Notre clinique n'est pas équipée pour de telles urgences, nous avons fait tout notre possible. Votre fils était déjà dans une ambulance en route pour un hôpital spécialisé, mais c'était trop tard.

Maria dut fournir un effort extraordinaire pour saisir la déclaration du médecin. Les phrases s'alignaient, mais elle ne comprenait leur sens que peu à peu. Son cerveau travaillait au ralenti, presque paralysé. C'est seulement en regardant Bruna, qui lui tenait la main, qu'elle comprit. Sa gouvernante, sa confidente, était assise près d'elle, en larmes.

— Omero est mort ?

Tout à la fois une question, une constatation et une exclamation.

— Je suis vraiment, vraiment désolé, répéta le médecin.

Un voile noir tomba sur ses yeux. Le lit d'hôpital se mit à tournoyer comme un manège. Maria tenta de se retenir à la main de Bruna, mais eut l'impression de tomber dans un puits obscur et sans fond. Puis vint le soulagement : elle perdit connaissance.

* * *

Des tuyaux pleins de médicaments qui coulaient dans ses veines et la maintenaient en vie. Le médecin et les infirmières qui s'occupaient d'elle avec une inquiétude muette. Bruna, à son chevet presque jour et nuit. Maria avait l'impression d'être prisonnière du néant. L'opération créait des séquelles physiques, la mort de son fils l'avait menée au bord du gouffre. Le moment était-il venu de lâcher prise, de quitter cette vie pour toujours ? Elle voulait pleurer, mais en était incapable. Elle voulait prier, mais ne trouvait pas l'accès à Dieu. Elle n'arrivait même pas à penser.

En entrant à la clinique, elle avait demandé une ligne téléphonique dans sa chambre, avant de complètement oublier l'appareil installé sur sa table de chevet. Sa sonnerie stridente la tira violemment de son carrousel infernal de somnolence, de tristesse infinie et de désespoir sans fond. Elle secoua la tête, muette.

Bruna décrocha à la troisième sonnerie.

— Oui ?

Sa voix, d'abord dure, s'adoucit un peu.

— Oui, signor Onassis. Elle est là. Je vous la passe.

Elle tendit le combiné sans ajouter un mot.

— Maria, que se passe-t-il ?

Malgré les bruissements caractéristiques d'un appel passé depuis le yacht, elle perçut la profonde inquiétude dans la voix d'Aristo.

— J'ai essayé de te joindre chez toi, mais Ferruccio m'a donné ce numéro. Comment vas-tu ?

Aristo était à bord, pas sur une des îles de son parcours. Elle l'imagina dans la salle de radio, qu'elle connaissait maintenant si bien, peut-être auprès du capitaine. Son amant passait sans doute du bon temps sur le *Christina*, et voilà que l'ombre allait s'étendre aussi sur son voyage. Elle pensa un instant à lui cacher la vérité, mais il insista :

— Maria, pourquoi es-tu à l'hôpital ? Dis-le-moi !

— Notre fils est mort juste après sa naissance, avoua-t-elle.

Chaque mot lui coûtait. Leur sens la tuait presque. Elle n'avait pas encore été autorisée à boire après l'opération, sa gorge était sèche et irritée, sa voix éraillée.

Silence. Bruissements.

Comme elle craignait qu'il ne l'ait pas comprise, elle refit une tentative :

— Omero est mort. Il n'a vécu que deux heures. Aristo, Alexandre restera ton seul fils.

Elle crut un instant qu'il y avait des interférences sur la ligne, puis elle entendit une profonde respiration et comprit que c'était un sanglot. Aristo pleurait.

À cet instant, ses propres larmes coulèrent enfin.

Elle s'agrippa au combiné comme s'il lui tenait la main et pleura avec son amant ce qu'ils avaient perdu.

Chapitre 32
Paris, octobre 1968

La nouvelle du mariage d'Onassis changea tout. Maria se sentait profondément blessée, jalouse, mais aussi déçue. Non seulement Aristo s'était gardé de lui dire qu'il voulait bel et bien épouser Jackie Kennedy, mais en plus, il lui avait menti sans vergogne. Avec le recul, c'était son appel d'Athènes qui lui avait infligé le coup le plus brutal. Toutefois, elle n'était pas K.-O., juste chancelante, étourdie. Au contraire – l'heure de la vengeance avait sonné.

Tandis que le monde entier regardait le couple soi-disant heureux savourer sa lune de miel à bord du *Christina*, Maria était submergée par une tempête d'émotions. Parvenue au point culminant de sa fureur, elle appela Mary à Dallas.

Les deux amies papotèrent de choses et d'autres, et bien sûr du mariage, jusqu'à ce que Maria lâche sciemment, mais comme par inadvertance :

— Ce serait un peu moins difficile pour moi s'il n'y avait pas eu cet avortement.

Mary parut consternée.

— Quoi ? Quel avortement ?

— Je ne t'en ai jamais parlé ? s'exclama Maria, faussement choquée par sa propre étourderie. Eh bien… J'ai refoulé cette histoire pendant longtemps, tant elle était douloureuse.

Elle prit une profonde inspiration et affirma d'une voix vibrante :

— Aristo m'a forcée à avorter il y a quelques années. Il ne voulait plus d'enfants, et surtout pas un fils en plus d'Alexandre.

C'était dit. Elle avait mis son plan à exécution pour nuire à Aristo, se défendant avec la même arme que celle avec laquelle il avait tenté de l'abattre : le mensonge.

— Mais Maria, pourquoi… ? Je veux dire… Pourquoi ne m'en as-tu jamais parlé ? C'est affreux ! C'est incroyable !

En réfléchissant à sa vengeance, Maria avait eu de forts doutes sur la crédibilité de son histoire, et elle fut surprise que Mary croie sur-le-champ à ce prétendu avortement. Sa meilleure amie aurait dû se dire qu'elle n'aurait pas fait une chose pareille, quoi qu'exige Onassis. Mary n'avait jamais rien su du petit garçon mort, incapable de respirer, mais elle connaissait la profonde foi de Maria. L'Église interdisait catégoriquement toute interruption de grossesse volontaire, et elle savait que son amie avait toujours souhaité fonder une famille. Pourtant, en cet instant, Mary paraissait sourde à toute logique. Elle la crut sans hésiter.

— C'est ainsi, soupira Maria. Je ne veux même pas penser à tout ce que j'ai manqué à cause de cet avortement. J'ai abandonné mon plus grand rêve pour lui, et maintenant, je suis seule. Toute seule. Il m'a quittée pour une autre alors que j'ai renoncé à mon enfant à cause de lui.

— Quand est-ce arrivé ? J'aurais aimé être auprès de toi.

— Eh bien… Il y a à peu près deux ans…

Sans qu'elle sache pourquoi, elle répugnait à lui donner la date précise, pour rendre son histoire plus crédible.

— Ça me rend tellement triste, Maria, reprit Mary.

Malgré les milliers de kilomètres qui les séparaient, la sincérité et la chaleur de sa compassion étaient perceptibles.

— Ari est un salopard. Il n'y a pas d'autre mot.

Satisfaite de son succès, Maria appela ensuite à Manhattan. Elle supposait, à juste titre, que les Gatsos avaient assisté aux noces en Grèce, mais qu'Anastasia devait depuis être rentrée.

— Ce mariage m'a paru bizarre, déclara la femme de l'associé new-yorkais d'Onassis. Je te le dis, Maria, il n'est pas question d'amour ici. Ari et Jackie ne semblent pas avoir la moindre affection l'un pour l'autre. Après avoir dit « oui », ils ne se sont pas pris la main ni embrassés une seule fois.

Maria tenta de l'interrompre, ne voulant rien savoir de tous ces détails, mais Anastasia était intarissable.

— Les enfants d'Ari sont furieux, évidemment. Alexandre a fait un scandale. La seule chose agréable dans tout cela, c'était les enfants Kennedy, adorables tous les deux. À part ça, la cérémonie avait quelque chose de froid, de neutre, comme si on signait un contrat. À Wall Street, on avance que la famille Kennedy a tout fait pour marier Jackie à Ari. Il paraît que le premier communiqué de presse a été publié sans qu'il en soit informé, pour le mettre face au fait accompli. Certains prétendent même qu'il a été littéralement placé au pied du mur. Mais ce ne sont peut-être que des ragots colportés par des gens qui ne l'aiment pas.

Un souvenir revint à Maria : la voix d'Aristo affirmant au téléphone qu'il s'était fait avoir. Peut-être avait-il dit la vérité, finalement. Et elle, elle l'avait laissé tomber. Mais tandis qu'Anastasia évoquait les sommes à huit chiffres dont on parlait dans les cercles bien informés, Maria comprit qu'Ari n'était pas la victime de sa liaison avec la veuve du président. La victime, c'était elle. Elle n'était en rien coupable de ce drame et n'avait pas à en endosser la responsabilité.

Elle parvint enfin à couper le flot de paroles de son amie :

— Eh bien, s'il s'agit seulement d'un accord commercial, il n'y a au moins pas de souci à se faire pour la santé de Mme Kennedy. Aucun danger qu'elle tombe un jour enceinte et qu'Aristo la force à avorter, comme moi à l'époque.

— Quoi ? s'écria Anastasia. Quand ? Pourquoi ?

Maria lui répéta presque mot pour mot l'histoire qu'elle avait racontée à Mary et s'étonna une fois de plus d'être aussitôt prise au sérieux. *On dirait que depuis notre rupture, mes amis ont une fort mauvaise opinion d'Aristo.* Étrange comme l'image d'un homme aussi charmant, aimable et généreux pouvait basculer en si peu de temps à cause d'une nouvelle liaison, surtout auprès des autres femmes, même celles qui le connaissaient bien. Et ce que Maria racontait à présent sous le prétendu sceau du secret paraissait bien entendu beaucoup trop passionnant et scandaleux pour ne pas être colporté instantanément et ruiner pour longtemps la réputation d'Aristo.

Médée lançait à Jason l'infidèle, l'homme aimé, qu'elle était désormais vengée par le sang de ses propres enfants et que même s'il se trouvait une autre femme, les remords l'empêcheraient à jamais d'être heureux. Quant à elle, elle partait comblée en enfer.

Maria, pour sa part, ne ressentait pas la moindre joie de sa vengeance.

* * *

Onassis l'appela à Paris une semaine après ses noces. Il avait certainement eu vent de la rumeur qu'elle avait semée. Anastasia avait dû rapporter l'histoire de l'avortement à son mari, qui l'avait sans nul doute répétée à Aristo. Maria était seulement surprise que le jeune marié prenne le temps de lui demander des explications en plein milieu de sa lune de miel.

— Je ne suis pas là, répondit-elle à Ferruccio quand il lui annonça l'appel.

Son fidèle majordome hésita.

— Le signor Onassis affirme qu'il sait que vous êtes chez vous.

Devrait-elle donc affronter éternellement l'homme qu'elle avait tant aimé ? Après toutes ces épreuves, il était temps que la *moïra* fasse justice à Maria. Et être arrachée par Aristo à sa tranquillité tout juste regagnée de haute lutte ne ressemblait certainement pas à une forme de justice.

— Je ne veux pas lui parler. Veuillez le lui dire, je vous prie.

Elle savait qu'elle prenait la bonne décision, et pourtant elle eut une nouvelle fois le cœur brisé de le rembarrer ainsi. Bien que la soirée ne fasse que commencer, elle se retira dans sa chambre et se cacha sous ses couvertures. En vain. Elle n'arrivait pas à chasser les images qui la hantaient.

Ferruccio frappa à sa porte.

— Signora Callas, je vous prie de m'excuser de vous déranger. Que dois-je faire ? Le signor Onassis est à l'entrée et exige de vous parler.

Peut-être qu'Anastasia avait raison, peut-être que le mariage avec Jackie Kennedy n'était bâti que sur un mensonge. Dans ce cas, Aristo aurait dû l'éviter avant qu'il ne soit trop tard.

Maria ne supportait plus les mensonges, ni ceux d'Aristo ni ceux des autres, et encore moins les siens, qui avaient amené Ari jusqu'ici.

— Je ne veux pas lui parler et je ne veux pas le voir. Renvoyez-le, Ferruccio, s'il vous plaît !

Elle avait honte de sa vengeance et redoutait la colère qu'Aristo éprouverait.

Celui-ci ne semblait toutefois pas vouloir se laisser éconduire ainsi. Ferruccio revint dix minutes plus tard.

— Le signor Onassis lance des graviers sur les fenêtres. Il les ramasse sur le sentier qui entoure l'immeuble.

Maria avait déjà entendu le bruit, sans se sentir concernée. Les éboueurs parisiens passaient à des heures impossibles. Ou bien c'était des fauteurs de troubles qui lançaient des pierres dans la rue. Les manifestations étudiantes s'étaient certes apaisées des mois plus tôt et n'avaient jamais atteint l'avenue Georges-Mandel, mais elles pouvaient parfaitement avoir repris d'un coup au cœur du XVIe arrondissement.

Onassis jouant les Roméos, voilà qui ne manquait pas de romantisme. Pourtant, elle se sentait trop vieille et trop triste pour apparaître sur son balcon telle Juliette.

— Appelez le gardien ! ordonna-t-elle à Ferruccio. Et s'il n'arrive pas à le chasser, appelez la police.

Après cela, le majordome ne revint pas.

Chapitre 33
Paris, novembre 1968

Maria aurait préféré ne rien savoir des premières semaines des célèbres jeunes mariés, mais les paparazzis ne lâchaient pas Aristo et la Kennedy d'une semelle et se répandaient en détail sur leur bonheur tout neuf. Elle ne pouvait pas ouvrir un journal sans y trouver de quoi nourrir sa curiosité malsaine. Elle repensa au livre de diffamations de sa mère, paru huit ans plus tôt – elle prétendait ne l'avoir jamais lu, alors qu'elle en avait dévoré chaque ligne en se mettant dans des rages folles. Aujourd'hui, elle tombait partout sur des photos des tourtereaux et s'attardait malgré elle sur le texte avant de jeter le journal par terre, furieuse.

Aristo ne la laissait pas en paix. Vite remis de sa rebuffade, il lui avait envoyé des roses une semaine plus tard. Un autre bouquet arriva le jour suivant et encore un le surlendemain. Ces attentions perturbaient Maria. Elles lui rappelaient la cour qu'il lui avait faite à leurs débuts ; il ne cherchait sûrement pas à exprimer ainsi sa colère face à la rumeur qu'elle avait lancée. Peut-être n'était-il pas au courant de l'histoire de l'avortement et tentait de renouer pour de tout autres raisons. Mais lesquelles ? Pourquoi s'efforçait-il de lui briser le cœur encore et encore ? Dès qu'elle parvenait à prendre un peu de recul, il revenait à la charge. Il avait pourtant enfin obtenu aux États-Unis le statut social dont il avait tant rêvé. Même s'il n'avait pas la nationalité américaine, sa nouvelle épouse lui ouvrait sans nul doute les portes de la haute société de Boston à San Francisco.

D'innombrables coups de fil succédèrent aux fleurs. Un mois après son mariage, il était toujours tellement insistant que Maria finit par décrocher pour ne plus infliger à Ferruccio et Bruna la tâche ingrate de la défendre contre cet homme si puissant et jadis tant aimé.

— Je ne veux pas te parler, déclara-t-elle, alors écoute-moi : c'est fini, Aristo. Tu me l'as dit toi-même. Et si ta nouvelle vie ne te plaît pas, tant pis pour toi. C'est toi qui l'as voulue.

— Dîne avec moi ce soir et nous pourrons en parler au calme, rétorqua-t-il.

Il était aimable, charmant, poli. Presque comme s'il lui faisait la cour. On ne devinait pas qu'il venait de se marier.

— Tu es devenu fou ? s'écria-t-elle.

— Je viens te chercher à vingt heures. Nous irons chez *Maxim's*, ils viennent de recevoir du caviar d'Iran. Il paraît qu'il est exquis.

— Qu'est-ce que tu racontes ? Je ne veux pas manger de caviar avec toi.

— Alors prends le filet de bœuf. Je sais comment tu l'aimes, presque cru.

Il se souvenait de ces détails. Maria était sur le point de succomber à son charme. Une petite voix intérieure la mit en garde : connaître les goûts culinaires de l'autre après neuf années de vie commune n'avait rien d'extraordinaire. Pourtant, elle fondait à l'idée qu'il tienne tant à la voir. Et puis ce ne serait qu'un dîner. Ils mangeraient dans son restaurant préféré, en public, et parleraient du bon vieux temps. Elle pourrait le remettre à sa place dès qu'elle le voudrait. Qu'avait-elle donc à perdre ?

Mon cœur.

— Bon. Je serai chez *Maxim's* à vingt heures trente.

* * *

Le *Maxim's* était non seulement un des restaurants les plus célèbres de Paris, mais aussi un des plus ancrés dans les traditions. L'aménagement était d'origine, même les occupants allemands avaient laissé intacts les tentures, les miroirs, les plafonds en vitraux et le mobilier en velours rouge, de sorte qu'ici, rue Royale, on retrouvait un peu l'atmosphère frivole Art nouveau. Maria adorait cet endroit, son ambiance unique, sa clientèle élégante et sa cuisine d'exception.

Ce soir-là, en franchissant la marquise rouge et en passant devant le portier, elle repensa à la folle soirée où elle avait volé la vedette à Elizabeth Taylor. Cette fête grandiose ne remontait-elle vraiment qu'à un mois ? Elle y était venue seule. À présent, Onassis l'accueillait à sa table avec un verre de champagne, ce qui était tout aussi merveilleux.

Elle avait conscience qu'au moins la moitié de l'assistance avait les yeux fixés sur eux. Elle resplendissait dans sa robe noire très simple, assortie de bijoux discrets, choisis exprès pour l'occasion et destinés à ne pas donner une apparence trop formelle à leur rendez-vous. On ne se couvre pas de joyaux tape-à-l'œil pour retrouver un vieil ami.

Elle trinqua à sa propre santé avec Aristo, rit du toast qu'il porta en grec, puis se rappela qu'il était marié à Jackie Kennedy depuis un mois. Aussitôt, son sourire se figea et ses réponses aux questions qu'il lui posa sur ses projets se firent moins éloquentes. Elle ne commanda que des escargots à la provençale, un plat peu calorique et riche en protéines, à cause de sa ligne et de sa nervosité. Intérieurement, elle se sentait aussi agitée qu'à leur premier rendez-vous.

— Je vais sans doute tourner un film l'an prochain, déclara-t-elle d'un ton aussi neutre que si elle répondait aux questions d'un journaliste. Pier Paolo Pasolini veut adapter le mythe de Médée à l'écran et il prétend qu'aucune autre ne peut la jouer comme moi.

— Je t'ai toujours dit que le cinéma accroîtrait ta popularité, répondit Onassis.

Il étalait de minuscules œufs de poisson gris sur un petit blini de sarrasin.

— Quand le tournage aura-t-il lieu ?

— Au mois de mai, à la Cinecittà de Rome.

— Je t'accompagne, déclara-t-il du ton de l'évidence.

Jusque-là, elle lui avait été reconnaissante de ne parler que de sujets anodins. Elle le dévisagea.

— Pardon ?

— J'ai dit que je t'accompagnais, répéta-t-il avec gentillesse, rayonnant derrière ses éternelles lunettes noires. Je m'intéresse depuis longtemps au cinéma, mais c'est un univers avec lequel je n'ai jusqu'à présent jamais eu de contact.

— Qu'en penserait ta femme ? laissa-t-elle échapper.

Elle s'agaça d'avoir évoqué la Kennedy, l'invitant ainsi à leur table, mais elle n'avait pas pu s'en empêcher.

Aristo haussa les épaules, indifférent.

— Je ne sais pas, et je m'en moque. Elle est déjà repartie à New York avec les enfants.

— Ah bon ?

— Elle m'a dit qu'elle voulait rentrer chez elle.

Il baissa la voix. Même s'ils s'entretenaient en grec, une langue sans doute inconnue de la majorité des autres clients, il redoutait manifestement les oreilles indiscrètes.

— Il y a quelques mois à peine, elle me suppliait de la faire sortir des États-Unis. Après les assassinats successifs de

Martin Luther King et de Bobby Kennedy, son beau-frère, elle avait peur pour ses enfants. Et pour elle-même aussi, bien sûr. Apparemment, elle a changé d'avis.

… je me suis fait avoir…

Les paroles d'Onassis résonnèrent dans l'esprit de Maria.

— Et toi ? s'enquit-elle.

Il sourit.

— Moi, je suis là. Avec toi.

— Ce n'est pas ce que je voulais dire.

— Jackie me coûte une fortune. Elle est plus chère qu'un pétrolier, et j'ignore complètement ce qu'elle compte faire des robes, des sacs et des chaussures qu'elle achète. Maintenant, elle voudrait un yacht plus grand que le *Christina*. C'est fou, non ? On dirait que mon argent la met dans une espèce de transe.

Il prononça la dernière phrase avec une nuance moqueuse, comme pour souligner à quel point il trouvait superficiels les désirs de son épouse.

Maria, pensive, tripotait sa fourchette à escargots. Malgré l'odeur délicieuse du beurre persillé, elle reposa son couvert. Elle ne voulait pas parler de la vie privée d'Aristo, mais vu la tournure que prenait leur conversation, ils ne pourraient plus éviter le sujet. Et elle devait bien admettre qu'elle était curieuse.

— Tu ne m'as toujours pas répondu. Que vas-tu faire ? T'installer à New York aussi ?

— Ah non, pas question. Ma suite au *Pierre* me suffit amplement. Et puis je préfère mes appartements européens. J'aime beaucoup plus Paris, Athènes et Skorpios que Manhattan.

Il saisit sa serviette immaculée, se tapota les lèvres puis la jeta près de son assiette d'un geste décidé, comme s'il voyait là son destin tissé dans le lin.

— Maria, je n'ai pas besoin d'elle. (Il marqua une pause.) C'est toi dont j'ai besoin, ajouta-t-il doucement. De toi.

Si simple, si juste. Si merveilleux.

Elle secoua la tête. Aristo se comportait comme un gamin à qui on refuse un jouet et qui s'imagine qu'il l'obtiendra en tapant des pieds. Elle repensa aux semaines qui avaient suivi son départ du yacht, combien elle avait été malheureuse à attendre en vain de ses nouvelles. Une simple petite phrase ne pouvait pas effacer tout cela. Même si elle n'avait cessé d'imaginer le moment où il reviendrait et sa propre réaction, elle n'y avait jamais réellement cru. Dans un libretto, une situation de ce genre était en général précédée d'un imbroglio qui permettait aux amants de se retrouver. Cela ne valait-il que sur scène ? Ou aussi pour l'éternité ?

Et puis ce n'était peut-être qu'une saute humeur de sa part, parce qu'il se sentait seul sans Jackie. Elle n'allait pas lui faciliter les choses comme il semblait l'espérer. Combien de fois avait-elle prononcé cette phrase ?

— C'est fini, Aristo. Tu l'as voulu toi-même.

— Hmm. Tu ne te débarrasseras pas de moi comme ça.

Que disait-il là ? Son cœur battait la chamade, elle s'efforça de garder son calme.

— Je veux de nouveau me concentrer sur ma carrière.

— C'est bien. Vas-y. Je t'ai toujours admirée pour ton succès. Le jour où tu as chanté à Épidaure, j'étais très fier de toi. Je ne parle pas du petit concert *entre nous**, mais de plus tard, quand tu as chanté *Norma* devant quinze mille personnes. Je n'ai jamais rien vécu de plus beau, de plus sublime…

Il évoqua le passé d'un ton badin, réveillant des souvenirs. Maria l'écouta, laissa ses mots la transporter à l'époque qui avait été la plus heureuse de sa vie. Comme pour compenser la perte de leur enfant, il l'avait alors couverte de toute l'attention, la tendresse et l'amour dont il était capable. Et voilà que ce soir, son récit ravivait tous les sentiments de cette période révolue. Elle le laissa faire, mais ces tendres évocations ne purent remplir de l'espoir d'une vie nouvelle le néant qui l'avait envahie depuis leur séparation.

Chapitre 34

Paris, un an plus tard, fin octobre 1969

Maria tripota les fleurs, avec pour seul résultat de détruire la composition. Des pétales ruisselèrent sur ses doigts tremblants.

— Pourquoi es-tu aussi nerveuse ? demanda Mary.

— C'est la première fois qu'Aristo revient dans cet appartement, répondit Maria, hésitante. J'ai réussi à le tenir à distance pendant presque un an. Nous nous voyons de temps en temps, mais il y a une différence entre un dîner au restaurant ou une soirée chez des amis communs et le recevoir ici, où il était jadis quasiment chez lui.

— Alors pourquoi n'as-tu pas réservé une table chez *Maxim's* ?

Elle observa l'élégante salle à manger, où la table était dressée pour huit personnes.

Maria avait rassemblé quelques invités et commandé un repas à la toute dernière minute. Par chance, Mary était justement de passage à Paris et avait accepté son invitation pour la soutenir.

— Il insiste pour venir chez moi.

Elle soupira, leva les bras et les laissa retomber, résignée.

— Il faut que je te voie ce soir, avait dit Aristo au téléphone. Je descends tout juste d'avion, je viens chez toi tout à l'heure. Sois gentille de prévoir quelque chose à manger, j'ai déjà faim.

Jusqu'à ce jour, elle était parvenue à détourner ses tentatives de rapprochement comme Ulysse avait su éviter Charybde et Scylla. Onassis venait souvent à Paris et insistait toujours pour la voir, se moquant manifestement que Jackie soit au même moment en train de faire du shopping en bord de Seine. Sans s'en inquiéter, il sortait avec Maria, en s'efforçant d'éviter les journalistes, mais sans se cacher pour autant. Des photos finirent par paraître dans les journaux ; elles ressemblaient à des copies d'anciens clichés. « Nous sommes de vieux amis et nous avons aussi des intérêts financiers communs », avait-elle déclaré à la presse. Au fil du temps, il était pourtant redevenu si familier, si proche, avec son humour et son charme, que le cœur de Maria avait recommencé à s'ouvrir. Elle était toutefois encore bien trop blessée pour le laisser l'approcher de près, sans même parler de revenir dans son lit. Tous deux savaient qu'il ne désirait que ça.

Il ne cherchait pas sa compagnie qu'à Paris. Quand elle partit à Rome au mois de mai pour jouer dans son premier film, *Médée*, il ne l'accompagna pas, mais l'appela presque tous les jours à son hôtel. Lorsque l'équipe se déplaça en Turquie puis en Syrie, en juin et en juillet, ses appels se raréfièrent, mais uniquement parce que la liaison avec le Proche-Orient était mauvaise. Dès qu'ils revinrent en Italie pour terminer le tournage, les coups de fil reprirent à la même fréquence.

Cette présence permanente d'Aristo dans sa vie bouleversait Maria de plus en plus, elle en paniquait presque. Sortir avec son ancien amant dans des lieux publics était une chose, lui parler de tout avec la même confiance et la même intimité que jadis, en particulier au téléphone, en était une autre. Le cinéma lui plaisait, elle espérait tourner dans d'autres films. Elle lui parla de ses espoirs pour l'avenir autant que de sa rencontre avec une voyante du bazar d'Alep, qui avait vu une mort précoce dans les lignes de sa main. « Mais sans souffrance », avait précisé la vieille. Évidemment, Maria était ébranlée.

— Oublie-la, lui conseilla Aristo.

Il savait pourtant à quel point elle était superstitieuse, et ajouta :

— Mais pense quand même que nous devrions vivre chaque journée comme si c'était la dernière.

Il voulait dire par là qu'elle ferait mieux de céder le plus tôt possible à ses avances, ce qu'elle comprit parfaitement.

Mary passa un bras sur les épaules de son amie.

— J'ai cru pendant un bon moment qu'Ari ne recherchait que la publicité, et que maintenant qu'il avait obtenu Jackie Kennedy, il voulait te récupérer. Que signifie une femme célèbre quand on peut en avoir deux, n'est-ce pas ? Mais chez toi, il n'y aura pas de journalistes pour vous observer. J'ai bien peur qu'il ne soit sérieux.

— C'est bien pour ça que j'ai invité des amis, répondit Maria. Je ne veux pas être seule avec lui.

— De quoi devrions-nous donc te protéger ? De la passion d'Ari ou de ton amour pour lui ? (Mary souffla un baiser sur la joue de Maria.) Allez, souris donc, ma chérie. La Callas a révolutionné l'opéra avec ses talents de comédienne. Tu seras capable de recevoir Aristote Onassis et de le battre froid.

— Oui, bien sûr.

Maria rit d'un air qu'elle espérait naturel tout en se demandant intérieurement, le cœur serré, si elle voulait vraiment toujours rejeter Aristo.

* * *

Il arriva le dernier.

Maria bavarda sans discontinuer avec ses invités, continuant à étêter des fleurs et à enchaîner les coupes de champagne, les joues en feu, nerveuse comme une jeune fille attendant son prétendant. Les femmes portaient des robes de cocktail, les messieurs des smokings. Elle avait exigé une tenue de soirée pour donner à la visite d'Aristo un cadre formel qui lui permettrait de garder ses distances.

— Quelle joie de revenir ici, dit-il en entrant avant de serrer Maria dans ses bras.

Elle le conduisit au salon, où attendaient les autres convives.

— Assieds-toi donc. Nous en sommes encore à l'apéritif. Que veux-tu boire ?

— Un whisky, s'il te plaît.

Il s'approcha de la table des boissons, à la même place que presque un an et demi plus tôt, quand il était entré ici pour la dernière fois.

— Ne t'embête pas, je vais me servir.

Il se versa une généreuse rasade dans un lourd verre en cristal puis se dirigea vers le canapé d'un pas nonchalant.

Les conversations, brièvement interrompues par son arrivée, reprirent. Maria parla de la production finale de son film et de la première prévue fin décembre à Milan. Quelqu'un annonça que le pilote de course britannique Jackie Stewart venait de devenir champion du monde de Formule 1. On discuta de la fascination des voyages dans l'espace autant que du groupe de rock Deep Purple qui venait de se produire à Londres avec le Royal Philharmonic Orchestra. Seules les horreurs de la guerre du Vietnam restèrent taboues. Tout le monde était au courant, mais personne ne voulait en parler, pas ce soir, pas pendant l'apéritif d'un dîner entre amis.

Maria trônait sur l'accoudoir du fauteuil où Mary avait pris place, comme par hasard le plus proche du canapé.

Aristo ôta sa veste et desserra sa cravate rouge avant de s'allumer un cigare. Il avala la fumée de son havane, et Maria sentit sa main se poser sur sa cuisse.

Ce contact lui coupa le souffle. Muette, elle fixa les doigts crispés sur la soie épaisse de sa robe. C'était un geste familier, naturel. Tout comme celui d'enlever sa veste sans demander l'autorisation. C'était le geste d'un homme certain d'être chez lui dans ce salon, aux côtés de cette femme.

Les conversations se poursuivirent, mais Maria prit conscience que certains regards se posaient sur elle et Aristo. Personne ne fit la moindre remarque, évidemment. Tout le monde attendait sa réaction.

Le moment était venu de prendre sa décision. Qu'allait-il advenir d'Aristo et elle ? Devait-elle l'éconduire ou laisser les choses suivre leur cours ? Elle menait la danse.

Aristo fit doucement glisser sa main le long de sa jambe et lui sourit.

Mary eut un petit rire nerveux.

Maria hésita. Aristo avait réussi à s'introduire chez elle. À présent, il la forçait à décider si elle voulait ou non de lui. Elle lui fut reconnaissante de lui laisser ce choix.

Sans doute était-ce une erreur, peut-être aurait-elle un jour le cœur définitivement brisé, mais qu'y avait-il de plus beau que de le savoir de retour chez elle ? Ils étaient faits l'un pour l'autre. Maria et Aristo. C'était leur destin.

Penelope avait attendu le retour d'Ulysse pendant dix ans. Maria, elle, n'avait eu besoin que de quinze mois.

— Bienvenue à la maison, déclara-t-elle.

Note de fin

Aristote Onassis est mort le 15 mars 1975 à l'Hôpital américain de Neuilly-sur-Seine, près de Paris, après une longue maladie. Son divorce avec Jackie Kennedy était déjà entamé, mais pas encore prononcé, de sorte qu'elle devint sa veuve. Le couple se vit rarement au cours de cette union, et peu après les noces, Onassis apparut de plus en plus souvent en public avec Maria Callas. Elle-même ne cessa jamais d'affirmer face à la presse qu'ils étaient « bons amis », mais tout semble indiquer une bien plus grande intimité : les observations de leurs amis, connaissances et collègues tout comme les photos des paparazzis.

Même si presque tous les biographes de Callas et d'Onassis croient à leur amitié tardive, j'ai quant à moi, après avoir compulsé toute la littérature sur le sujet, de sérieux doutes. D'abord, il s'agit ici de deux adultes et pas d'adolescents, c'est-à-dire de personnes pleinement conscientes de leurs sentiments et de leurs besoins. Le comportement de Jackie Kennedy, surtout, semble indiquer la continuation de la relation amoureuse entre Maria et Aristo. Après le mariage, au lieu de démontrer sa supériorité, l'épouse pâlissait même publiquement de jalousie face à l'amie, la rivale, la camarade, la maîtresse ou l'âme sœur de son mari. Elle exigeait par exemple qu'Onassis l'emmène dans les restaurants où il avait mangé peu avant avec la Callas. Non contente qu'il lui offre les bijoux que Maria avait oubliés en 1968 à bord du *Christina*, elle acheta aussi les joyaux que celle-ci avait empruntés pour les porter en public, dont les boucles d'oreilles en émeraude de Harry Winston que Maria avait choisies pour sa réconciliation avec Renata Tebaldi. De plus, Jackie refusa l'accès de tiers à la chambre d'hôpital où Onassis se mourait. Bien qu'elle se trouve à ce moment elle-même à New York, elle fit en sorte que Maria, qui vivait à Paris, n'ait pas accès à Aristo – une interdiction plutôt brutale pour une simple amie. Autre chose : Ari Onassis fut enterré sur l'île de Skorpios. Quand Maria Callas mourut d'un arrêt cardiaque (ou d'un cœur brisé) le 16 septembre 1977 à Paris, une de ses dernières volontés stipulait que ses cendres soient répandues dans la mer devant Skorpios – un bien grand geste pour une simple amie, une union dans l'éternité pour des amants.

Onassis a dit un jour que son mariage avec Jackie avait été la pire erreur de sa vie. Sa pire tragédie fut sans nul doute le crash aérien qui coûta la vie à son fils Alexandre, alors âgé de vingt-quatre ans. Pire encore, celui-ci plongé dans le coma, son père dut décider d'éteindre les machines qui le maintenaient encore en vie, le 23 janvier 1973. Il ne s'en remit jamais. Tina, alors remariée à l'armateur Niarchos, ne surmonta manifestement pas non plus la mort de son fils. Elle décéda le 10 octobre 1974 à Paris dans des circonstances qui restent inexpliquées.

Tout cela constitua un poids énorme pour la fille d'Onassis, Christina. La gamine timide qui quémandait l'amour de sa mère fut victime une fois adulte de terribles dépressions. Elle offrit le yacht qui portait son nom à l'État grec, se maria et divorça trois fois, et eut en 1985 une fille qu'elle nomma Athina, comme sa mère. Elle mourut le 19 novembre 1988 à Buenos Aires d'une overdose de médicaments. Athina, qui n'a finalement jamais connu aucun des protagonistes de la plus grande tragédie grecque de l'époque moderne, est une cavalière de renommée mondiale, qui vit en Suisse. Elle a vendu l'île de son grand-père en 2013 à la fille d'un oligarque russe pour une somme estimée à 100 millions de dollars. Ekaterina Dmitrievna Rybolovleva, elle aussi coureuse équestre, s'est installée à Skorpios et souhaite renforcer l'économie des îles ioniennes. La sépulture des Onassis s'y trouve toujours.

Jackie Kennedy passa le reste de sa vie à New York, où elle travailla comme éditrice et partagea la vie du diamantaire belgo-américain Maurice Tempelsman. Celle qui fut l'icône de la mode des années 1960 et 1970 est morte le 19 mai 1994.

Giovanni Battista Meneghini entretint pendant toute sa vie son lien avec Maria Callas. Il s'assura que la maison de Sirmione, au bord du lac de Garde, demeure dans le même état que le jour où elle l'avait quittée. Même son peignoir resta suspendu à la porte de sa chambre. Il créa ainsi une sorte de mausolée de leur mariage. Après la mort de Maria, il acheta à plusieurs ventes aux enchères parisiennes des meubles, des tableaux et des souvenirs de la diva. Il mourut le 21 janvier 1981. La maison proche de l'hôtel *Cortine Palace*, aujourd'hui propriété privée, n'est pas accessible au public. Pourtant, à Sirmione, de nombreux souvenirs évoquent Maria Callas.

* * *

Le film *Médée* de Pier Paolo Pasolini, grâce auquel Maria revint sous le feu des projecteurs, fut encensé par la critique, mais n'eut pas de succès public. Cela constitua le premier et dernier rôle de la diva sur grand écran, en tout cas de son vivant : plus tard, Fanny Ardant interpréta brillamment la Callas, et un documentaire présenta des concerts et des interviews d'elle. La vie d'Aristote Onassis fut quant à elle plusieurs fois filmée.

En 1971 et 1972, Maria Callas donna plusieurs master classes à la Juilliard School de New York, sans doute le meilleur conservatoire des États-Unis. À la demande de son ami et ancien partenaire de scène Giuseppe Di Stefano, une série de concerts communs fut organisée en 1973 et 1974. Le public n'y vit toutefois qu'une tournée d'adieu : les voix de l'un comme de l'autre n'atteignaient plus les hauteurs d'antan. Maria se retira ensuite de la scène. Demeurent d'innombrables enregistrements, et un opéra qui fut révolutionné non seulement par son *si* bémol, mais aussi et surtout par son talent de comédienne.

* * *

Quand j'ai commencé ma carrière de rédactrice de presse, à la fin des années 1970, tout le monde parlait encore de l'histoire de Maria Callas et d'Aristote Onassis, notamment par le biais des survivants : Christina Onassis, Jackie Kennedy et Battista Meneghini, dans leurs rôles dignes de drames lyriques. Cette histoire est donc pour moi un retour à mes débuts de journaliste, et mes recherches ont été relativement simples, puisque je savais au moins par où commencer. J'ai toutefois été surprise par les détails de la relation amoureuse entre Maria et Aristo, ainsi que par le caractère de Maria Callas, en qui je me suis parfois reconnue. J'idolâtre Coco Chanel et Édith Piaf, les héroïnes de mes romans précédents, mais c'est à Maria Callas que je me suis le plus identifiée.

Peut-être est-ce en partie dû au fait que j'aie, comme elle, trouvé le grand amour assez tard dans ma vie. Maria avait trente-six ans quand elle s'est liée à Onassis ; j'étais pour ma part âgée de quarante-deux ans quand j'ai rencontré mon futur mari. Je pense avoir ainsi appris certaines choses sur la psychologie des amoureux éperdus plus vraiment jeunes et déjà dotés d'une certaine expérience de la vie. Cela n'a rien à voir avec des cœurs qui battent la chamade, mais avec l'attitude des personnes concernées. Pour ces raisons, je ne crois pas à ce que certains biographes de Maria Callas et d'Aristote Onassis écrivent sur les circonstances de leur première nuit commune, même si tout cela reste évidemment pures spéculations.

On prétend que leur histoire d'amour commença sur une chaloupe du *Christina* pendant leur première croisière commune : je n'y crois pas. D'abord, cela me semblerait un peu spectaculaire à bord d'un bateau comptant plus de quarante membres d'équipage, en présence de leurs conjoints respectifs et des enfants d'Aristo, sans compter l'invité vedette, Winston Churchill. Ensuite, cela n'aurait eu aucun sens pour Onassis d'afficher durant tout le voyage un comportement irréprochable face à son grand mentor, puis de se cacher avec sa maîtresse dans une chaloupe où il risquait à tout moment d'être découvert. S'y ajoutent l'âge et la personnalité du couple – je l'ai dit, il ne s'agit pas d'adolescents, mais de la femme la plus célèbre de son temps et d'un des hommes les plus riches et les plus puissants du monde. Le capitaine d'Onassis et Anthony Montague Browne ont déclaré dans diverses interviews considérer comme absolument improbable l'histoire de la chaloupe, en raison des conditions à bord que je viens d'évoquer. Voilà pourquoi j'ai fait appel à mon imagination et développé ma propre idée sur le sujet.

C'est la seule liberté que je me suis permise dans cette histoire.

rien à voir avec des cœurs qui battent la chamade, mais

Remerciements

Remerciements

On ne peut écrire un roman comme celui-ci sans aide ni soutien. C'est la soprano Ilona Nymoen qui a joué pour moi les conseillères techniques en matière d'opéra, ce dont je lui suis infiniment reconnaissante. Je souhaite aussi remercier Tanja Stumpf, en Crète, pour les aperçus qu'elle m'a donnés de la vie quotidienne en Grèce. Je suis la seule et unique responsable d'éventuelles erreurs dans le texte. Bien entendu, ce livre n'aurait pas vu le jour sans l'équipe de la maison d'édition Aufbau, la directrice du programme de poche Stefanie Werk, qui a énormément travaillé avec moi, mais aussi le directeur Reinhard Rohn et le chef du service digital Oliver Pux. Je vous remercie beaucoup. Je voudrais aussi expressément inclure dans ces remerciements Inka Ihmels et Helena Becker qui se sont tant investies dans la vente des droits de mes livres, désormais traduits en seize langues. Rien de tout cela ne serait toutefois arrivé sans ma merveilleuse agente Petra Hermanns, et plus d'un chapitre n'aurait peut-être jamais vu le jour sans ses e-mails d'encouragement. Je te remercie du fond du cœur. Enfin, j'en profite pour embrasser ma famille qui m'a accompagnée à travers les hauts et les bas de l'écriture de ce livre, qui m'offre amour et sécurité et qui me distrait de mon travail. Vous êtes les derniers sur cette page, mais les premiers dans mon cœur.

Composition et mise en pages
Nord Compo à Villeneuve-d'Ascq

#lisez engagé !
Pour plus d'information :
www.lisez.com
Imprimé sur du papier issu de forêts gérées durablement.

CET OUVRAGE
A ÉTÉ ACHEVÉ D'IMPRIMER
SUR ROTO-PAGE
PAR L'IMPRIMERIE FLOCH
À MAYENNE EN SEPTEMBRE 2023

N° d'impression : 103126
R15547/01
Imprimé en France